LA CONFESSION IMPÉRIALE

DU MÊME AUTEUR

Grand Prix de la Société des gens de lettres
et prix Alexandre-Dumas pour l'ensemble de son œuvre

Paradis entre quatre murs, Paris, Robert Laffont.
Le Bal des ribauds, Paris, Robert Laffont ; France Loisirs.
Les Lions d'Aquitaine, Paris, Robert Laffont, prix Limousin-Périgord.
Divine Cléopâtre, Paris, Rober Laffont, collection « Couleurs du temps passé ».
Dieu m'attend à Médina, Paris, Robert Laffont, collection « Couleurs du tems passé ».
L'Aigle des deux royaumes, Paris, Robert Laffont, collection « Couleur du temps passé » ; Limoges, Lucien Souny.
Les Dieux de plumes, Paris, Presses de la Cité, prix des Vikings.
Les Cendrillons de Monaco, Paris, Robert Laffont, collection « L'Amour et la Couronne ».
La Caverne magique (La Fille des grandes plaines), Paris, Robert Laffont, prix de l'académie du Périgord ; France Loisirs.
Le Retable, Paris, Robert Laffont ; Limoges, Lucien Souny.
Le Chevalier de Paradis, Paris, Casterman, collection « Palme d'or » ; Limoges, Lucien Souny.
L'Œil arraché, Paris, Robert Laffont.
Le Limousin, Paris, Solar ; Solarama.
L'Auberge de la mort, Paris, Pygmalion.
L'Auberge rouge, Paris, Pygmalion ; Presses Pocket.
La Passion cathare :
1. *Les Fils de l'orgueil*, Paris, Robert Laffont.
2. *Les Citadelles ardentes*, Paris, Robert Laffont.
3. *La Tête du dragon*, Paris, Robert Laffont.

La Lumière et la Boue :
1. *Quand surgira l'étoile Absinthe*, Paris, Robert Laffont ; Le livre de Poche.
2. *L'Empire des fous*, Paris, Robert Laffont.

(voir suite en fin de volume)

MICHEL PEYRAMAURE

LA CONFESSION IMPÉRIALE

Roman

ROBERT LAFFONT

ISBN 978-2-221-11642-5

Palais impérial d'Aix : printemps 800

Je ne l'ai ni vue ni entendue entrer dans mon cabinet. Alors que ma sieste quotidienne tire à sa fin, rideaux tirés et fenêtre entrebâillée sur la chaleur moite de mai, elle a grimpé sur mes genoux, légère comme un chat. C'est à peine, à demi endormi, si j'ai perçu sa présence. En revanche, j'ai sursauté quand j'ai senti ses mains caresser ma barbe et s'y perdre.

— Que fais-tu là ? lui ai-je demandé d'un ton rogue. Ignores-tu que personne n'est autorisé à pénétrer dans cette pièce à l'heure de ma sieste et, qui plus est, à fouiller dans ma barbe ? Y aurait-il le feu quelque part ? Et d'abord, qui es-tu ? Je te vois mal.

— Vous ne me reconnaissez pas, sire ? Je suis une de vos filles, Rothilde, et ma mère se nomme Maltegarde. Voulez-vous que j'ouvre les volets ?

— Dis-moi d'abord ce que tu veux.

— Faire un jardin de votre barbe, sire. Je viens de cueillir quelques fleurs dans le gazon : des pâquerettes, des violettes, des renoncules... Elles étaient à l'ombre et ont gardé leur rosée et leur parfum. Ne bougez pas, sinon elles vont tomber, et cessez de rire, s'il vous plaît. Votre barbe grise était trop triste. Maintenant vous êtes beau comme un Jésus, beau comme le printemps.

Éginhard, mon conseiller, mon secrétaire, mon ami, vient d'entrer dans mon cabinet. Il s'esclaffe puis s'offusque, me propose de chasser cette gamine effrontée et de la faire fouetter. Comment a-t-elle pu tromper la vigilance des deux colosses saxons qui gardent mon cabinet ? Elle répond en riant derrière ses menottes :

— Ils dormaient ! Je n'ai eu qu'à pousser la porte.

Rothilde est une de mes bâtardes, ces gamines qui me précèdent ou m'escortent à chacune de mes promenades dans les allées de mes jardins, chantent, dansent, font les folles et jettent du gravier aux merles. Elle est délicate, avec encore les attendrissantes gaucheries de l'enfance. J'aurais dû la reconnaître d'emblée, malgré la pénombre. Quel âge ? Moins de dix ans sans doute, mais déjà fort vive et la réplique facile. Sa mère, une de mes concubines préférées, est une forte esclave aquitaine amenée au palais il y a une douzaine d'années par mon fils Louis. Elle souhaite confier sa fille à un couvent de Mayence pour lui éviter, l'âge venu, de céder aux avances d'un des officiers de Germanie qui hantent les couloirs de mon palais. Rien ne presse. Mettre en pot cette fleur sauvage me semble à la fois absurde et prématuré. Un projet auquel je vais m'opposer.

Laquelle de mes autres bâtardes aurait eu cette idée de planter des fleurs dans ma barbe ? Emma, Adaltrude, Adélaïde ? Laquelle aurait eu l'insolence de troubler la fin de ma sieste en sautant sur mes genoux, au risque de réveiller la douleur dans mes vieux os ? J'aurais dû la sermonner, la chasser, lui interdire de reparaître.

Elle ajoute :

— Sire, mon père, je ne vous ai pas vu hier, au bain. Étiez-vous souffrant ?

Je lui rappelle que, la veille, nous avons eu un bel orage, avec une pluie froide amenée par les vents de Germanie, et que le bassin n'était fréquenté que par quelques jeunes téméraires. Elle se flatte d'avoir été parmi eux et poursuit son babil. Je la prends dans mes bras pour l'arracher à mon fauteuil ; elle boude ou fait semblant, tourne entre ses doigts le talisman que je porte sur ma poitrine, qu'elle appelle une *médaille*, et qui contient un cheveu de la Vierge. C'est un bel objet, un bijou reliquaire fait d'un cercle d'or enchâssé de pierreries.

Après avoir déposé sur mes genoux ce qui reste de son bouquet, Rothilde me demande la permission de revenir, « demain ou un autre jour ». Devant mon refus, elle prend une attitude de vierge outragée. J'insiste.

— Ni demain ni jamais, ma fille. Après ma sieste, j'ai d'autres préoccupations. Va rejoindre tes sœurs, et merci pour le bouquet.

— Père, me dit-elle d'un air grave, ne vous fâchez pas si je vous dis que j'aimerais dormir dans votre barbe. Elle est douce, soyeuse, parfumée. J'y ferais de beaux rêves.

— Quelle idée saugrenue, petite sotte ! Tu y serais à l'étroit et en mauvaise compagnie. Il te faudrait l'épouiller, la friser, et tu y serais moins à l'aise que sur ton grabat.

L'occasion est propice de rompre avec une légende. Je n'ai décidé de laisser pousser ma barbe que sur mes vieux jours, afin de me donner la majesté que requiert mon titre d'empereur d'Occident. Jusque-là, j'avais le menton glabre, à la mode des Francs, la race dont je suis issu, et n'ai porté que la moustache.

À peine m'a-t-elle quitté, je regrette son départ. J'aurais volontiers consacré quelques minutes de plus, voire une heure, pour le plaisir de respirer son odeur de chaton et de printemps, comme si elle s'était roulée dans la rosée, et de l'entendre gazouiller comme un merle. Ces garçons et ces filles nés de mon sang depuis la mort de ma dernière épouse, Liutgarde, je les chéris autant que mes enfants légitimes. Je prends soin d'eux, pour leur procurer un bon mariage, leur donner un grade dans mes armées ou les faire entrer au couvent, selon leur nature et leur vocation.

La soixantaine approchant, veiller aux affaires de l'Empire est mon souci quotidien, mais cela ne m'interdit pas de prendre intérêt à mon entourage. J'éprouve autant de plaisir à voir ces enfants s'épanouir, m'accompagner au bain, se livrer à leurs jeux, qu'à recevoir une ambassade du calife de Bagdad ou une délégation de moines de Fulda.

Éginhard s'impatiente. Il porte la barbe, lui aussi, mais juvénile, brune et frisée. Il ressemble à une fragile chandelle de suif jaunâtre. Son écritoire sous le bras, son encrier et son calame à la ceinture, il marque par des grommellements sa réprobation de me voir prendre plaisir à la présence de ce brimborion. Le faire attendre m'amuse ; provoquer son humeur acariâtre est pour moi un jeu pervers.

Son mariage clandestin, puis légalisé, avec ma fille Emma, l'a fait entrer dans ma famille, sans que j'en éprouve plaisir ni regret. Ce laïc est un des plus grands lettrés de notre temps, avec mon cher Alcuin, abbé de Saint-Martin de Tours. J'apprécie sa rigueur morale, sa foi sincère et agissante, ses connaissances, mais ses humeurs souvent m'exaspèrent. Il a trente ans de moins que moi, mais nous pourrions, encore vert que je suis, passer pour frères, ou peu s'en faut.

Il tire les rideaux, ouvre les volets et s'incline brièvement, comme si une douleur le prenait à la nuque.

— Sire, dit-il, permettez-moi de vous dire qu'une telle familiarité avec cette bâtarde effrontée est indécente. Dieu merci, cette scène n'a eu d'autre témoin que moi. Certains auraient pu y voir je ne sais quel penchant de votre part.

— Eh bien, oublie ce que tu viens de voir ! Dis-moi plutôt ce qui t'amène.

— Auriez-vous oublié notre conversation d'hier ? Je vous rappelle que vous avez souhaité me dicter vos souvenirs. Auriez-vous changé d'avis ?

— Certes, je m'en souviens, mais aurai-je le temps de mener ce projet à son terme ? Ma mémoire est encore fidèle, mais c'est celle des vieillards qui ne se rappellent pas en se réveillant où ils ont laissé leurs culottes. T'ai-je fait part de cette idée, vraiment ? Eh bien, soit ! il faut nous y préparer. Il semble que tu aies tout prévu, mais tu as oublié que c'est l'heure de mon bain. Me tiendras-tu compagnie ?

Question embarrassante : Éginhard, comme les chats, a horreur de l'eau, même lorsqu'elle jaillit, bouillante, des thermes de Constantin. En me levant, je l'interroge sur la rumeur qui monte de la cour. Il s'agit d'un groupe de moinillons de Quierzy, sur l'Oise, qui viennent de sortir de l'hospice où ils ont fait bonne chère à mes dépens et entonnent *gloria* et *alleluia* à mon intention. Je les entends crier : « Longue vie à l'empereur Charles ! Que Dieu le garde ! »

J'aurais aimé apprendre d'eux des nouvelles de leur lointain monastère et celles qu'ils auraient pu glaner en cours de route, mais leur état d'ébriété m'en dissuade. Après une dernière bordée d'hommages, le ventre plein, ils se dispersent comme une volée de moineaux.

D'une voix âpre, je lance à Éginhard :

— J'avais interdit que l'on serve aux religieux du vin ou de la bière ! Ce mépris de mes consignes est inadmissible. Je vais devoir sévir une nouvelle fois ! Attends-moi ici et affûte ton calame. Je ne ferai qu'entrer et sortir du bain.

Ces bains chauds sont pour moi, depuis que j'habite ce palais, une habitude agréable plus qu'une nécessité thérapeutique.

J'ai toujours été un bon nageur. Ma mère, la reine Bertrade, disait que j'avais une nature amphibie. L'eau est pour moi une source de jouvence ; mes soucis, mes fatigues s'y dissolvent comme par magie ; elle me détend, m'oblige à éprouver mes qualités physiques, favorise réflexion et méditation. Je me baigne rarement seul, non par crainte d'une faiblesse, mais parce que le plaisir qu'éprouvent ceux qui m'entourent, hommes, femmes, enfants, en tenue d'Adam et d'Ève, fait ma joie. J'ai instauré une règle stricte : que mes enfants apprennent à nager dès leur plus jeune âge.

Ce matin de mai, radieux après l'orage de la veille, ajoutera sa chaleur et sa lumière à celles de l'eau et de la vapeur qu'elle dégage. J'en attends le meilleur moment de ma journée.

Avant de partir, je dis à Éginhard :

— Tu vas avoir une tâche longue et difficile, à l'image de ma vie. Tu arrangeras cette confidence à ta manière. Je fais confiance au fin lettré que tu es. Mon souci de la vérité te choquera peut-être, mais je n'y renoncerai pas. Tu devras mettre une sourdine aux flûtes de la poésie, en évitant de donner à mes propos le ton de tes auteurs favoris, Virgile ou Plutarque. À bon entendeur…

Première partie

1

Des cabanes dans les arbres

Récit de Charles

Ma prime enfance s'est déroulée dans les villas de mon père, le roi Pépin, dit « le Bref », ces immenses domaines agricoles épars dans la Gaule, sous l'autorité de ma mère, la reine Bertrade, dite « au long pied », ce qui, révérence gardée, lui donnait une allure pataude. Je n'ai conservé que de vagues souvenirs de ces temps. Ma mère m'assura que je prenais plaisir à chevaucher des poulains, à garder les bœufs et à traire les brebis.

Malgré mon jeune âge, mon père m'emmenait parfois inspecter ses garnisons, comme s'il voulait me faire respirer très tôt les odeurs de cuir, de sueur et de crottin de ses armées et m'imprégner des rudes accents des guerriers francs aux moustaches rousses. C'est à eux que je dois mon goût pour les armes, encore que je n'eusse pas eu beaucoup d'occasions de mettre leurs leçons en pratique.

Dans les résidences familiales, je me comportais en petit prince mais j'avais toujours à mes sandales la crotte des étables et la boue des chemins. J'avais pour compagnon de jeux, outre les enfants des officiers et des intendants, mon frère Carloman, de huit ans mon cadet.

Des images paisibles mais confuses émergent de cette époque lointaine. Mon père nous confiait, dans l'atmosphère quiète des *scriptoria* itinérants, à des moines pédants et rigoristes chargés de nous apprendre le latin et les Évangiles. Mes aptitudes médiocres et mon peu de goût pour les études me valaient, de sa part, selon ses humeurs, le fouet ou le cachot avec jeûne forcé, au pain et à l'eau. Sans être un lettré, il était un des rares personnages parmi nos proches, hormis les clercs, à savoir lire et écrire correctement. Il lisait les auteurs anciens et commentait pour mon frère et moi des lectures dont nous faisions peu de profit.

C'est de mon père que je tiens ma passion viscérale pour la chasse. Les forêts n'étaient jamais loin de ses domaines, ce qui lui permettait d'assouvir ses goûts sans avoir à monter une expédition. Courir la bête noble, le cerf de préférence, le servir après une intense chevauchée à travers bois, me procurait une trouble volupté qui, plus tard, égalait celle de l'amour.

Aujourd'hui encore, malgré l'âge et une santé précaire, je consacre à la chasse une bonne part de mon temps libre, et j'en éprouve le même plaisir, d'autant que la forêt Charbonnière et celle d'Ardenne sont à peu de distance d'Aix. Quels que soient le temps et la saison, j'y passe des journées entières. J'ai failli renoncer à ce plaisir, il y a peu, à la suite d'une chute de cheval qui m'a meurtri les reins. Sévère avertissement du destin… Un jour viendra, sans tarder, où je devrai y renoncer.

L'image concrète que je garde de mon père ne correspond pas, Dieu merci, à celles qu'a forgée la légende, qui en a fait une sorte de nabot aussi large d'épaules que de taille. Il est vrai qu'il était petit mais sans être un nain, et robuste sans être un hercule capable, comme on l'a dit et répété, de trancher d'un seul coup d'épée la tête du taureau et du lion qui s'acharnaient sur lui ! La vérité est qu'au milieu de ses officiers, pour la plupart des Barbares de haute taille, la sienne paraissait médiocre. On lui a prêté des moustaches mal plantées, un nez plat, une mâchoire carnassière et, ce qui est un comble, des cheveux rouges !

Ce fatras tient de la fable. Je puis parler de lui en connaissance de cause : j'avais vingt-six ans lorsque Dieu l'a rappelé à lui.

Il avait gardé pour son père, l'illustre Charles, dit « Martel », une estime qui frisait la vénération. Le mérite essentiel de ce grand ancêtre fut d'arrêter, dans la plaine de Moussais, proche de Poitiers, l'élan des cavaliers d'Allah, sauvant ainsi la Gaule d'un destin identique à celui de l'Espagne.

Durant tout son règne, le roi Pépin s'est attaché à conformer son existence et ses pouvoirs à ceux de son père, en veillant à la protection des frontières. Cette préoccupation, j'en ai moi-même éprouvé la nécessité durant tout mon règne.

Je me dois de faire une place dans ce récit à une épée qui semble tenir de la légende, comme celle de Roland : Durandal, et celle d'Olivier : Hauteclaire.

Celle dont je veux parler se nomme Joyeuse. Longue d'une toise, avec une forte lame d'un demi-pied, forgée par un mystérieux artisan, Isaac, elle a la réputation de changer de couleur plusieurs fois par jour et de répandre dans la nuit une clarté lunaire. Autant de phénomènes que je ne fais que rapporter, car ils m'ont échappé. Elle abrite dans son pommeau la pointe de la lance qui a percé le flanc du Christ sur le Golgotha, et une relique de saint Jean le Baptiste. Elle figure aujourd'hui dans ma chapelle palatine, après avoir battu la cuisse des rois Charles et Pépin, lequel me l'a transmise.

J'allais avoir dix ans quand mon père, maire du palais du roi Childéric, avait décidé que le véritable souverain de la Gaule, c'était lui, et non le roi en titre qui semblait avoir fait abandon de ses pouvoirs et menait une vie de nabab.

Il avait envoyé une délégation de moines à Rome, pour poser au pape Zacharie cette question résultant d'une intrigue parfaitement ficelée : « Qui mérite le titre de souverain : celui qui règne à la manière des rois fainéants, ou celui qui assume les affaires et protège le royaume ? » La réponse du pontife ne surprit personne : il fallait en finir avec Childéric. Tonsuré, il fut jeté dans un couvent sans provoquer une révolution de palais. Mon père fut hissé sur le pavois à la manière des Francs de jadis et de là sur le trône.

J'étais présent lors de cette cérémonie sans faste mais balayée par de lourdes vagues d'émotion quand des clameurs de joie montaient autour de nous. Ma mère, la reine Bertrade, me tenait par la main, un mouchoir sous ses narines. J'ai vu des larmes ruisseler dans les moustaches des officiers.

C'est un missionnaire originaire d'Angleterre, Winfried, qui oignit mes parents des saintes huiles pour en faire un roi et une reine.

La veille du couronnement, dans notre villa proche de Soissons, je me tenais perché entre deux fortes branches d'un vieux chêne, où j'avais édifié une cabane de planches. De cet observatoire, j'avais vue sur les mouvements quotidiens du domaine, les colonnes de troupes revenant de mission, les caravanes de marchands arrivant des grands marchés du Sud avec parfois des dromadaires, des groupes de pèlerins et de moines de tous ordres, des files de mendiants et de vagabonds…

Ni le froid, ni la pluie ou l'orage n'auraient pu me chasser de cet abri, d'où le regard portait sur les horizons calmes et bleus du Soissonnais.

Ce jour-là, alors que le printemps rayonnait sur les lointaines forêts de Saint-Gobain et de Retz, mon attention fut attirée et retenue par la présence, près de l'abbaye, d'un fort contingent de troupes. Je m'attendais à entendre sonner les trompes, gronder les pas des chevaux et les clameurs guerrières, mais c'est seulement mon nom qui retentissait.

On me cherchait. Le fils de l'intendant savait où me trouver ; il me fit descendre de mon perchoir pour me conduire aux appartements de ma famille, où je fus accueilli par les reproches de mon père et deux soufflets de ma mère. On aurait tout juste le temps de me laver le museau, de faire ma toilette et de me vêtir des habits de cérémonie propres à me faire assister au couronnement, à l'onction sacrée par le moine Winfried, à la messe et au banquet qui suivrait.

Je ne garde de cette journée fabuleuse que le souvenir d'un brouillard sonore et lumineux : acclamations de la horde, litanies des religieux, gerbes de soleil jouant avec les vapeurs d'encens... Du festin qui suivit et dura toute la nuit, je ne sais que ce que m'en dit ma mère : j'avais abusé de la venaison au point de vomir et de m'aliter, fenêtres ouvertes sur le tumulte joyeux des vivats et des chants de guerre.

À travers un nuage d'encens et la fumées des cierges de mauvais suif, il me semble revoir surgir un vieillard à barbe de sauvage, longue et grise, au regard empreint d'une étrange clarté, murmurant des incantations : le célébrant, Winfried, qui, quelques années plus tard, allait mourir en odeur de sainteté, sous le nom de Boniface.

Nommé archevêque de Mayence, il avait été chargé par le Saint-Siège d'aller prêcher la foi du Christ dans les terres païennes de Germanie. Il allait y créer des monastères et des écoles publiques, prêcher de village en village jusqu'aux rives de l'Elbe, aux confins de la Saxe, avant de se retrouver sur les bords de la mer nordique, en Frise, où il allait laisser sa vie. Son corps repose aujourd'hui au monastère de Fulda, dans les montagnes du Vogelsberg, le mont des Oiseaux.

Si je m'attarde sur la vie de saint Boniface, c'est qu'elle a été pour moi exemplaire. La majeure partie de mes missions royale et impériale a été de poursuivre et de parachever son œuvre d'évangélisation, par la croix et par l'épée. Il m'a laissé en héritage sa haine des moines aux mœurs dissolues et du clergé décadent. On lui prête des concubines, des actes de népotisme, des violences, mais j'en ai toujours douté : il est vrai qu'il s'était fait beaucoup d'ennemis dans la hiérarchie et avait suscité beaucoup de jalousie chez les moines.

Alcuin, qui fut durant des années mon secrétaire, mon confident et mon ami, m'a lu le texte d'une adresse à l'intention du pape Zacharie, dans laquelle Boniface évoque la situation pitoyable de l'Église. Il ne mâchait pas ses mots, dénonçait le mépris de la discipline, la simonie, le népotisme d'évêques fornicateurs et mondains, amateurs de chasse et de bonne chère, avec chaque soir dans leur lit « quatre à cinq concubines » !

De ma mère, la reine Bertrade « au grand pied », je garde un souvenir partagé entre ombre et lumière. Ses colères résonnent encore à mon oreille. Du vivant de son époux, elle s'immisçait avec fougue dans les affaires du royaume et, lui disparu, elle a témoigné d'une autorité maladroite.

Petite-fille d'Hugobert, riche aristocrate de Trèves, et fille du comte de Laon, Caribert, elle était, avant ma naissance, l'année 742, la concubine de Pépin, alors simple maire du palais du roi Childéric. Un mariage sous le signe de la croix allait, quelques années plus tard, régulariser leur union.

J'avais pour elle un sentiment mitigé, fait d'une affection sommaire et d'un respect inspiré par la crainte. Elle ne nous passait rien, à moi et à mon cadet, nous faisait surveiller par les serviteurs et, à la moindre peccadille, fondait sur nous comme la foudre. Mon droit d'aînesse me valait un traitement particulier : lorsque Carloman était puni d'une correction, je l'étais du fouet ou du cachot. Je devais, me disait-elle, « montrer l'exemple ». Ses rigueurs s'exerçaient avec la même violence contre les quelques concubines de son royal époux ; le moindre soupçon d'attache était sanctionné par leur éviction de la cour.

Elle professait une singulière passion pour les objets anciens. Lorsque les officiers des armées royales rapportaient du butin à la suite d'une campagne, elle s'attribuait les pièces les plus rares et précieuses qu'elle entassait dans un cabinet : vases d'or et d'argent, reliques de saints, têtes momifiées de chefs barbares, vêtements dont, parfois, elle s'affublait...

Son autre passion était l'observation des étoiles.

Elle avait aménagé dans un de nos domaines, à Quierzy, au sommet d'une haute tour de bois, une sorte d'observatoire rudimentaire d'où, les soirs de temps clair, elle plongeait dans le cosmos. Elle nous invitait parfois à l'y rejoindre, Carloman et moi, nous nommait constellations et planètes comme on lit dans un livre, parlait du mouvement des corps célestes avec une science qui aurait fait sourire Alcuin et Éginhard et rugir Aristote. Elle glissait insensiblement de l'astronomie à l'astrologie, de la science à la magie. Autant je prenais intérêt à ses descriptions d'Andromède, des Gémeaux ou de la Grande Ourse, autant les théories fumeuses que ces constellations lui inspiraient me faisaient bâiller d'ennui.

Peut-être plus que notre père, elle s'était mis en tête de faire de moi et de mon frère des missionnaires armés, chargés d'apporter la foi en terre païenne. La haine qu'elle vouait aux peuplades adonnées au culte des arbres et des eaux dépassait la mesure. À maintes reprises elle accompagna le roi dans ses campagnes de Germanie ou d'Aquitaine, la croix sur la poitrine.

J'avais onze ans lorsqu'elle décréta qu'il était temps de m'initier aux armes. Elle me fit confectionner une broigne en peau de bœuf sauvage, me choisit un cheval, une épée, une rondache et me lança, avec l'armée royale, dans ma première expédition guerrière, en Septimanie où les Maures de Cordoue en prenaient à leur aise. C'est ainsi que j'assistai, sans y prendre part, à des faits d'armes sanglants dans les plaines de la Narbonnaise, par des étés ardents.

J'avoue avoir pris à cette première campagne un plaisir qui allait croître au cours des années, sans me procurer, piètre guerrier que je suis, l'occasion de tirer mon épée.

Durant les longues soirées d'hiver, au coin de l'âtre, en épluchant des châtaignes grillées et en buvant du cidre, j'écoutais le roi, mon père, évoquer les temps anciens. J'y prenais quelque plaisir, mais les noms de Pharamond, de Chlodion, de Mérovée, le récit de leurs exploits, finissaient par se brouiller dans ma tête et m'endormir.

Je regrette aujourd'hui mon manque d'attention. Mon père, conteur talentueux, excellait à faire surgir des ténèbres de l'histoire des rois conquérants, incultes, frustes dans leur foi et leur comportement. Il leur prêtait à la légère des pensées prophétiques et la volonté de faire de ce magma qu'était l'Occident une terre de mission : autant d'idées qu'il faisait siennes.

Il n'avait avec sa famille que des rapports sommaires,

dépourvus de véritable affection, d'autant que nous le voyions peu souvent.

Il passait la majeure partie de son temps à des colloques avec ses officiers palatins, à des équipées de chasse, à l'inspection de ses domaines et des monastères. Lorsque je le croisais dans une allée, il passait sans me regarder. Au cours des repas, il conversait plus volontiers avec ses proches qu'avec sa famille et ne paraissait s'intéresser à nous que lorsque nous commettions une bévue ou une incongruité. On le disait froid, distant, impénétrable. Il y a dans cette appréciation une part de vérité, mais cet homme rigoureux, aux mœurs simples et à la foi intense, était possédé par le sentiment de la justice : la qualité qui fait un bon roi.

Parfois, au retour d'une campagne, après le repas du soir, il nous prenait, moi ou mon frère, sur ses genoux et fredonnait quelque chanson ramenée d'Aquitaine ou de Germanie. Je respirais avec dégoût son haleine de gros mangeur : ail et cervoise. Il avait toujours à sa portée un tonnelet de cette boisson forte, s'en arrosait le gosier et rotait fortement.

Souvent, ivre à la fin des repas, il se livrait à des facéties d'un goût abject. Un soir, alors qu'il avait à sa table un comte de Neustrie et sa famille, il exigea que son épouse fît étalage de son infirmité congénitale en posant son pied difforme sur la nappe. Comme elle se montrait réticente, il se fâcha et, la prenant par les jambes, la força à s'exhiber, comme s'il se flattait d'avoir épousé un phénomène.

Personnage complexe, souvent odieux, parfois attachant, il était soucieux de se montrer avec l'aura de la culture. Lettré lui-même, il invitait dans ses domaines des savants d'Irlande, d'Angleterre, d'Aquitaine ou de la lointaine Bavière. Il passait des heures en leur compagnie à lire et à commenter des auteurs latins ou grecs. Du haut de ma solitude arboricole, je suivais leurs promenades dans les allées de la villa, animées parfois de controverses dont quelques bribes me parvenaient.

À l'image de ses prédécesseurs et de presque tous les souverains d'Occident et d'Orient, il jouissait des faveurs mercenaires d'un essaim de concubines choisies parmi nos servantes, avec une prédilection pour les Aquitaines. Il en avait des enfants dont il se désintéressait, sauf s'il devinait en eux une nature d'exception ; il leur donnait alors une éducation propre à leur ouvrir les chemins de la foi ou de la guerre.

L'existence, dans nos divers lieux de résidence, était agréable et attrayante pour les enfants que nous étions, Carloman et moi.

Les moments les plus ennuyeux étaient ceux que nous passions dans le *scriptorium*, aux études qui nous étaient imposées par nos parents. Je prenais davantage d'intérêt à mes rêveries dans les arbres, à la chasse et aux exercices physiques, la nage notamment, dans les rivières voisines.

J'avais pourtant une prédilection pour les heures passées dans mes cabanes. J'y jouissais de la paix profonde de la forêt proche et des champs qui entouraient nos domaines. Un jour, me disais-je, je serais le maître de cet espace, de ces collines, de ces montagnes, et pourrais chevaucher durant des jours sans en voir les confins.

Au début de chaque été, les peuplades soumises à mon père lui livraient leur tribut rituel : des centaines de têtes de bétail et de chevaux dont l'armée faisait grande consommation. Voir, de mon perchoir, déboucher sur les chemins menant aux domaines la lente procession beuglante ou hennissante était un spectacle de choix qui, le soir venu, s'agrémentait dans la cour d'un festin de viande fraîche.

Alors que j'allais sur mes treize ans, ma première aventure sentimentale faillit dégénérer en tragédie.

Au cours de mes bains en rivière ou en étang, j'avais observé la présence d'une gamine, Clarissa, fille d'une concubine de mon père, Leutburgie. En ma présence, elle se mettait nue sans la moindre gêne et même avec un soupçon de perversité. Alors que je nageais fort bien, elle se contentait de barboter sur la berge, dans les roselières, presque femme déjà et si provocante qu'elle ne tarda pas à attiser mon désir.

Un matin d'été, alors que je rêvassais dans ma cabane, en marge de notre villa de Soissons, elle surgit, croquant une pomme. Après un moment d'expectative, elle me demanda la permission d'emprunter mon échelle pour me rejoindre, ce qui, loin de m'importuner, me ravit. Elle s'assit sur la branche, jambes ballantes dans le vide, sa tête contre mon épaule.

Ce qui se passa par la suite, je m'abstiendrai de le relater. Au plaisir intense que procura au puceau que j'étais cette première étreinte allait succéder un châtiment qui rappelait l'Ancien Testament.

Nous n'avions pas eu comme seuls témoins de nos ébats merles et mésanges. Le fils de l'intendant chargé de nos vignobles, caché derrière un buisson, avait assisté à la scène et n'avait rien eu de plus pressé que d'aller la rapporter à son père qui la communiqua à la reine.

Au retour, encore rose de plaisir, je tombai sur ma mère. Elle m'attendait, mains sur les hanches, armée du fouet dont je ne connaissais que trop l'usage. Frémissante de colère, elle m'épargna la semonce que j'attendais mais pas le châtiment que je redoutais : vingt coups de lanière qu'elle administra elle-même, insensible à mes gémissements, sur la chair tendre de mes fesses. Enfermé au cachot durant une semaine, incapable de me tenir assis, malgré les onguents administrés sur mes plaies par une esclave compatissante, je crus mourir de douleur et de faim.

Pour Clarissa et sa mère, le châtiment fut différent mais plus cruel : Leutburgie renvoyée à ses foyers, Clarissa et ses frères enfermés dans un couvent. J'appris d'une servante les motifs de cette peine d'une extrême sévérité : ma première maîtresse était ma sœur, une bâtarde née des étreintes du roi avec sa mère.

J'avoue avoir vu partir cette fille sans regret ni remords, le mot *inceste* ne figurant pas encore dans mon vocabulaire. L'y eût-il été que je n'en eusse conçu aucun trouble, étranger que j'étais à ces subtilités d'adultes.

Après avoir apprécié le vertige de la chair, je n'allais pas m'en tenir à cette expérience. Dans les mois qui suivirent, d'autres créatures allaient faire mes délices. L'idée me vint, des années après cet événement, alors que la mort de mon père m'avait délivré de sa sujétion, de faire rompre ses vœux à Clarissa. J'oubliai vite ce mouvement généreux, d'autant qu'aux dires d'une dame de compagnie de ma mère, son nouvel état lui convenait.

J'avais eu une chance dans cette épreuve : mon père était en Aquitaine, occupé à traquer un rebelle, le duc Waïfre. Eût-il été présent, je n'ose imaginer sa réaction : la tonsure et le couvent peut-être. Il ne sut jamais rien de cette aventure.

À la fin de cette journée, j'ai senti une telle lassitude chez Éginhard que j'ai eu pitié de lui. À plusieurs reprises, le calame lui est tombé des mains, il s'est assoupi, et j'ai dû tousser fortement pour le ramener à sa tâche.

Ce n'est pas sans plaisir que j'ai replongé dans les eaux troubles de mon enfance, encore qu'elle ne présentât rien qui pût laisser prévoir la haute destinée qui m'attendait.

Avant le repas du soir, à la nuit tombée, j'ai fait allumer les chandelles, et j'ai lancé à mon secrétaire :

— Au travail, mon ami ! Es-tu prêt ? Il nous reste encore une bonne heure avant de passer à table. Mettons-la à profit.

Il a posé son écritoire à ses pieds et m'a répondu par un gémissement et une voix au ton pathétique :

— Pitié, sire ! Je rends les armes. Faites-moi la grâce de m'épargner ce travail supplémentaire. J'ai le ventre creux et droit au repos vespéral, comme le dernier de vos esclaves. D'ailleurs ma main s'ankylose.

— Eh bien, soit ! nous reprendrons demain, mais je t'en préviens, la journée sera longue. Je veux te voir à mon chevet au lever du jour.

Il a haussé les épaules et répondu avec un air compatissant :

— Sire… Dois-je vous rappeler que votre journée de demain sera prise par les préparatifs de la réception des envoyés du calife de Bagdad Haroun al-Rachid, et que nous avons du courrier en retard pour Rome ?

— Certes... Certes... Merci de me rappeler ces obligations, mais nous trouverons bien quelques heures pour poursuivre mon récit. Je me sens déjà emporté par ces souvenirs et il m'en coûte de leur résister. Et si je me faisais passer pour malade ? À mon âge, on trouverait cela naturel.

— Vous n'y songez pas sérieusement ! Ces gens sont susceptibles et seraient capables de repartir en emportant leurs présents.

— Tu as raison comme toujours, mon ami, ai-je soupiré. Il est vrai que les présents du calife ne sont pas à dédaigner. Je chargerai l'intendant des préparatifs. Quant à la réception, elle ne me retiendra pas plus d'une heure ou deux, selon l'importance des cadeaux. Mon ami Haroun m'a promis un tigre de Bactriane pour ma ménagerie. Cela vaut bien un petit sacrifice...

J'ai demandé à Éginhard ce qu'il pensait de ce préambule sur mes modestes exploits juvéniles. Il trouve qu'il traîne un peu en longueur, que je me montre bien sévère pour mes parents, que mon récit comporte quelques erreurs sur les dates et l'identité de quelques personnages.

— Votre mère par exemple, sire... Était-elle aussi sévère que vous le dites ? Vous en faites une mégère. Cela sent la vengeance. Est-ce bien digne de vous ?

— C'est un récit que je confie à ton calame, pas un recueil de légendes ! On voit bien que tes fesses n'ont pas, comme les miennes, souffert du fouet. À en croire les légendes lénifiantes qui courent sur elle, ce serait une « forte femme ». C'est faire table rase de ses accès d'autoritarisme, des erreurs politiques qui ont suivi la mort du roi Pépin, des guerres qu'elle a failli engendrer...

Je me lève avec effort. Après des heures dans ce fauteuil tapissé de coussins, je me sens comme figé. Le moindre mouvement réveille mes douleurs. À force de monologuer, les mots peinent à sortir de mes lèvres, ce qui m'oblige à me répéter. Je m'en excuse auprès d'Éginhard et lui demande ce qu'il en pense.

— Sauf votre respect, votre voix ressemble à celle d'un agonisant qui réclame les sacrements.

Je n'ai jamais été fier de ma voix. On la juge aigrelette comme celle d'un castrat dans une conversation courante, et tonitruante dans la colère. De plus, je chante faux, alors que le plain-chant est ma passion.

— Un agonisant... Éginhard, comment oses-tu ? Eh bien, je te pardonne. Assez parlé, nous allons passer à table. J'ai faim, moi aussi. Qu'aurons-nous ce soir ?

— Une soupe de poule avec des légumes.

— Rien de bien réjouissant... Et ensuite ?

— Un quartier de daim grillé, à l'ail, des poissons de la Meuse et le vin de Mayence qu'on vous a fait livrer ce matin.

— Me tiendras-tu compagnie ?

— Je n'y manquerai pas, sire, mais à condition que vous n'ouvriez la bouche que pour manger !

Les événements intéressant l'Empire ne me laissent guère en repos, alors que la sérénité me serait nécessaire pour remonter le temps. Tandis que je dicte à mon secrétaire souvenirs et commentaires, mon esprit doit affronter le passé et se soumettre au présent.

Il n'est guère réjouissant.

Les guerriers venus des frontières septentrionales de la Germanie, ces Danois qu'on appelle aussi des Normands ou des Vikings, se sentent, à mon détriment, pousser des ailes de conquérants. Ils lancent sur les côtes de l'Angleterre, de la Frise et jusqu'à celles de l'Aquitaine, leurs lourdes barques à rames et à voile, les drakkars, chargées de géants bardés de fer et de cuir. Ils remontent le fil des fleuves et des rivières et repartent avec des prisonniers et du butin.

Les affronter sur leur terrain de prédilection, la mer, est hasardeux. J'ai trop longtemps négligé mes forces navales pour ne me consacrer qu'à mes armées de terre. Je recueille aujourd'hui les fruits amers de cette erreur stratégique. Les Danois sont des navigateurs-nés, et je suis un terrien. Je n'oserais donc me risquer à leur livrer une bataille navale. Je dois me contenter de dispositifs de défense : quelques postes côtiers avec de petites garnisons destinées à leur interdire nos estuaires.

Dans les jours qui viennent, cette situation inquiétante m'obligera à un voyage d'inspection dans les plaines marécageuses de la Frise, la première de mes provinces menacées par ces hordes de pillards, au risque d'y laisser ma santé et peut-être ma vie.

Je me ferai suivre d'Éginhard et, aux haltes du soir, si mon état m'y autorise, nous reprendrons le fil de mon récit.

2

Les années d'apprentissage

Récit de Charles : années 754 à 768

L'événement majeur dont je vais entreprendre la relation a été pour moi l'occasion d'enrichir mon vocabulaire de deux mots nouveaux : exarchat et Pentapole. C'est du pape Zacharie que j'en ai appris la définition et ce qu'elle recouvre.

L'exarchat, comme son nom l'indique, est un territoire soumis au pouvoir d'un exarque, chargé d'y représenter le patriarcat, et de la hiérarchie ecclésiastique. Celui dont je parle est une enclave du royaume de Lombardie ; il a pour capitale Ravenne, ville ancienne, sombre, ceinte de remparts décatis et parcourue de ruelles étroites et sales ; elle n'a de remarquable que les monuments qui rappellent le règne du roi ostrogoth Théodoric : la basilique Saint-Vital parsemée de mosaïques byzantines, et la porte d'Or. Située au nord-est de Rome, elle a un port ouvert sur l'Adriatique et entretient des rapports fructueux avec Constantinople.

La Pentapole, constituée d'une constellation de villes riches et puissantes : Rimini, Pesaro, Fano, Sinigaglia et Ancône, presque toutes donnant sur l'Adriatique, est, depuis des lustres, sous la tutelle de Byzance.

Conquises, reprises, réoccupées, toujours exposées aux mêmes menaces, ces deux entités constituaient pour les rois lombards des proies fascinantes offertes à leur appétit, malgré les protestations et les menaces du Saint-Siège.

Au milieu du siècle, le pape Zacharie, Grec de Calabre,

qui avait donné l'onction royale à mes parents, mourut et fut remplacé sur le trône de Pierre par Étienne II. Cet homme courageux, au fait des événements du siècle, hérita des soucis de son prédécesseur quant à ces territoires, mais se refusa comme lui à faire appel au basileus, l'empereur de Byzance. Autant frapper du poing un mur : le palais de Constantinople était en proie à des intrigues sempiternelles qui l'obligeaient à se désintéresser du sort de ces lointaines colonies.

C'est alors qu'Étienne prit le seul parti capable de mettre fin à la boulimie des Lombards : demander l'aide de mon père, l'oint du Seigneur, et de ses armées. Il quitta Rome au cœur de l'hiver avec une escorte armée, effectua auprès d'Aistolf, roi lombard siégeant à Pavie, sa capitale, une ultime démarche, et, déçu, fit route pour la Gaule à travers les Alpes, sous des tempêtes de neige.

Un pape quittant Rome pour une terre étrangère, cela ne s'était jamais vu.

Un matin de décembre, mon père me fit descendre de ma cabane et, d'une voix grave, m'annonça qu'il avait décidé de me confier une mission d'importance : me porter avec une escorte armée au-devant du pape Étienne, dont un quarteron d'officiers romains étaient venus lui annoncer la visite. Comme je restais de marbre, il ajouta :

— Mon fils, il est temps de t'initier aux affaires du royaume. Cette fois-ci, tu n'auras pas à combattre un ennemi. Cette mission ne sera rien d'autre qu'une promenade. Tu auras à lutter seulement contre le froid et la fatigue, mais tu n'en souffriras guère plus que dans ton arbre. Tu trouveras le Saint-Père et les membres de sa curie sur la route de Thionville et tu le guideras jusqu'à cette ville, où il passera Noël en notre compagnie. Tu devras te montrer digne de ma confiance. Promets-moi de ne pas la trahir.

Au comble de la confusion, je marmonnai une vague promesse. Dans les heures qui suivirent, je tentai de m'expliquer cette décision. Pourquoi, si cette mission était d'une telle importance, m'avoir désigné pour l'accomplir, alors que rien, ni sa santé ni ses soucis, n'en exemptait mon père ? Cette question, je me la pose aujourd'hui encore, sans entrevoir la moindre réponse.

Je me réjouissais que mon père ne m'eût pas imposé la traversée des Alpes. Il avait également pris la précaution de me faire précéder, plusieurs jours avant mon départ, d'un détachement d'une dizaine de soldats accompagnés de deux religieux du palais, pour aider Sa Sainteté à trouver son chemin à travers un pays que ses pieds n'avaient jamais foulé. Ils avaient mission de l'attendre au sortir des Alpes, à Saint-Maurice en Valais, et de lui faire prendre quelque repos à l'abbatiale de Romainmôtier, dans les monts du Jura.

Dans les parages de Langres, alors que la neige tombait dru sur les mornes étendues du plateau, j'allais éprouver la plus forte émotion de ma jeune existence.

Après avoir tourné en rond parmi des espaces désolés, balayés par des vents âpres et mordants, nous avons dû renoncer à trouver l'escorte du pape et celle que mon père avait chargée de le guider jusqu'à nous. Nous avions célébré Noël depuis quelques jours dans une abbaye dont j'ai oublié le nom, tassée au creux d'une vallée, sous un édredon de brume. Ce fut le plus triste Noël que je connus jamais, même, plus tard, dans les montagnes de la Bohême.

Le matin du 6 janvier, nous nous apprêtions à partir chasser le loup pour tromper notre ennui et dégourdir nos membres, quand deux cavaliers frappèrent à la porte du monastère. Dans la demi-pénombre qui baignait la cour, je reconnus les chefs de l'escorte envoyée par mon père pour guider le pape Étienne jusqu'à nous. Ils m'annoncèrent qu'ils précédaient de peu le pontife.

L'un d'eux, Rothard, m'invita à aller au-devant de lui pour lui présenter mes civilités. Je revêtis ma grosse houppelande à large ceinture de cuir et partis, accompagné de quelques hommes, dans la bise aigre qui soufflait du mont des Fourches, et, juché sur une butte, attendis que l'escorte papale se montrât.

Lorsque je la vis déboucher à la corne d'un bois, mon

émotion fut à son comble. Les consignes de mon père se bousculaient dans ma tête : descendre de cheval tête nue, m'agenouiller, baiser la main que Sa Sainteté tendrait vers moi, prononcer les paroles rituelles de bienvenue, le conduire par la bride…

Je fis de mon mieux et, en dépit de mon émotion, m'en tirai assez bien, si j'en crois ma suite.

Au cours de la veillée qui suivit le repas spartiate des moines, Étienne nous narra son odyssée : au passage des cols, il avait perdu un de ses religieux tombé avec sa mule dans un précipice, un autre qui n'avait pas supporté le froid ; il avait passé des jours à errer, malgré les guides de montagne dont il avait loué les services, mais, à Saint-Maurice, le soleil l'avait accueilli comme un signe favorable à ses démarches…

C'est à Ponthion, et non à Thionville, que je me suis retrouvé au terme de notre équipée, rompu mais heureux d'avoir rempli ma mission, malgré quelques aléas dus à la rudesse du temps.

Le roi tint à se rendre au-devant de ses visiteurs, comme je l'avais fait moi-même, mais sans risque de se perdre ou de mourir de froid, car il attendit qu'Étienne fût en vue pour s'exécuter. Je le vis descendre de cheval, se prosterner, prendre le mors de la monture du pape et, comme un simple écuyer, le conduire jusqu'au palais où son épouse, ayant sonné le ban des abbés, des évêques et de sa domesticité, l'attendait au milieu de la cour déblayée de sa neige, dans un concert d'alléluias.

Je ne fus pas admis à participer au colloque qui suivit, entre le pape Étienne, sa curie, et mon père entouré de ses ducs et comtes, mais n'en gardai pas de rancune à mon père, d'autant que j'ignorais les motifs de cette visite et que j'eusse été incapable de formuler des avis.

Le duc Rothard se contenta de me traduire l'essentiel de ces entretiens. Ils pourraient se résumer en quelques mots : « Sire, consentez-vous à défendre Rome, ses États et la cause de saint Pierre contre la race ignoble des Lombards ? »

— Pour présenter sa requête, ajouta Rothard, le pape s'est prosterné devant ton père qui l'a aidé à se relever en l'assurant de sa bonne volonté et de son soutien inconditionnel. Ils se sont embrassés et ont prié ensemble, côte à côte.

Le roi n'attendit pas longtemps les témoignages de la reconnaissance d'Étienne : ce fut la confirmation, dans la basilique de Saint-Denis, près de Lutèce, du sacre de mes parents. Nous fûmes, Carloman et moi, inclus dans ce rituel. Désormais, qui oserait contester au roi son pouvoir serait frappé d'excommunication. Je reçus la couronne de prince à Noyon et mon frère à Soissons.

Parenthèse :

— Je te prie, Éginhard, de m'expliquer les raisons qui ont permis à des historiens d'écrire qu'il n'y a rien à retenir de ma jeunesse. Toi-même, mon ami...

— Sire, faites-moi la grâce de croire que si, dans mes écrits, je n'ai mentionné que les événements importants qui ont marqué vos débuts dans la vie, c'est que la plupart des gens qui auraient pu en témoigner ont disparu...

Il semble que le pontife se soit plu en Francie, au point qu'il y demeura près d'un an. Ce temps s'est passé en visites d'églises, de sanctuaires monastiques, de *scriptoria*, d'écoles... On semait sous ses pas, selon la saison, des fleurs ou des verdures, en agitant des rameaux comme pour l'entrée du Christ à Jérusalem. À croire qu'il songeait à renoncer au siège de l'apôtre Pierre pour s'installer en Francie, y créer une nouvelle Rome et laisser l'ancienne livrée aux hordes d'Aistolf...

Mon père me faisait pitié.

Un jour où il était en veine de confidences, il avoua à la reine, en ma présence, l'embarras dans lequel l'avait plongé la promesse faite à Étienne. C'est sans enthousiasme mais par respect de la parole donnée qu'il eût rassemblé ses troupes pour marcher contre les Lombards, sinon pour leur faire sentir le poids de ses armes, du moins pour leur faire éprouver sa toute-puissance et prévenir leurs méfaits. Il se serait heurté au mauvais vouloir de ses ducs et de ses comtes qui ne voyaient pas la nécessité d'une expédition dans ces terres lointaines où certains avaient des amis ou de la parenté.

Il s'ajoutait à ces réticences celles de son épouse. La reine Bertrade voyait d'un mauvais œil une attitude hostile envers le roi Aistolf pour lequel, j'ignore pourquoi, elle éprouvait de la sympathie.

Seule solution qui s'imposât à mon père, plutôt que de se lancer étourdiment dans un conflit dont il n'attendait rien de favorable : temporiser. Sa foi et sa promesse lui imposaient un devoir de protection ; sa raison le dissuadait de s'engager dans cette aventure, d'autant qu'il avait fort à faire en Aquitaine. D'ailleurs, rien ne pressait : les Lombards n'étaient pas aux portes de Rome…

Il estima utile de jauger les intentions du roi Aistolf en envoyant une délégation à Pavie. Elle fut reçue froidement et congédiée avec des propos humiliants et des menaces.

Dès lors, la guerre semblait inévitable.

Mon père en prit la décision dans son domaine de Quierzy, alors qu'Étienne poursuivait sa tournée pastorale à travers la Francie. Je puis témoigner, étant présent, de la conviction qu'il mit à imposer ses vues. La reine et les grands durent s'incliner, non sans regimber.

Son alliance avec le Saint-Siège allait donner à la mission chrétienne de mon père une dimension nouvelle : il était désormais le *patrice* de Rome, avec l'obligation de porter secours au pape en toutes circonstances et en tous lieux : une sorte de garde du corps. Quant à ma mère, « dame très noble et très dévote », elle avait désormais, et sans conteste, revêtu la « robe royale ».

Les officiers et les grands traînaient les pieds quand, au cours de l'été de l'année 754, le roi les convoqua pour amener le roi Aistolf à des sentiments respectueux envers la papauté. À part lui et quelques proches, cette expédition ne plaisait à personne, à moi moins qu'à tout autre : cela me contrariait de voir mon père, âgé de quarante ans et d'une santé déclinante, s'engager dans cette aventure.

Lorsque les négociations sont impuissantes à régler des conflits, que faire sinon riposter par la force ? Patrice des Romains, mon père ne faisait que répondre à sa mission.

Le roi m'ayant informé de la nécessité de ma présence, j'obéis sans déplaisir, et même avec une certaine fierté. Le prince que j'étais, fils d'un roi très chrétien, ne pouvait qu'être flatté de cette décision. Et puis, dois-je l'avouer, je m'ennuyais un peu à la cour, malgré quelques blandices secrètes mais délectables avec nos petites servantes.

Cette chevauchée guerrière, qui allait nous conduire en Lombardie en passant par la Maurienne, avec des étapes à Vienne et dans la grande ville de Lyon, avait tout pour séduire le jeune prince ardent que j'étais. En dépit de violents orages accompagnés de pluies diluviennes, d'une traversée difficile du Rhône où nous laissâmes quelques cavaliers avec leur monture, je pris un plaisir intense à cette équipée.

Aux haltes du soir, en compagnie de quelques vieilles moustaches franques ou saxonnes, je me perfectionnai dans le maniement des armes : arc, épée, hache de guerre, bouclier... J'appris même à souffler dans l'oliphant, cette corne qui scande la marche des armées et transmet les consignes. Je mêlai ma voix aux rudes chansons de route des soldats. Je ne dédaignais pas de boire la bière et le vin, en me gardant des abus et, à l'occasion, de trousser des servantes d'auberge ou des filles de serfs.

Par Saint-Jean-de-Maurienne, l'armée entreprit le franchissement des Alpes sous une accablante chaleur estivale. Je découvris du haut des cols l'immensité incommensurable du monde, qui me fit vite oublier celui auquel j'étais confronté du haut de mes cabanes.

Avant de pénétrer dans les vallées italiennes, il fallut

faire le siège des postes avancés des Lombards. Leurs occupants, vieux soldats ou jeunes recrues sans expérience et atterrés par le nombre de nos guerriers, ne tardaient pas à nous ouvrir leurs portes. Ceux qui résistaient étaient passés au fil de l'épée.

Au col de Suse, le roi fit porter à Aistolf une sommation le mettant en demeure de rendre à l'Église les opulentes cités de Ravenne et de Rimini, afin d'éviter d'en venir à un affrontement. La réponse lui parvint une semaine plus tard : un refus catégorique accompagné de provocations.

Lorsque l'armée franque se remit en route, rien ne paraissait devoir lui résister. À la simple vue de nos troupes, l'ennemi se débandait et les villes s'ouvraient à elles.

Mon père aurait aimé savoir où rencontrer le roi Aistolf. Des notables de Turin l'informèrent qu'il le trouverait dans sa capitale, Pavie, au confluent du Ticino et du Naviglio, au milieu d'une vaste plaine marécageuse. Nous nous y acheminâmes par petites journées sans rencontrer la moindre résistance et, ordre du roi, en évitant pillages et massacres.

Notre armée prit ses quartiers dans les parages d'une grande chartreuse proche de la cité qui, sur les instances du pape Étienne, nous accueillit avec chaleur et pourvut à notre subsistance.

À contempler les imposantes murailles antiques qui protégeaient la ville et les rivières favorables à sa protection, nous nous disions qu'il faudrait des mois, peut-être des années, pour obtenir sa soumission. Nous fûmes agréablement surpris, après quelques assauts, de recevoir des émissaires du roi Aistolf venant nous proposer une reddition confirmée par la remise d'une quarantaine d'otages.

J'étais présent près du pape quand il manifesta ses réticences.

— Sire, dit-il, je crains que cette victoire, trop facile à mon avis, ne cache un piège. Je connais bien Aistolf : sa parole ne vaut pas une guigne.

— Votre Sainteté, répondit mon père, je ne puis faire exécuter Aistolf, envahir son royaume et maintenir une armée en Italie. J'ai accompli ma mission. Vous ne pouvez m'en demander plus.

Dans les jours qui suivirent la reddition de Pavie, mon père fit reconduire Étienne à Rome par une forte escorte de cavalerie, puis nous nous en retournâmes par le même chemin qu'à notre venue. Dans toutes les villes que nous traversâmes, nous étions accueillis par des ovations, des bouquets de fleurs, des invitations à savourer les vins de Lombardie... À croire qu'Aistolf ne faisait pas l'unanimité dans ses conflits avec le Saint-Siège.

L'image la plus saisissante que je garde de cette campagne reste la cérémonie au cours de laquelle le roi des Lombards fit remettre à mon père les clés de sa capitale, Pavie. Il était vêtu à la manière des souverains de Byzance : tunique brodée d'or, retenue à l'épaule par une fibule faite d'une grosse émeraude, diadème d'or enchâssé de diamants sur le front. Ses brodequins de soie rouge ornés de pierreries jetaient à chacun de ses pas de petits éclats de lumière, comme s'il foulait un lit d'étincelles.

Sous ses apparences doucereuses et ses sourires lénifiants on pouvait deviner un personnage à double face, une sorte de Janus qui disait blanc et pensait noir. « Nous allons avoir, me disais-je, à nous en méfier. »

Étienne avait eu raison de mettre mon père en garde contre ses illusions.

Quelques mois plus tard, des émissaires de la colline vaticane franchirent de nouveau la frontière pour demander du secours contre de nouvelles agressions d'Aistolf qui avait fait avancer son armée jusqu'aux portes de Rome. Dans son message pathétique, Étienne déclarait : « Le patrice des Romains que vous êtes, sire, se doit de défendre la demeure où saint Pierre repose selon sa chair ! »

Fidèle à ses promesses, mon père organisa une nouvelle expédition punitive. Elle prit la route de l'Italie au mois de mai, l'an 756, date de mes quatorze ans, mais sans ma présence.

Il avait décidé que mon précepteur mettrait à profit les

bonnes dispositions que je manifestais pour l'histoire en général et l'Italie en particulier, et que j'en apprendrais plus de lui que de cette nouvelle aventure.

Il profita de cette sage décision pour m'informer du statut singulier qui régissait la Péninsule. Elle était, me dit-il, placée pour une grande part sous la tutelle fictive de Byzance et faisait donc partie de l'Empire d'Orient.

Comme je trouvais singulier que le basileus se montrât indifférent aux événements dont l'Italie était le théâtre, mon précepteur me répondit :

— La raison en est simple. Malgré l'étendue de ses territoires, l'Empire byzantin est un colosse fragile. L'autorité du basileus est souvent ébranlée par des querelles intestines, ses relations avec les papes sont tendues et il doit sans cesse surveiller ses frontières contre des hordes de Bulgares et les cavaliers de l'Islam.

Il me révéla le nom du basileus qui régnait à cette époque : Constantin, dit *Copronyme*, ce qui signifie ordurier…

Le départ de l'expédition avait singulièrement changé le comportement de la reine Bertrade envers son entourage, et moi en particulier, qui lui tenais tête quand elle passait les bornes de son autorité tutélaire.

— Ce qui me surprend, me confia mon précepteur, c'est que tu ne t'en sois pas aperçu plus tôt. Dès que le roi s'absente, ne serait-ce que quelques semaines, l'attitude de la reine change brusquement, comme si elle était investie à jamais du gouvernement et que son veuvage lui fût annoncé par les devineresses dont elle s'entoure. Sitôt le roi de retour, elle revient à ses ouvrages de toile.

Elle manifestait son autorité dans toutes les branches du gouvernement, imposait sa volonté aux intendants pour la gestion des domaines, aux officiers paladins pour leur surveillance et aux évêques, qu'elle traitait comme des domestiques à sa solde, pour le respect de la foi et la discipline monastique.

La décision du roi l'avait contrariée. Elle devait voir dans ma présence, je ne sais pourquoi, un obstacle à son excès d'autorité et à ses caprices, un opposant, un juge peut-être, ce qu'à Dieu ne plaise !

Je m'ouvris de mon trouble à mon précepteur.

— Il semble, me dit-il, que ta mère ait une préférence pour ton frère, le prince Carloman, beaucoup plus jeune et malléable que toi. Elle paraît vouloir le façonner à son image, alors qu'elle voit en toi celle du roi. Cette situation pourrait impliquer une révolte de ta part, mais je sais que tu n'en viendras pas à cette extrémité. Prends ton mal en patience et laisse ta mère à ses fantaisies, en espérant qu'elle ne commettra pas trop de bévues.

L'armée franque menée par mon père franchit de nouveau les Alpes et ne fit que réitérer les faciles exploits de la première expédition : escarmouches, débandade de l'ennemi le long du fleuve Pô, siège de Pavie, soumission du roi Aistolf, remise au vainqueur des clés des villes indûment occupées...

Seul changement : la méfiance du roi des Francs. Chat échaudé, dit-on, craint l'eau froide. Il avait de bonnes raisons de se montrer prudent. Il fit porter ces clés au pape Étienne qui obtenait ainsi des territoires... relevant en réalité de l'autorité de Byzance ! Le Saint-Siège se trouvait, à la suite de cette expédition, doté d'un véritable État, sous la protection armée du roi Pépin.

De retour en Francie, sa mission remplie avec peu de pertes, mon père apprit la mort de Childéric, le roi détrôné, tonsuré et jeté au monastère de Saint-Omer par le maire du palais. Les circonstances plus que l'attrait du pouvoir justifiaient l'usurpation dont mon père s'était rendu coupable. Roi, Childéric était peu de chose ; moine, balayé par l'Histoire, il ne fut plus rien...

D'autres soucis attendaient le roi à son retour d'Italie.

Les troubles qui agitaient l'Aquitaine étaient comme une écharde dans son talon. Lorsque l'on évoquait devant lui ce conflit, il s'assombrissait et ses propos se faisaient tranchants. Cette guerre n'en était pas une, mais plutôt une série de poursuites à travers plaines et montagnes, de coups de main et de représailles contre des peuplades rebelles.

Le champion de la souveraineté aquitaine, Hunald, avait pris la suite du duc Eudes dans cette lutte. Mon père avait hérité du roi Charles Martel cette rébellion contre les « Barbares du Nord ». Avec la ville de Toulouse pour capitale et d'immenses territoires au sud de la Loire, entre l'Atlantique et le Rhône, cette dynastie ducale portait haut ses bannières au lion.

Chaque année ou presque, il fallait soumettre ces rebelles à la loi franque, et chaque fois, après des campagnes interminables mais sans batailles rangées, il fallait renoncer. Nos armées s'y usaient.

Capturé, torturé, les yeux crevés, enfermé dans un monastère de l'île de Ré par son frère Hatton, le duc Hunald s'était éteint alors que mon père préparait une nouvelle expédition.

Arrivait-on enfin au terme de cette guerre d'usure ? Il n'en fut rien. Un nouveau champion de l'Aquitaine, le duc Waïfre, fils de Hunald, avait repris les armes avec une énergie nouvelle. Il était jeune, beau, ardent, doté d'une haine viscérale contre l'« envahisseur ». Durant des années, il allait se battre comme le lion dont les Aquitaine avaient fait leur emblème.

Une nouvelle réjouissante venue de Rome nous était parvenue à Quierzy : le roi Aistolf venait de mourir à Pavie, victime, disait-on à Rome, de vieillesse, d'épuisement et du venin qui le rongeait. Au soulagement que nous éprouvâmes s'ajoutait une crainte : voir son fils, Didier, reprendre ses ambitions. Un autre message rapportait qu'Aistolf était mort à la suite d'une chute de cheval, au cours d'une partie de chasse dans les plaines du Ticino.

Le pape n'allait pas longtemps jouir de son triomphe contre son vieil ennemi.

Un matin de mai, des émissaires pontificaux se présentèrent aux portes de Quierzy, avec une nouvelle affligeante :

Étienne venait de s'éteindre à Latran. Son frère, Paul, qui lui avait succédé, allait retrouver dans son héritage les ambitions dévorantes du vieux roi des Lombards. Didier était de la même étoffe avec, en plus, l'ardeur de la jeunesse.

Ce fut une des rares occasions que j'eus de voir des larmes sur le rude visage de mon père. Il ne pouvait oublier l'alliance sans faille qu'il avait nouée avec Étienne qui, dans ses missives, lui donnait le titre de « nouveau David ».

Le roi des Lombards n'allait pas tarder à faire parler de lui en termes inquiétants : il avait noué une entente avec le basileus Constantin *Copronyme*, champion de l'iconoclastie qui, en reniant le culte des images auquel nous étions attachés, risquait de détourner le peuple des saints parvis. Ils allaient s'entendre comme larrons en foire sur le dos du nouveau pape.

Le premier message de Paul Ier ne nous surprit guère : il suggérait l'installation à demeure, dans ses États, de forces armées franques dissuasives. C'était beaucoup demander. Il n'allait obtenir du roi des Francs que la promesse de séjours armés temporaires. Entreprendre une nouvelle campagne ? Il ne fallait pas y songer, du moins tant que Didier n'effectuerait aucune démonstration d'hostilité.

Mon père entreprit sagement de tenter une négociation avec Constantin. Notre ambassade, partie pour Constantinople, y arriva en pleine « guerre des images ».

À ce jour, l'Église de Francie était restée étrangère à ce schisme qui opposait les traditionnels défenseurs du culte des images aux destructeurs des effigies de personnages bibliques et de saints sous forme de statues, de mosaïques et de peintures.

J'étais présent, dans la ville de Gentilly, à un concile qui réunissait, dans un ambiance délétère, des représentants de Rome et de Constantinople. Les discussions menacèrent, à plusieurs reprises, de dériver en échauffourées et de mettre un terme à ces colloques. On s'en tint à un statu quo.

Mon père et la reine Bertrade s'étaient sagement tenus en marge de ces débats. Le roi Pépin, affecté par d'autres soucis que ces querelles « byzantines », s'était contenté d'un rôle d'arbitre. Quant à la reine, elle s'était vite désintéressée de ces controverses ; elle avait la tête plus politique que religieuse. J'avoue pour ma part une préférence pour le culte des images : outre qu'il donne aux artistes l'occasion d'exercer leurs talents, il offre aux fidèles l'expression concrète d'une foi naïve.

La conclusion du concile de Gentilly avait de quoi nous réjouir. Soucieux de ramener la paix dans l'Église du Christ, Constantin nous envoya une ambassade destinée à demander pour un de ses fils la main d'une de mes sœurs. Ma mère eût volontiers accédé à cette requête ; mon père s'y opposa. C'eût été cautionner les rapports politiques entre Byzance et les Lombards. On prétexta, pour justifier ce refus, le jeune âge de la fiancée potentielle. Nous ne sûmes jamais comment Constantin avait pris cette dérobade.

3

La couronne de fer

Le roi Pépin vieillissait mal.

La cinquantaine lui pesait, et les premières atteintes de la sénilité s'ajoutaient aux sempiternels soucis que lui créaient des situations embrouillées. Je le vis, un jour où il partait pour la chasse, s'y reprendre à trois fois avant de monter sur sa selle, avec l'aide de son écuyer. Des rides couturaient son visage, l'amertume se lisait sur ses lèvres, son regard s'égarait dans le vague et il perdait souvent pied dans la conversation.

Les affaires d'Italie traînaient en longueur, mais tout indiquait de prochaines agressions territoriales de la part du roi Didier. En Aquitaine, le duc Waïfre tenait encore le pays ; il fallait le poursuivre de tanière en refuge, tenter de lui imposer la paix par des massacres de peuplades innocentes. Aux marches de Bretagne, on devait sans cesse maintenir des troupes contre les pillards.

D'autres tracas allaient surgir en Bavière.

Annexée par le roi Clovis, cette lointaine province avait perdu de son intérêt pour ses successeurs et avait acquis une indépendance virtuelle que nul ne lui contestait. Moins agressif que les Saxons, le peuple bavarois vivait en paix dans ses montagnes sous la paternelle autorité du jeune duc Tassilon. Ce prince ayant épousé une fille du roi Didier, Liutberge, demi-sœur du roi Pépin, faisait en quelque sorte partie de notre famille. Bon chrétien, lecteur assidu des Écritures saintes, il ne s'était pas risqué à chercher noise à ses voisins.

Pour mon père, Tassilon n'avait commis qu'une maladresse : proclamer hautement son autonomie. Mon aîné de deux à trois ans, il avait hérité de ses ancêtres le goût de l'indépendance. De plus, il gardait rancune à mon père d'avoir menacé Liutberge, alliée à son frère Didier dans son conflit avec la papauté, de la faire enfermer dans un couvent. Un geste maladroit qui allait avoir de graves conséquences.

De nature agreste, vouée à l'élevage, la Bavière bénéficiait d'une organisation civile et religieuse rigoureuse : un réseau de comtés, d'évêchés, de monastères et autres lieux sacrés entretenait l'ordre et la foi.

Pour satisfaire à la coutume plus que par conviction, Tassilon avait consenti à livrer au roi des Francs un contingent de soldats destinés à faire partie d'un corps expéditionnaire envoyé combattre le duc Waïfre. Alors que Tassilon se trouvait en Aquitaine, l'arme au poing, il avait tourné bride en prétextant une maladie. La vérité, c'est que lui, champion de l'indépendance, répugnait à combattre celui qui partageait son idéal. Revenu en Bavière, accablé par les sarcasmes du roi Pépin, un peu honteux peut-être, il ne donna plus signe de vie et, qui plus est, négligeant de répondre à de nouvelles injonctions du roi des Francs, il renia le serment de fidélité que ses ancêtres avaient juré au roi Clovis.

Ce vassal étant entré ouvertement en rébellion, mon père songea à envoyer contre lui une armée pour lui rappeler sa vassalité ; sollicité par d'autres préoccupations, il dut y renoncer. Il n'en avait pas pour autant fini avec la Bavière. Un jour ou l'autre, Tassilon paierait pour son forfait.

Le duc Waïfre aurait pu poursuivre des années encore sa guerre d'usure contre les Francs si, pour son entourage et pour le peuple, elle n'était devenue insupportable, les massacres et les pillages se succédant à chaque expédition, sans issue favorable.

Une nuit, alors qu'il se trouvait dans les forêts de la Double, en Périgord, Waïfre avait été tiré de son sommeil par un de ses officiers qui lui avait tranché la gorge. C'en était fini des campagnes interminables et fastidieuses. Cette immense et belle province entrait dans le giron du royaume. Le butin soustrait à l'Aquitaine fut envoyé à l'abbaye de Saint-Denis, près de Lutèce, pour que les joyaux fussent suspendus aux bras de la croix.

Je me trouvais avec la reine Bertrade à Saintes, sous le soleil de juillet, pour y attendre le retour de cette dernière expédition. L'armée victorieuse traînait derrière elle une multitude de chariots chargés de butin et de prisonniers. Mon père nous donna le triste spectacle d'un vieillard fourbu qui se faisait aider de ses écuyers pour descendre de cheval et faire usage de ses jambes.

Nous ne restâmes en Saintonge que le temps pour mon père de se remettre de ses fatigues. Pour retourner à Quierzy, il dut se faire hisser dans un chariot attelé de trois chevaux en flèche et aménagé en litière. Il était méconnaissable, gros comme une outre, visage vultueux et parole malaisée.

De tout le temps que dura ce voyage, je chevauchai à son côté, veillant à ce qu'il eût de la bière pour étancher sa soif inextinguible, et l'aidant à changer sa chemise humide de sueur malgré la couverture de peau qui recouvrait son véhicule.

Au début de l'automne, il manifesta son désir de se rendre à Saint-Denis. Avait-il prévu l'imminence de sa fin ou souhaitait-il retrouver les souvenirs de sa jeunesse et le *scriptorium* où il avait appris son métier de roi ? Avant de quitter Quierzy, il convoqua comtes et évêques afin de préparer sa succession, alors qu'il n'avait plus tous ses esprits.

J'allais hériter des parties occidentales de la Francie, des Pyrénées à la mer du Nord, avec quatre grandes provinces : une partie de l'Aquitaine, la Neustrie, l'Austrasie et la Frise. Ces possessions formaient un arc de cercle autour des autres territoires confiés à mon cadet, Carloman : la partie orientale du royaume, la Septimanie, la Provence, la Bourgogne, l'Alamanie traversée par le Rhin et le Danube. Nous avions notre part d'adversité, presque toutes nos frontières étant menacées et la mort annoncée du roi Pépin suscitant chez nos vassaux des velléités d'indépendance.

J'entrais dans ma vingt-sixième année et Carloman abordait sa dix-huitième. La Francie étant gouvernée par deux jeunes souverains, l'Occident aurait pu nourrir des espoirs de paix et de prospérité.

Sentant sa mort prochaine, le roi Pépin nous convoqua, Carloman et moi, à son chevet.

Son hydropisie s'étant aggravée ; il avait du mal à bouger, plus encore à s'exprimer, et son visage avait pris l'aspect d'une courge en train de pourrir. Dans un souffle, il nous fit promettre d'administrer nos apanages en souverains loyaux, fidèles à leur serment civil et à leur foi chrétienne, de porter chez les peuplades encore vouées aux erreurs du paganisme la croix et l'épée. Il pria la reine de veiller à la bonne entente entre ses deux fils et au respect de leur serment. Nous nous sommes agenouillés à son chevet pour recevoir sa bénédiction et lui baiser la main.

Une heure plus tard, alors que tombait la nuit, il reçut les derniers sacrements et ses paupières se fermèrent à jamais.

Au cours de la minute qui suivit, les grandes salles de l'abbaye s'animèrent comme des ruches, abbé, moines, officiers du palais évoluant avec des gestes pathétiques dans la rumeur du tocsin, les lamentations des pleureuses et les *De profundis* des moines. Bouleversé par ce tohu-bohu, partagé entre ma peine et les soucis de mes nouvelles charges, c'est à mes cabanes dans les arbres que je songeais. Il s'agissait d'un temps révolu et bien d'autres horizons allaient se proposer à mes méditations. Désormais, ce n'est qu'en moi ou devant l'autel que je pourrais trouver le recueillement, sans le chant des oiseaux, le murmure du vent dans les ramures, les odeurs de terre et de feuilles pour témoins.

Après les obsèques célébrées dans la basilique de Saint-Denis, nous reçûmes de nouveau l'onction royale, pour moi en l'église de Noyon, en Neustrie, et pour Carloman en celle de Soissons. Une frontière nous séparait.

Peu attiré que j'étais par les cérémonies, ma couronne était légère à ma tête, mais lourde à la pensée des territoires dont j'avais hérité. À l'abri de l'autorité paternelle, je n'avais perçu que par échos les frissons d'indépendance qui les agitaient. J'allais devoir passer des mois à m'informer auprès des missionnaires et à envoyer et recevoir des ambassades, pour connaître la situation dans ces contrées lointaines.

Adulte mais manquant d'expérience pour l'administration et la guerre, je me gardai de prendre des initiatives hasardeuses que mon père eût déplorées. J'écoutais les conseils de prudence de mes proches, comtes et officiers palatins.

J'entretins des rapports courtois avec un vieil ami de mon père, le calife de Bagdad, al-Mansour, à qui allait m'unir une haine réciproque, bien que pour des raisons différentes, à l'endroit de l'émir de Cordoue, Abd al-Rahman, qui tenait nos marches d'Espagne en alerte permanente. La querelle religieuse qui opposait Abbassides et Omeyyades me laissait indifférent. Seule comptait pour la paix de mon royaume le comportement hostile de l'émir de Cordoue. J'avais du souci à me faire : ses incursions en Septimanie, cette bande de terre longeant les rivages de la Méditerranée, autour de Narbonne, s'accompagnaient de pillages et de massacres. Mon père s'en était quelque peu désintéressé ; je décidai de rester vigilant.

J'attendais de bons rapports avec Carloman ; il me déçut.

Nous avions l'Aquitaine en partage, si bien que j'étais en droit d'attendre de lui un concours au cas où les mouvements d'indépendance renaîtraient de leurs cendres, ce qui, après la mort du roi Pépin, me semblait imminent.

Dévasté par des conflits endémiques et exsangue, ce duché avait vu ressurgir la bannière au lion dans les mains d'un personnage qui portait le nom de Hunald, comme notre vieil ennemi. On le disait fils du duc Waïfre et aussi ardent que lui à proclamer l'indépendance de son territoire.

Je décidai – ce qu'aurait fait mon père – de lever une armée pour descendre en Aquitaine me mesurer à mon premier rival déclaré.

Cette contrée, fort heureusement, ne m'était pas inconnue ; quelques années auparavant, je l'avais parcourue en compagnie du roi. Quand j'invitai Carloman à m'assister, il refusa sèchement, me laissant assumer seul le poids de cette expédition. Je tirai de ce refus l'amère impression que je n'aurais rien à attendre de lui. C'était une confirmation de la différence de nos natures et de la jalousie qu'il m'avait toujours manifestée. S'estimait-il défavorisé par le partage du roi et m'en tenait-il rigueur, alors que je n'avais inspiré en rien la décision paternelle ? Il ne s'en est jamais ouvert à moi. Il était d'un naturel taciturne, toujours dans les jupes de sa mère qui, elle, ne cachait guère sa préférence pour lui et sa méfiance envers moi.

Je me passai aisément de sa présence pour cette campagne. Rassemblée à Angoulême, mon armée, en traversant l'Aquitaine, ne rencontra que villages désertés, campagnes dévastées et populations désabusées. Les difficultés pour trouver fourrage et nourriture nous contraignirent à tourner bride.

Alors que nous faisions halte sur une rive de l'Adour, j'appris que Hunald, en voyant surgir notre armée, avait pris la fuite pour se réfugier chez un de ses alliés, Loup, duc des Gascons. Alors que je regagnais mes domaines, quelques jours plus tard, une escorte me livra mon ennemi, pieds et poings liés. Il était accompagné, de la part du duc gascon, d'une demande de paix, que je lui accordai. Quant à Hunald, j'aurais dû le faire pendre, mais il implora sa grâce avec tant d'humilité que je me contentai de le faire tonsurer et de le confier à un couvent.

Mon règne venait de s'ouvrir par une victoire sans éclat et sans honneur. N'empêche : j'étais délivré du souci de faire la guerre à des ombres et d'avoir à me venger de l'ennemi sur ses sujets, qui étaient les miens. D'autres guerres allaient me tenir l'arme au pied dans les mois qui allaient suivre et me forcer à conduire mes armées aux confins du monde occidental.

Une différence importante allait opposer les campagnes d'Aquitaine et d'Italie : jamais le duc Waïfre ne m'avait fait des promesses de paix, tandis que Didier, qui n'en était pas chiche, ne les tiendrait pas, la trahison étant pour lui une seconde nature.

Ma mère s'était toujours opposée, avec plus ou moins de discrétion, aux campagnes de son époux contre Aistolf. Le roi Didier était adulte lorsque lui échut la couronne de fer des rois lombards. Il avait été à bonne école avec son père, qui lui avait insufflé la haine des Francs, ces « Barbares ». La cour de Pavie allait, sous son règne, devenir un nœud de vipères dont je n'avais à attendre que des provocations.

Dans ce contexte équivoque et dangereux, la reine Bertrade, ma mère, se conduisit avec une autorité maladroite et commit une erreur que son époux ne lui aurait pas pardonnée. Pour accorder plus de consistance à la sympathie qu'elle vouait à la dynastie lombarde, elle prit l'initiative de la sceller par un double mariage.

Je tombai des nues lorsqu'elle me révéla ses manigances de matrone et me dit :

— Mon petit Charles, il est grand temps pour toi de prendre femme, de même que pour ton frère Carloman.

— Pardonnez-moi, mère, lui répondis-je, mais rien ne

presse et je n'ai pas eu le temps de me mettre en quête d'une compagne.

— Eh bien, moi, mon fils, je m'en suis préoccupée pour vous deux.

— Et à qui avez-vous songé ?

Elle me fit asseoir près d'elle, sur un banc de notre jardin de Noyon, et ajouta :

— L'été dernier, comme tu le sais, je me suis rendue à Pavie pour y négocier une entente avec le roi Didier. J'y fus reçue avec toutes les attentions dues à mon rang et des témoignages d'amitié auxquels j'ai été sensible. Nous sommes, Didier et moi, tombés d'accord pour un double mariage. Tu épouseras une fille de Didier, Desideria, et, à son fils, Adalgise, je donnerai ta sœur Gisèle comme épouse. Pour ce qui est de Carloman, j'aviserai plus tard...

Le souffle coupé, je ne pus articuler que trois mots :

— Mais enfin, mère...

— Je sais ce que tu vas me répondre : que j'aurais dû te prévenir. Soit, mais, sachant le peu de cas que tu fais de mes avis, j'ai décidé de prendre les devants...

— ... et de me mettre au pied du mur ! Eh bien, je refuse !

— C'est impossible : l'affaire est en cours et rien ne pourra l'arrêter. La cérémonie aura lieu pour Noël, à Pavie.

Je lui demandai si elle avait fait part de cette décision à Gisèle. Elle allait s'en charger dans l'heure suivante.

— Elle fera preuve de moins de réticence que toi. C'est une fille docile.

— Vous savez pourtant qu'elle s'est promise au Seigneur...

— Eh bien elle devra y renoncer ! La paix entre nos deux nations est à ce prix.

Restait à prévenir le Saint-Père ; elle allait s'en charger.

— J'imagine la tête qu'il va faire, ajouta-t-elle, mais peu importe. Pour apaiser sa colère et lui marquer ses bonnes intentions à son égard, Didier s'est promis de lui restituer ses conquêtes, peu de chose, somme toute...

Ce qui me restait de respect pour ma mère m'interdisait de contrarier ces projets. Mes réticences ne furent qu'un feu de paille. Ravalant mon amertume, je m'attachai à faire bonne figure.

Au repas du soir, possédée par une singulière alacrité, la reine nous donna des détails sur son séjour à Pavie. Elle avait rencontré en Alsace mon frère Carloman, le duc Tassilon sur le Danube, le pape à Rome, où elle avait prié sur la « confession » (le tombeau) de saint Pierre, avant de se présenter à Pavie où elle avait été reçue d'une manière fastueuse.

— Le roi Didier, nous dit-elle, ne savait qu'inventer pour m'honorer et me distraire : fêtes de nuit sur le Ticino, concerts dans ses palais, festins dans ses jardins, batailles d'animaux, offices solennels dans ses églises, cadeaux en veux-tu en voilà... Pour toi, Charles, une selle avar, pour toi, Gisèle, un collier de saphirs...

Je m'informai de la date prévue pour une première rencontre avec nos promis : elle aurait lieu d'ici quelques semaines, à Noyon. Adalgise et sa sœur Desideria viendraient avec des cadeaux dans leurs bagages.

J'observais ma sœur Gisèle. De tout le repas elle ne souffla mot, mais je pouvais mesurer sa détresse dans les regards qu'elle m'adressait, et auxquels je répondais par des sourires compatissants. C'est d'un véritable viol qu'allait être victime cette créature éthérée, déjà cloîtrée dans sa foi, qui ne se joignait jamais à nos jeux et passait chaque jour des heures en prière. L'idée que ma mère pût lui imposer cette union avec un inconnu, une brute peut-être, me révoltait. Fille soumise, Gisèle ? Oui, comme Iphigénie.

Je nourrissais des appréhensions quant à ma rencontre avec Desideria et n'avais pas tort. Loin d'être séduisante, mais douce et réservée, cette presque naine avait une allure déhanchée et s'appuyait à une canne. Quant à son frère, Adalgise, d'apparence agréable et beau de visage, il était d'une sottise insondable.

De notre double cérémonie de mariage, le jour de Noël, en l'église San Michele, je garde le souvenir de murs suintants d'humidité et d'un profond ennui. J'honorai correctement mon épouse, mais Gisèle créa un scandale : elle disparut le soir de ses noces, pour demander refuge à l'abbesse d'une chartreuse des environs de Pavie.

Après quelques années d'un règne dépourvu d'événements susceptibles de bouleverser le monde chrétien, le pape Paul avait quitté ce monde en laissant derrière lui des ferments de trouble. Le duc de Népi, surnommé « Toto » par les Romains, avait fait élire pour le remplacer un faux pape laïc, et fait occuper la ville sainte par sa troupe. Pour rétablir l'ordre et la légalité, il en avait appelé au roi Didier qui s'était fait un devoir et un plaisir d'intervenir.

Le siège de saint Pierre échu à Étienne, troisième du nom. Ce moine de chétive apparence, hargneux et vindicatif, parvint à faire l'unanimité contre lui, à commencer par Didier. À la suite de je ne sais quelle querelle, le roi lombard déploya son armée aux portes de Rome, se saisit du pape et fit torturer et tuer ses plus fidèles soutiens.

Des échos de ce drame me parvinrent par une missive d'Étienne. Il ne mâchait pas ses mots. « Défiez-vous, écrivait-il, de cette race lombarde exécrable, horrible, puante et capable de donner la lèpre aux vrais chrétiens ! »

Mon père n'aurait pas hésité. À peine au courant des nouveaux méfaits de Didier, il aurait rassemblé une armée pour délivrer Rome de la présence lombarde. Mal informé que j'étais des motifs de ces troubles et peu soucieux de ternir les rapports courtois qui avaient entouré mon mariage, je me gardai d'intervenir. On m'a reproché cette faiblesse. J'ai préféré laisser le temps faire son œuvre.

Desideria allait être la victime innocente de ce tragique événement.

Elle n'avait qu'une notion diffuse de la situation engendrée par notre mariage qui, en m'imposant de prendre le parti des Lombards contre le Saint-Siège, m'avait fait renoncer implicitement à mon titre de patrice des Romains. Aux yeux des fidèles, j'allais passer pour un lâche et un traître, une accusation qui m'était insupportable.

Je décidai de réagir en faisant rompre mon mariage. Pour la dernière fois, je vis la canne de la reine Bertrade se lever sur moi mais rester en suspens. M'eût-elle frappé, je l'aurais envoyée dans un couvent se repentir de ses erreurs et de ses péchés. J'en avais le pouvoir, mais n'en usai pas.

Cette séparation m'était d'autant plus légère que la pauvre princesse, outre qu'elle n'avait rien pour me séduire, était stérile. Les médecins à qui je la confiai avaient été catégoriques. Notre union avait duré moins d'un an et la répudiation fut acceptée de tous.

Je pris une autre décision qui me fut plus pénible : rompre mes relations avec ma mère et garder mes distances avec Carloman.

Mon frère était à son tour passé sous les fourches caudines de sa génitrice en acceptant d'épouser une autre fille de Didier, Gerberge, bâtarde, disait-on, extraite par son père, au moment opportun, du gynécée des concubines. Cette belle et grande fille mâtinée de bavarois avait tout pour le circonvenir, notamment en ne lui refusant jamais ses faveurs, et ce diable de Carloman était fort porté sur les délices charnelles.

J'étais aussi envieux de sa chance que ce piètre souverain était jaloux de mon pouvoir. Notre mère, plus souvent chez lui, à Soissons, qu'à Noyon, chez moi, veillait sur son rejeton nuit et jour, avec une attention de mère poule dont elle ne m'avait donné les marques qu'en de rares occasions.

Avec la meilleure volonté du monde, j'avais tenté des approches pour faire en sorte que nos deux royaumes forment un bloc capable de répondre aux provocations des peuplades du Nord, des Saxons notamment, et aux éventuelles velléités d'hégémonie de l'Empire d'Orient. Carloman faisait la sourde oreille. Le pauvre garçon, de plus en plus sous la coupe de sa mère et des officiers palatins, vouait à son beau-père, Didier, une sorte de vénération qui confinait à l'idolâtrie.

Il avait renoncé depuis peu à faire de Soissons sa résidence favorite; il lui préférait une vaste et opulente villa proche de Laon, en marge d'une forêt giboyeuse.

En l'espace de quelques mois, deux graves événements allaient assombrir mon existence.

Au début de l'hiver, l'année 771, alors qu'il était encore dans la fleur de sa jeunesse et fort épris (trop peut-être) de sa femme, Carloman quitta notre monde, alors que rien ne le laissait prévoir. Notre mère, accablée de chagrin, ne put m'en dire plus, sinon me confier entre deux sanglots qu'elle considérait comme un devoir de suivre dans la tombe son fils chéri, ce qu'elle se garda de faire. Quant à moi, je ne versai pas une larme, persuadé qu'à la longue, à cause d'une aversion déclarée de sa part, Carloman et moi nous serions affrontés par les armes.

Cette disparition, je ne pouvais me le cacher, était pour moi providentielle.

Les deux enfants mâles que mon frère avait eus de Gerberge étaient encore au berceau. Leur mère étant inapte à régner, la régence du royaume de Carloman échut à ma mère qui, vieille et souffrante, avait perdu son bel entrain et ses ambitions.

Sans daigner m'en informer, ni personne d'autre, Gerberge avait fait ses bagages et avait trouvé refuge à Pavie avec ses enfants, auprès de son père, laissant le royaume de Carloman aux mains de la reine Bertrade.

Informé de ces événements avec un retard d'une semaine, j'avais échappé à la cérémonie des obsèques de mon frère, en la basilique Saint-Rémi de Reims, et n'en conçus aucun regret.

Peu de temps après, j'appris une nouvelle attristante : la mort du pape Étienne III. Les circonstances de cette disparition brutale ne me furent jamais révélées, mais je présume qu'une crise de rage contre les Lombards l'avait étouffé. Il me fut révélé plus tard qu'en dépit d'actes de charité et de piété, il avait été un pape « misérable », non qu'il eût été réduit à la mendicité mais en raison de ses outrances.

Ce qui me faisait regretter sa mort, c'est la détestation qu'il vouait à cette race « exécrable » : la dynastie lombarde. L'histoire ne conservera de lui que son caractère atrabilaire et ses excès de paroles. Quoi qu'il en soit, que Dieu l'ait en sa sainte garde…

Le pontife qui lui succéda, Adrien Ier, héritier d'une famille noble de Rome, partageait avec son prédécesseur la haine pour les Lombards, et pour leur roi en particulier. Cette attitude m'était agréable mais elle pouvait devenir dangereuse. Au cas où les événements prendraient une tournure difficile, n'allait-il pas faire appel à mes services et m'engager dans une nouvelle aventure à laquelle le patrice des Romains que j'étais ne pourrait se soustraire ?

Son règne avait débuté par un coup d'éclat retentissant : son refus de donner l'onction royale aux deux fils de Gerberge et de Carloman. L'occasion était trop belle pour que Didier renonçât à une chevauchée jusqu'aux portes de Rome. J'attendais avec inquiétude les nouvelles d'Italie.

Le royaume de mon frère devenu vacant, qui d'autre que moi aurait pu en revendiquer la possession ? Ma mère ? À quarante-six ans et percluse de rhumatismes, elle était désormais incapable de régner.

Fort des avis de mes proches, je pris la seule décision qui s'imposât : obtenir que mes neveux, Pépin et Siagrus, fussent déshérités. Je m'y résolus, malgré le hourvari qui accueillit cette décision, et envoyai une armée occuper les principales villes de ce royaume sans roi. Cela se fit sans coup férir, comme si les grands, l'armée, l'Église et la population se furent réjouis de cet événement.

Je devenais ainsi le maître de la plus puissante nation d'Occident, et le possesseur d'un territoire qui avait presque les dimensions d'un empire.

Lorsque se produisirent les événements que je viens de relater, j'allais avoir trente ans et toujours pas d'épouse. Une situation qui ne pouvait guère durer plus longtemps sans laisser planer une équivoque sur ma nature.

Les relations charnelles avec mes concubines ou les épouses de vieux conseillers suffisaient à satisfaire ma virilité, mais ne compensaient pas le vide matrimonial. Parmi les créatures qui se succédaient dans ma couche, aucune n'aurait pu prétendre devenir mon épouse. Certaines ne faisaient que passer ; je m'attachais à d'autres, mais toujours avec le même sentiment d'une dérobade aux obligations de ma charge.

Je devais trouver une épouse, sans avoir recours aux conseils de ma mère, bien incapable, au demeurant, d'assumer cette fonction.

J'envoyai une ambassade au palais de l'élue pour la conduire à Quierzy. Elle y arriva un soir d'automne, juchée sur un char de guerre à deux roues, attelé de deux fringantes cavales, capitonné d'étoffes précieuses et couvert d'un dais de soie, ce qui fit forte impression sur moi et mon entourage.

J'en vis descendre, entre deux écuyers vêtus comme des princes, une créature habillée d'une longue tunique de soie rouge. Des nattes de cheveux d'une rousseur discrète, qui lui tombaient à la ceinture, encadraient un visage lisse et clair comme l'ivoire, aux larges yeux verts, et un corps long et souple. Son front portait un discret diadème d'or et de saphir à la manière byzantine.

Mon émissaire ne m'avait pas menti dans le portrait qu'il m'avait fait de cette princesse. En outre, je ne mis pas longtemps à me persuader que je pouvais attendre d'elle une parfaite entente charnelle, des héritiers et elle avait suffisamment de caractère et d'intelligence pour m'assister dans mes fonctions.

Il fallut moins d'une semaine à Hildegarde pour trouver sa place et ses assises dans ma cour et s'intéresser à la marche des affaires; moins de trois mois pour me révéler, avec le plaisir charnel qu'elle me dispensait sans barguigner, l'espoir d'une prochaine maternité.

Elle effectua un choix rigoureux parmi mes servantes appelées à se joindre à celles qui l'avaient suivie dans son exil. Elle fit de même pour ses dames de compagnie, qu'elle choisit, avec une autorité plus inquiétante que rassurante, parmi les femmes et les filles de mes officiers palatins. Je craignais de voir ressurgir en elle l'image de ma mère.

Le jour où je lui reprochai, en plaisantant, d'aller un peu vite en besogne, elle me répondit :

— Charles, mon cher époux, pardonnez mon empressement, mais ces choix s'imposaient. Certaines des filles qui assuraient le service du palais étaient trop jeunes et trop belles pour ne pas me laisser suspecter des relations intimes avec vous. Je n'en suis pas offusquée : mon père fait de même sans que son épouse y trouve à redire, mais, à dater de ce jour, je veux être la seule à partager votre couche et à vous donner des enfants.

Je la rassurai en la prenant dans mes bras.

— Désormais, lui dis-je, il n'y aura plus d'autre femme que vous dans ma vie.

En m'annonçant qu'elle était enceinte, elle me proposa, si elle donnait naissance à un garçon, de le faire baptiser de mon nom. J'acceptai avec joie. Quelques mois plus tard, Charles devint mon premier enfant légitime.

Elle était aux petits soins pour moi, veillant à la qualité de mon linge, refrénant ma passion pour la chasse, qu'elle jugeait dangereuse, écartant les visiteurs importuns. Elle portait une attention particulière à mon alimentation. Ayant appris mon goût pour le fromage, elle en fit venir de divers points du royaume, au risque de les voir se gâter en cours de route. Elle choisissait ma bière et mon vin avec la même exigence, pétrissait et cuisait mon pain, faisait le tri dans les fruits dont je faisais une forte consommation.

Toutes ces attentions m'excédaient. Si parfois je lui montrais de l'humeur, elle le prenait en bonne part et nous ne faisions qu'en rire.

Quelques ombres allaient brouiller cette belle entente.

Je lui avais caché la liaison à long terme que j'avais entretenue avec Himiltrude, fille d'un de mes grands vassaux des marches de la Frise méridionale. J'étais si épris d'elle que, me gardant d'en informer ma famille, je l'avais épousée secrètement, à la mode germanique.

Himiltrude m'avait donné un fils qu'elle avait tenu à appeler Pépin, comme son grand-père. C'était une créature chétive, affligée d'une malformation congénitale et d'une bosse, mais doté d'un visage angélique.

Une servante ayant trahi ce secret, ma mère m'avait imposé, après mon premier mariage avec Desideria, de me séparer de ma concubine et de son enfant qui avait alors six ou sept ans. Je m'opposai à ce qu'Himiltrude fût cloîtrée. J'avoue qu'entre mon mariage avec Desideria et celui avec Hildegarde, je ne me privai pas d'aller rejoindre ma concubine dans sa masure.

Parenthèse :

Éginhard :

— Sire, est-ce bien convenable de faire état de ces dévergondages. Votre récit n'y gagne rien, et...

— Cela m'importe au plus haut point, mon ami. Ne

t'ai-je pas dit que je tenais à révéler toute la vérité sur mon existence. Himiltrude a beaucoup compté pour moi, je le confesse.

Il subsistait, dans toutes mes possessions, et jusque dans mon entourage, des ferments de paganisme auxquels je n'attachais pas encore beaucoup d'importance car ils ne risquaient pas de compromettre les progrès des missions et la persistance de la foi chrétienne.

Il ne me déplaisait pas de voir des apprenties sorcières se rouler nues dans la rosée du matin, des vieilles faire brûler des herbes en bredouillant des incantations dans une langue oubliée, des groupes d'esclaves de la Saxe ou de la Frise célébrer, les nuits de pleine lune, le culte des forêts et des fontaines autour de statuettes informes…

Ces pratiques devinrent insupportables à mon épouse comme elles le furent pour sa famille qui en avait expurgé sa domesticité. Elle y voyait, me dit-elle, la résurgence dangereuse de cultes barbares qui risquaient de contaminer la population et de nuire à la sainte Église.

Je lui reprochais cette sévérité dogmatique ; elle boudait ou répliquait vertement que je ne pouvais « tolérer cette vermine qui grouillait dans les plis de mon manteau royal ».

Une autre querelle confirma la différence de nos natures, à propos de l'adoration des saints, la « légion du Seigneur », pour reprendre son expression, devenant pour moi envahissante.

L'Église accepte de sanctifier d'humbles ermites dont certains se prennent pour Moïse au Sinaï ou Antoine au désert, attendant que Dieu leur fasse un signe de reconnaissance. Ce sont pour la plupart des demeurés, des fainéants, des déments ou des imposteurs qui vivent de la charité et de la naïveté des populations rurales comme des chancres sur le tronc de la foi. Rome fait preuve de trop de complaisance pour le témoignage de miracles supposés qui ne sont que supercherie ou tour de magie. Je n'ai que mépris pour cette engeance misérable.

Mon épouse et moi nous accommodions de ces dissensions qui ne risquaient pas de dégénérer en conflit et se terminaient la plupart du temps par des embrassades ou des étreintes.

Je m'attendais au pire du côté de l'Italie, après ma séparation brutale d'avec Desideria. Je connaissais trop bien le caractère hautain et rancunier du roi Didier pour croire qu'il allait sans réagir digérer cet affront.

Persuadé, à tort, que le nouveau pape, Adrien, allait tolérer ses volontés d'hégémonie, il en prenait à son aise et engageait sa barque dans une mer hérissée de récifs. Le pontife était d'une nature moins malléable qu'il ne le supposait. Un incident allait embraser le ciel d'Italie.

Pour s'assurer des bons sentiments du roi lombard à son égard, Adrien lui délégua une ambassade, munie d'intentions pacifiques. Ayant appris en cours de route que l'armée lombarde était en marche pour la reconquête de l'exarchat de Ravenne, elle ne put mener à bien sa mission. Didier n'avait pas pardonné au pape son refus de donner l'onction sacrée aux deux fils de Carloman, Pépin et Siagrus, mes neveux.

Adrien avait auprès de lui un évêque, Afiarta, dont la fidélité lui paraissait sujette à caution. Ce misérable s'était vanté auprès de Didier de pouvoir lui livrer le pape la corde au cou, et de le remplacer par un personnage plus complaisant. Informé de cette intrigue, Adrien le fit arrêter et somma le roi lombard de stopper le mouvement de ses armées. Il n'obtint pas la moindre réponse.

J'appris le conflit qui agitait l'Italie alors que je revenais de ma première incursion punitive chez les Saxons, qui avaient omis de livrer le tribut rituel de chevaux qu'ils me devaient. L'affaire ne me prit qu'un mois et n'eut pas de suites graves. J'en étais revenu avec cinq cents têtes choisies par mes soins.

Une fois de plus, Didier avait poussé un peu trop loin sa provocation et commis une double erreur : faire litière de l'âpre volonté du pontife de défendre ses territoires et mépriser l'éventualité d'une réaction de ma part. Ses armées avaient sur leur élan envahi l'exarchat de Ravenne, la Pentapole, glané quelques cités et marchaient sur Rome.

Je venais de passer les fêtes de Noël dans la ville d'Héristal, sur la Meuse, en compagnie d'Hildegarde et de notre petit Charles. Je comptais y rester jusqu'à Pâques, lorsqu'une délégation en provenance de Rome vint m'avertir de la situation dramatique de la papauté. Le Saint-Père demandait mon intervention ; je ne pouvais la lui refuser.

Prudemment, j'envoyai au préalable une ambassade à Didier pour lui demander de faire rétrograder ses troupes et lui proposer un entretien. Mes émissaires furent accueillis avec mépris et molestés. Apporter mon aide à Adrien devenant une obligation, j'y cédai.

Mener quatre à cinq mille hommes à travers les Alpes encore enneigées ne fut pas une partie de plaisir ; j'y laissai beaucoup d'hommes, dont certains avaient déserté, plusieurs chariots et nombre de chevaux. Notre progression était ralentie par les véhicules de l'intendance et les chevaux de remonte, si bien qu'il nous fallut deux longues semaines avant d'entrevoir, au débouché d'un col, les lumineuses campagnes du Piémont.

J'avais fait deux parts de cette armée : l'une sous mon commandement, l'autre sous celui de mon oncle Bernard, frère du roi Pépin. Nous laissâmes nos hommes et nos montures se reposer au bord du fleuve Pô avant de marcher sur Pavie. Nous tombâmes sur la ville comme la foudre.

Un noble turinois m'avait rapporté que Didier manifestait des réserves ironiques quant à mes qualités militaires et stratégiques. Certes, je n'étais pas un grand chef d'armée, ou du moins n'en avais-je pas fait la démonstration à ce jour. J'allais lui administrer la preuve qu'il se méprenait.

Enlever par assauts une ville aussi bien défendue que Pavie ? Cette illusion ne m'effleura pas l'esprit. En chevauchant autour des palissades, formant un arc de cercle appuyé par ses extrémités sur la berge du fleuve Ticino, je rongeais mon frein. Il aurait fallu sacrifier des centaines de soldats pour un résultat incertain, et je n'étais pas pourvu du matériel de siège nécessaire.

Quelques sorties des cavaliers lombards, assistés d'une milice urbaine ardente et bien armée, finirent de balayer mes illusions : le peuple nous haïssait; un long siège serait nécessaire pour obtenir une soumission.

Je chargeai Bernard d'organiser le blocus de la cité, par la terre et par le fleuve, ce qui nous contraignit à faire construire des barques chargées de patrouiller.

Cependant que se déroulaient ces opérations, je poussai jusqu'à Vérone avec un fort détachement de cavalerie. Située sous les premiers contreforts des Alpes, cette cité était, après Pavie, la ville la plus importante de la Lombardie. J'avais appris, par des intelligences intra-muros, que le fils de Didier, Adalgise, jadis uni à ma sœur Gisèle, se trouvait là, avec ma belle-sœur, Gerberge, veuve de Carloman, et mes deux neveux.

Une heureuse surprise m'attendait. Après avoir déployé ma cavalerie autour de l'enceinte, fait courir le bruit que Pavie s'était soumise et que nous n'étions qu'une avant-garde, Adalgise m'ouvrit ses portes. À cet heureux événement s'ajoutait une déconvenue : Adalgise, abandonnant sa famille, avait fui vers Constantinople. Plutôt que de garder Gerberge et ses enfants en otage, je les fis placer dans un couvent.

De retour à Pavie avec un important butin, je constatai que rien n'avait changé et que nos hommes, réduits à l'inaction, commençaient à grogner. On était en novembre et l'hiver s'était installé dans la contrée, avec des tempêtes de neige dévalant des Alpes et les premiers froids rigoureux. Nos soldats en souffrirent mais ne manquaient de rien en matière de subsistances et de vin ; les campagnes d'alentour, semées de fermes opulentes, y pourvoyaient. En revanche, cet ennemi redoutable des armées en campagne, l'ennui, commençait à se faire sentir.

Les fêtes de Noël furent d'une tristesse affligeante. Nous les célébrâmes dans une chapelle proche de la ville, où j'avais fait entasser notre butin de Vérone. Le printemps revenu, j'allai faire mes dévotions pascales à Rome, où Hildegarde me rejoignit. De nouveau enceinte et proche du terme, elle accoucha, dans les semaines qui suivirent, d'un autre fils, auquel elle souhaita donner le nom de Pépin, comme Himiltrude l'avait fait de son bâtard peu avant.

Les émissaires du pape Adrien m'attendaient dans la campagne du Latium, balayée par les effluves odorants du printemps romain. J'ai pénétré dans la Ville éternelle accompagné d'une foule de paysans agitant des rameaux fleuris, comme pour l'entrée du Christ à Jérusalem.

Durant ce séjour, qu'Adrien s'efforça de rendre agréable, j'éprouvai une des plus fortes émotions de mon existence de chrétien. Je gravis à genoux l'escalier de la basilique Saint-Pierre, baisai la pierre à chaque marche en disant une prière. Le pontife m'attendait devant la porte de bronze du sanctuaire, entouré d'un chœur de religieux qui chantaient : « Béni soit celui qui vient au nom du Seigneur. »

Devant la confession de Pierre, je renouvelai solennellement les promesses faites par le roi Pépin de veiller à la protection du patrimoine romain, et Adrien celle de me garder sa confiance. De tout le temps que je restai à Rome, j'en passai une partie à des colloques et le reste à visiter à pied la ville, du Quirinal à l'Esquilin, du Viminal à l'Aventin, allant de temples en lieux saints, sans dédaigner les quartiers populaires autour des arènes où, revêtu d'un déguisement, j'évitai d'être reconnu et importuné.

Une nuit de mai, profitant des premières chaleurs, je ne résistai pas au désir de me baigner dans le Tibre, malgré les ordures que charrie cet égout à ciel ouvert et l'odeur méphitique qu'il dégage.

Avant de quitter Rome pour retourner à Pavie, j'ajoutai à la promesse faite au pape la concession de deux duchés importants du centre et du sud de la Péninsule : Spolète et

Bénévent. Des cadeaux qui ne me coûtaient guère, ces territoires relevant de l'obédience du basileus.

Quelques semaines plus tard, au mois de juin, à la suite d'un siège de près d'un an, Pavie, réduite à cette extrémité par la famine, nous ouvrit ses portes. La population avait été contrainte de dévorer chats, chiens et rats, avant de s'attaquer aux chevaux de l'armée.

Un matin, en revenant d'un bain dans le Ticino, des sons de trompe et des clameurs me firent sursauter. Je crus à une nouvelle sortie des assiégés ; la ville venait de capituler. En approchant d'une porte, j'aperçus un moine portant une haute croix, accompagné d'un cortège d'officiers et de notables précédant le roi Didier drapé d'une tunique rouge, assis sur un fauteuil porté à dos d'hommes, accompagné de son épouse, la reine Ansa, et d'un enfant en bas âge.

Didier fut confié par mes soins au monastère de Corbie, proche d'Amiens. Il y mourut quelques mois plus tard.

J'avais hâte de tenir entre mes mains la fameuse couronne de fer des rois lombards et m'attendais à voir un joyau comparable aux somptueuses couronnes des rois wisigoths. Elle est en fait constituée de six plaques d'or articulées, décorées d'émaux et de pierres précieuses, consolidée à l'intérieur, ce qui justifie son appellation, par une languette de fer dans laquelle a été fondue un clou de la Vraie Croix.

Je fis dans la ville qui sentait la mort une entrée discrète. Dans le palais royal, je découvris un personnage honni : le comte Ogier. Je ne pouvais oublier qu'à la suite d'un différend il avait quitté mon père pour se réfugier auprès de Didier dont il était devenu le conseiller et le complice des agressions contre la papauté.

Ce traître m'attendait dans la grande salle du palais ornée de lourdes colonnes de marbre, entouré de quelques serviteurs hâves et muets. Il mit un genou à terre et sollicita un pardon que je lui accordai, non sans quelque réticence.

Au cours d'une brève promenade, le soir venu, sur le

chemin de ronde, il me parla de Didier et des craintes que je lui inspirais, bien qu'il s'en défendît.

— En vous voyant paraître sous ses murs avec vos deux armées, me dit Ogier, il eut une défaillance. Je le ranimai en lui faisant boire une liqueur forte. Revenu à lui, il me dit : « Quoi qu'il m'en coûte, nous allons nous défendre. Moi vivant, jamais le roi Charles n'entrera dans ma capitale. » Il n'avait qu'une apparence d'autorité. C'était un faible. Avec un chef d'une autre trempe, jamais Pavie n'eût capitulé.

Deuxième partie

1

L'Irminsul

Avant de partir pour le bain, à la tombée de la nuit, alors qu'après la grosse chaleur le palais et la ville émergent de leur somnolence, j'ai fait, en croquant une pomme, une brève visite au gynécée de mes concubines pour demander à mes bâtards et bâtardes lesquels souhaitaient m'accompagner dans mes ablutions quotidiennes. Ce fut une ruée.

En quittant mon cabinet et en rendant sa liberté à ce pauvre Éginhard, j'ai chaque fois l'impression de me plonger dans un monde différent de celui auquel je viens de me soustraire et où j'ai laissé un peu de moi-même, comme on arrache une peau morte.

On ne peut s'abstraire sans en éprouver un certain trouble d'un monologue de six à huit heures d'affilée. J'ai eu soudain l'impression, en cheminant sous la galerie, d'abandonner dans une île déserte un bagage de souvenirs et de nostalgies.

Ces bains dans mon grand bassin d'eau chaude me réconcilient avec le quotidien et rétablissent mon équilibre mental affecté par les images empreintes de passion et de violence remontant de mon passé. Il me faut une forte dose de volonté, et j'ose dire de courage, pour affronter chaque jour ce magma d'amour et de guerre que fut ma vie.

Les tempêtes qui ont ébranlé mon règne n'ont pas épargné mes proches. En quelques années, la mort a emporté mes trois dernières épouses : Hildegarde, la meilleure de toutes, Fastrade, qui ne m'a occasionné que des déboires et Liutgarde. Après cette dernière, qui m'a quitté il y a six ans, je laisse à mes concubines le soin d'évacuer les derniers reliquats de ma virilité.

Parmi la tribu de mes enfants dits illégitimes, Rothilde est ma préférée. C'est une belle et forte nature malgré son jeune âge. Une fois nubile, je veillerai à lui trouver un parti honorable dans ma maison. Je répugne à l'idée qu'elle puisse partir un jour. De même pour mes sœurs et mes filles légitimes. Seule Gisèle m'a quitté, mais c'était pour plaire à Dieu.

Le ciel du crépuscule affiche une teinte mauve. Des brumes de chaleur stagnent encore sur la plaine, mais l'air a pris une tiédeur ineffable. C'est l'heure douce. Un dictame.

Je me suis défait de ma tunique légère pour plonger dans l'eau chaude. Les enfants ne m'ont pas attendu et, nus comme leur père, m'éclaboussent malgré mes protestations. Cette nudité quasi rituelle, le contact avec l'eau lustrale, est pour moi comme un baptême renouvelé, quelle que soit la saison.

J'ai longtemps rêvé de me plonger dans le Jourdain et d'y recevoir l'onction de quelque nouveau Baptiste. Cette grâce m'a été refusée. Les lieux saints de la Palestine sont au bout du monde et le mien est circonscrit entre les frontières remuantes de l'Occident. La vieillesse et les maux qui l'accompagnent m'interdisent ce pèlerinage.

Quelques officiers, des soldats de ma garde palatine viennent se joindre à mes ablutions. Combien sommes-nous à barboter ou à nager dans ce bassin utilisé jadis par l'empereur Constantin ? Cinquante, plus peut-être...

L'une de mes concubines, Maltegarde, la mère de Rothilde, s'est assise au bord du bassin, les pieds dans l'eau, et ne me quitte pas des yeux ; elle s'est arrogé le droit et le devoir de me surveiller, pour le cas où j'aurais une faiblesse.

J'attends pour les jours prochains des émissaires de mon fils cadet, Louis. Il se trouve depuis des mois sur les marches d'Espagne et fait le siège de Barcelone occupée par les Maures de Cordoue. Il ne me cache rien, dans ses rares courriers, de son impatience de voir cette guerre interminable arriver à son terme. Il manque de l'énergie nécessaire et passe plus de temps aux offices religieux qu'à cheval.

En revanche, son aîné, Charles le Jeune, donne fréquemment de ses nouvelles. Il se trouve dans le nord de l'Empire, confronté aux rébellions quasi permanentes des peuplades barbares. C'est un vrai chef, valeureux et avisé, dont j'attends la pérennité de la dynastie impériale.

J'avoue que je ne ménage guère Éginhard. Je parle, je parle et laisse rarement sa main en repos. Parfois, lorsqu'il demande grâce, je cède à contrecœur. Il est beaucoup plus jeune que moi, fragile mais résistant.

Il a gémi lorsque je lui ai annoncé l'inspection que je dois entreprendre sur les rivages du Nord où les Danois s'en donnent à cœur joie.

— Tu me suivras, lui ai-je dit. J'occuperai mon temps de loisir à poursuivre ma confession. Nous nous reposerons le soir sur la grève. Tu me liras des pages de Tite-Live ou de Tacite dans le bruit des vagues…

Les cérémonies dans la ville sainte, prévues pour ma consécration de roi des Lombards *(Rex Francorum et Langobardorum)*, ont duré des jours. Revenu en Francie, j'ai appris avec un sentiment de colère que les Saxons, profitant de mon long séjour en Italie, avaient repris les armes et massacré une de mes garnisons sur une rive de la Weser. J'avais l'impression, comme la femme d'Ulysse, de recomposer la trame que la nuit elle avait détruite.

Les suites de la campagne qui avait abouti à la capitulation de Pavie ne me satisfaisaient pas pleinement. Les ducs de Spolète et de Bénévent, qui avaient regimbé contre mes prétentions et celles du pape à les placer sous l'autorité de Rome, prétendaient ne tenir leur duché que des Byzantins, ce qui était une version fallacieuse de la réalité. Byzance se désintéressait de ces territoires et le patrice des Romains que j'étais avait à cœur de faire régner la paix de l'Église romaine sur toute la Péninsule.

Ma chère Hildegarde s'est révélée aussi féconde que je l'avais espéré. Après Charles, Louis et Pépin, elle avait donné naissance à une fille, Adélaïde, qui ne vécut que quelques mois et que je ne connus pas. Ma descendance étant assurée, c'est l'esprit serein et confiant que je m'engageai dans une nouvelle campagne contre les Saxons pour leur proposer ce choix : se soumettre à la religion chrétienne ou être exterminés. Ce n'était pas une vaine menace, ils en avaient conscience.

Je pris soin pour cette expédition de doter mes troupes d'un armement efficace destiné à leur permettre d'affronter guet-apens, embuscades et autres traquenards, et non des batailles rangées, une chimère hors d'atteinte.

J'apportai le plus grand soin à l'élément capital de mes armées : la cavalerie. Je la dotai d'un casque, d'une broigne aux écailles de fer recouvrant la poitrine, d'un écu de bois ovale ferré, de deux épées, l'une longue et l'autre courte, d'un arc et d'un carquois. Je choisis les chevaux en vertu de leur résistance plus que de leur apparence parmi les quelques centaines ramenées de chez les Lombards, réputés pour leurs élevages.

L'infanterie n'était pas négligée mais dotée d'un armement et de protections moins lourds afin de faciliter ses mouvements : un coutelas, une fronde, des javelines ou des arcs.

Envisageant de lourdes pertes, j'ai prévu quantité de chevaux de remonte, des troupeaux de bovins pour notre subsistance et des chariots de céréales, de pois et de vin. Une solide arrière-garde montée assurait la sécurité de ce convoi. Je me souvenais des sages prescriptions d'un moine du palais, Fulrad, et les tenais pour paroles d'Évangile : « En pays ennemi, mon fils, tu veilleras à ce que tes soldats ne touchent à rien d'autre qu'à l'herbe pour les chevaux et les bœufs, à l'eau pour étancher leur soif et au bois pour cuire leurs aliments… »

Trop souvent, hélas, j'allais être incapable de faire respecter ces paroles empreintes d'humanité. Je prie le Seigneur de me le pardonner.

Pour provoquer le rassemblement de mes corps d'armée, j'adressais à mes vassaux et alliés des « capitulaires » : des missives dans lesquelles je détaillais leurs droits et leurs devoirs. J'y fixais le nombre de combattants que j'attendais d'eux, pour la plupart des serfs de leurs domaines astreints au service armé, en veillant à ce qu'ils fussent normalement équipés et armés, avec chacun pour trois mois de subsistances. J'insistais sur la nécessité d'une discipline stricte : châtiments pour pilleries, viols ou mauvais traitements envers les populations, répression de l'ivrognerie. Pillages et massacres n'auraient lieu qu'en toute extrémité, avec mon autorisation et pour l'exemple.

Les mêmes décrets s'imposaient pour les camps. Ils devaient être installés sur le modèle des légions romaines : terrain plat, ceinture de palissades, tours de bois, cabanes pour les services et les entrepôts, alignements de tentes séparées par des allées, parc pour les chevaux et les animaux de boucherie... Somme toute, un grand village dressé sur un espace restreint et appelé à une existence précaire.

J'avais défini les couleurs de notre étendard : il serait noir et rouge, mais nos vassaux avaient le leur, qui se mêlait au mien dans la marche. Signe de ralliement et symbole sécuritaire, il était déployé à l'approche d'une ville ou au moment d'une charge. Une fanfare précédait chaque corps d'armée. Ce superbe tintamarre jetait l'effroi chez l'ennemi, le plus souvent des paysans qui ne connaissaient que la flûte de roseau et le tambour.

Je m'en tenais à ma résolution de vivre au milieu de mes hommes, partageant leur détresse lors d'une bataille perdue et leur joie lors d'une victoire. Ma seule présence suffisait pour leur donner de l'allant ou les réconforter le cas échéant. Je ne leur ménageais ni les exhortations, ni les compliments, ni parfois les flatteries, déclarant qu'ils étaient les meilleurs soldats du monde et qu'aucune armée n'aurait pu leur résister.

Nos ennemis n'étaient pas de taille à nous affronter en rase campagne, et s'y risquaient rarement. Ils se battaient avec un courage et un esprit de sacrifice impressionnants, mais sans la moindre méthode et en usant de stratégies rudimentaires.

Ils étaient vêtus comme des sauvages, de peaux de bêtes, avec des bandelettes d'écorce pour protéger leurs jambes, coiffés de casques de cuir ou de bucranes d'où s'échappaient d'épaisses nattes. Leurs armes étaient à l'avenant : lances de bois à la pointe durcie au feu, courtes haches de mauvais métal, coutelas appelés *sachs*, boucliers d'osier... Au moindre accrochage sérieux, ils fondaient sur nous en hurlant comme des loups, tuaient quelques hommes, éventraient quelques chevaux et se débandaient avec des rires méprisants.

Les territoires de l'Est dans lesquels nous allions nous engager durant cet été de l'an 775, au départ de Quierzy, avaient, à peu de chose près, les dimensions de la Francie. Ils étaient limités au nord par les frontières du Danemark, au sud par la Hesse et la Thuringe, à l'est par la Frise et à l'ouest par l'Elbe, frontière naturelle avec les mystérieuses peuplades slaves. C'était un inextricable mélange de tribus qui s'adonnaient à de fréquentes razzias et à des guerres intestines. Ces Barbares n'avaient ni roi ni chef capable de les réunir pour faire face à une armée d'invasion organisée.

Il n'entrait pas dans mes projets d'obtenir la soumission générale de ces immenses territoires où des légions romaines s'étaient perdues corps et biens. Je devrais me contenter de montrer ma puissance par des opérations punitives limitées, sur des points précis. L'annexion totale ? Une illusion à laquelle je ne cédai pas. Il eût fallu une centaine de milliers d'hommes ; je n'en avais pas le dixième...

J'avais adopté pour cette campagne une nouvelle stratégie : au lieu de passer comme une tornade et laisser derrière moi un bain de sang et des terres dévastées, je prendrais d'assaut les localités d'une certaine importance pour y installer une garnison à l'abri de forteresses de bois entourées de pieux. Je créerais ainsi des positions stables. C'est ainsi que j'allais procéder à Eresbourg, sur le Diemel, et à Sigisburg, sur la Ruhr, contrées de profondes forêts, d'immenses marécages et de fleuves majestueux.

Notre marche fut favorisée par le fait que les quatre nations qui composaient la Saxe parlaient, à quelques détails près, la même langue, observaient les mêmes coutumes et croyances, pratiquaient les mêmes rites païens : adoration des forces naturelles, célébration de héros disparus, sacrifices animaux et humains...

Grâce aux rapports établis par les officiers chargés de la garde de nos positions, qui se mêlaient aux habitants pour se faire accepter et respecter, j'en appris beaucoup sur ces peuplades.

J'eus moi-même, dans un village de Westphalie, un entretien avec un vieillard qui prétendait avoir plus de cent ans, ce que semblait confirmer le squelette qui se dessinait sous la peau de son visage et de sa poitrine. Des soldats me l'avaient amené, après l'avoir capturé comme un fauve, en le disant atteint de démence sénile, mais ses propos, qu'un de nos hommes me traduisit, étaient cohérents et sa voix avait gardé les intonations de la jeunesse.

Il avait refusé de me dire son nom, mais pas de chanter, avec des modulations pathétiques, la saga de son peuple depuis les temps où les hommes vivaient nus et se nourrissaient de baies sauvages. Il me raconta, comme s'il en avait été le témoin, la défaite du général romain Fabius Quintillius Varus, dans les forêts du Teutoburger Wald. Ses légions avaient été anéanties par les hordes du chef Arminius, un Germain qui avait combattu en Afrique sous les bannières de Rome.

Durant les quelques jours que je le gardai près de moi, je ne lui mesurai ni la viande ni le vin, le fis coucher sous ma tente et le traitai avec respect, comme un père. Un matin, je constatai que cet insecte à forme humaine et à carapace de chitine translucide s'était envolé hors de ma tente sans me faire ses adieux, comme un papillon de nuit.

À quelques semaines de là, alors que nous campions sur une rive de la Lippe, on jeta à mes pieds une drôlesse surprise à rôder autour du camp comme une louve, avec à la ceinture un coutelas destiné à me tuer pour venger les soldats morts des derniers combats. Elle s'était débattue et avait blessé un de mes hommes.

Cette géante rousse, hirsute, bâtie comme une Diane chasseresse, portait sur la poitrine des signes cabalistiques et des talismans. Non sans réticence, elle consentit à me révéler son nom : Hilde ou Hilda, et ses fonctions : prêtresse dans une tribu voisine. Qui l'avait chargée de cette mission ? Personne ; elle avait agi de son propre chef.

Pour mettre à l'épreuve la fermeté de ses intentions, je lui remis son coutelas. Elle s'en empara avec une telle vivacité que je crus qu'elle allait se ruer sur moi. Elle se contenta d'un sourire de défi et se fit par bravade, sans sourciller, une entaille au bras. Elle allait plonger l'arme dans sa poitrine mais un de mes gardes arrêta son geste.

Je fis appeler un truchement et dis à la fille :

— Hilda, si je comprends ta décision, je ne puis l'approuver. Qui sait si je n'aurais pas agi de même avec quiconque, et de surcroît quelqu'un de ma propre race, aurait prétendu imposer à ma nation sa loi et ses croyances ? Notre Dieu et son fils, le Christ, nous ont montré la voie d'une nouvelle religion chargée de réprimer les coutumes barbares et d'apporter la paix au monde. Refuser de suivre ces préceptes c'est leur faire injure. Aurait-il réussi, ton acte eût été inutile. D'autres après moi auraient repris ma mission interrompue.

Hilda écouta ce prêchi-prêcha sommaire d'un air distrait, avec ce même sourire qui semblait gravé sur son visage. Je n'étais pas fier de mon discours et incertain quant à son effet. Il contenait de telles contradictions qu'un enfant s'en fût étonné.

Je la fis loger dans une tente bien gardée, avec l'intention de la faire libérer après le repas du soir. J'appris à la tombée de la nuit qu'elle avait tenté de s'évader et que des sentinelles l'avaient rattrapée et tuée à coups de javelines alors qu'elle allait se jeter dans la Lippe.

Dans les jours qui suivirent, je fus en proie à des sentiments confus et contradictoires.

Je ne pouvais ignorer le caractère sacro-saint de notre

mission civilisatrice, mais des doutes m'accablaient. De quel droit, me disais-je, imposer à ces nations, auxquelles appartenaient mes ancêtres, des croyances et un mode de vie qui ne convenaient pas à leur nature ? Elles défendaient leur indépendance comme jadis les Gaulois contre César et, quelques siècles plus tard, les chrétiens de Charles Martel contre les hordes musulmanes d'Abd al-Rhaman. À ces réticences s'opposaient ma volonté de ne pas laisser ces populations en jachère. Porteur du bon grain, j'avais pour mission de le semer et de veiller à sa germination.

Heureux l'homme qui peut fonder ses actes sur des certitudes inébranlables !

Parenthèse :

Éginhard, son calame en suspens, me fixe d'un regard effaré, muet comme une amphore cachetée de cire.

— Pardonnez-moi, me dit-il, mais je ne puis poursuivre. Si je consignais fidèlement ces derniers propos, ils jetteraient l'opprobre sur vous.

— J'exige que tu reprennes ton calame et que tu n'omettes rien de mon récit, que cela te plaise ou non !

— Et si je refusais ?

— Tu devrais quitter ce palais pour le couvent. À toi de choisir…

Il poursuit, après un toussotement embarrassé :

— Sire, que pourra-t-on penser de ces deux personnages du centenaire et de la prêtresse ? Ont-ils existé ou sont-ils le fruit de votre imagination ?

— Qu'importe ! Dis-toi que, s'ils sont fictifs, ces personnages sont le reflet d'une situation tangible.

Après un bâillement, j'ajoute en quittant mon fauteuil :

— Je te pardonne. Nous en avons fini pour aujourd'hui. D'ailleurs, c'est l'heure du bain. Nous avons besoin d'un peu de détente, toi et moi…

Rothilde m'attendait à la porte de mon cabinet en jouant aux osselets avec le garde. Elle prend ma main et m'entraîne en sautillant.

En dépit des doutes qui m'obsédaient, je persistais à croire qu'un jour ou l'autre l'occasion me serait donnée d'affronter les Barbares en bataille rangée. Elle allait se présenter en Angrarie, au milieu de l'été, dans la vallée de la Weser et les puissants massifs montagneux proches de la localité de Brunisberg.

Nous venions à peine d'installer notre camp et de creuser des retranchements sur les bords du fleuve où s'abreuvaient les chevaux quand une reconnaissance envoyée en amont revint au galop. Les cavaliers avaient perçu des rumeurs de chants sur les derniers contreforts de la montagne. Il semblait évident que le rassemblement qui venait de s'opérer n'avait pas pour but une collecte de fruits sauvages ou une fête païenne…

La nuit, illuminée de feux à proximité et au-dessus de notre camp, me fit craindre une attaque, alors que notre enceinte de pieux était incomplète et que nous l'avions dressée entre la forêt et la Weser. Ma hantise était de voir notre armée contrainte, en se repliant, de se jeter dans le fleuve où mes cavaliers bardés de fer auraient sombré.

Je postai des groupes de piétons sur les abords du camp pour prévenir toute surprise et nous donner le temps de faire face. Savoir que les Angrariens répugnaient au combat nocturne ne me rassurait qu'à demi. Je fis achever à la lumière des torches la palissade et la construction des tours de bois.

La nuit fut calme, mais je dormis peu, réveillé de temps à autre par les hurlements des loups qui rôdaillaient sur l'autre rive et par les invocations, les chants et les roulements de tambours, qui s'interrompaient pour reprendre peu après.

Au jour levant, je mis mon armée en ordre de bataille à l'avant du camp. Le centre était occupé par des fantassins chargés de supporter le premier assaut, ma cavalerie postée sur les ailes.

En dévalant les pentes avec la force et l'ampleur d'un torrent, les Angrariens nous défièrent par un concert de cornes de guerre et de chants qui répétaient inlassablement un nom : *Irmino* ou *Irmensul*, que j'assimilai à celui d'un héros ou d'un dieu.

Insoucieux de toute tactique, ces Barbares foncèrent sur nous en brandissant leurs armes, dans un tonnerre de rugissements et avec une telle vivacité que les premiers rangs de nos fantassins fléchirent et se trouvèrent acculés aux palissades du camp.

Les Angrariens avaient l'avantage du nombre mais nous leur étions supérieurs par l'armement, la réflexion et une tactique éprouvée.

Je profitai de la confusion qui agitait les abords du camp pour jeter sur l'ennemi la cavalerie postée sur les flancs. La bataille, pour les Angrariens, ne tarda pas à tourner au massacre. La chaleur se faisant intense, ils amorcèrent leur repli en direction de la forêt, nous laissant maîtres du terrain.

Nous leur avons tué plusieurs centaines de guerriers que nous avons jetés dans le fleuve, et capturé une centaine d'autres que j'ai fait conduire à Brunisberg, liés à des cordes. Là, en présence de la population rassemblée sur la place centrale, j'ai demandé que soient décapités les captifs. J'avais souhaité faire un exemple, aussi brutal fût-il; cette victoire m'en a donné l'occasion.

Nous avions perdu dans la bataille environ une centaine de fantassins et de cavaliers, laissés aux loups et aux vautours, avec une croix pour marquer l'emplacement de notre victoire. Par chance nous avions préservé nos chariots et notre convoi d'animaux de boucherie et de chevaux de remonte.

Je laissai au camp proche de Brunisberg une garnison d'une centaine d'hommes et une dizaine de moines, à charge pour les premiers de surveiller la région et pour les seconds de construire un monastère et d'élire un abbé.

J'étais fier de cet exploit qui allait faire courir dans toute la région le bruit de mon invincibilité et de la rigueur de mon châtiment. Une leçon dont l'ennemi se souviendrait.

Je ne restai à Brunisberg que le temps de laisser un peu de repos à nos hommes et à nos chevaux, avant de prendre la route du sud, en direction de ma forteresse d'Eresbourg.

Nous y célébrâmes notre victoire par un grand festin, des chants et des danses qui durèrent toute la nuit et auxquels nous invitâmes les habitants à participer. J'assistai à un office solennel dans la chapelle de bois de la forteresse dressée au milieu d'un désert d'ajoncs et d'osiers sauvages.

Il restait, dans une localité proche d'Eresbourg, au milieu d'un cercle de bouleaux, près d'une fontaine encore garnie d'offrandes votives, sous forme de bouquets et de colliers, un étrange monument dont nos soldats ne savaient que faire.

Un vieillard qui connaissait quelques mots de notre langue m'apprit qu'il s'agissait de l'effigie d'une divinité païenne vénérée dans le pays : l'*Irminsul*. En apparence, ce n'était rien d'autre qu'un tronc d'arbre qui rappelait vaguement une forme humaine. Ce monument, me dit le vieil homme, avait été érigé au lendemain de la victoire de ses compatriotes sur les légions de Varus, il y a huit siècles de cela.

Se trouvait, au milieu d'offrandes misérables : lambeaux d'étoffes, mèches de cheveux, bouquets de fleurs sauvages, quelques bijoux d'or et d'argent dont nous fîmes notre butin.

Que faire de l'*Irminsul*? Le laisser en place eût laissé subsister une croyance païenne, ce que je jugeai inconcevable. L'un de nos moines me conseilla de le livrer au feu, mais cela risquait de créer des troubles dans la population. J'accédai cependant à cette idée et fis dresser un bûcher autour du monument. Le feu brûla toute la nuit, mais, le lendemain, l'*Irminsul* se dressait encore, noirci mais intact, au milieu d'un monceau de cendres fumantes. Il fallut l'abattre et le tronçonner pour en venir à bout.

À quelques jours de ces événements, je vis surgir un groupe de cavaliers angrariens à la mine sombre, venus faire leur soumission, au nom de leur chef, Edeling. Ils me remirent des présents sous forme de bracelets et de torques d'argent, de fruits et de venaison. Genou à terre, ils me promirent de ne plus tirer les armes contre moi.

Par l'intermédiaire de mon truchement, je les reçus avec courtoisie, les écoutai avec respect et leur demandai, pour confirmer leur soumission, de me confier une dizaine d'otages. Ils les prélevèrent sans barguigner dans leur suite. Après avoir promis de les traiter humainement, je donnai congé aux émissaires d'Edeling en manifestant mon souhait de le rencontrer dans des circonstances plus favorables.

La rude leçon de Brunisberg n'avait pas tardé à porter ses fruits.

Dans les premiers jours de septembre, j'assistai à la consécration de l'église de Sigisburg, sur la rivière Ruhr et, dans les prières que j'y fis, je louai le Seigneur de ses bienfaits.

Comme je me préparais à retourner en Francie, j'appris qu'une insurrection venait d'éclater dans la région de Westphalie. Des hordes avaient pillé monastères et églises, torturé et massacré les religieux, assiégé mes postes.

Alors que je croyais en avoir terminé avec cette campagne, je dus reprendre les chemins de la guerre.

Décidé à en finir avant les pluies d'automne et les premières neiges pour retrouver au plus vite ma chère Hildegarde et nos enfants, je pressai le pas et envoyai des colonnes volantes en diverses directions, avec une consigne : massacrer tous les hommes trouvés porteurs d'une arme et faire du dégât sur les terres en proie à la rébellion.

Cette campagne allait s'achever pour nous par un drame.

Tandis que nous venions de prendre nos quartiers à la nuit tombée près de la localité de Lübeck, au milieu du vaste pâturage où j'avais fait dresser nos tentes, des bruits suspects me mirent en alerte. Je me dis qu'il devait s'agir d'une horde de loups, mais les clameurs qui nous parvenaient me détrompèrent.

Des groupes de Westphaliens avaient assommé et égorgé

nos sentinelles, s'étaient rués avec leurs chevaux dans le camp et l'avaient parcouru comme une tornade, incendiant au passage les tentes avec des torches. Je me jetai hors de ma couche, cherchai mes armes à tâtons en appelant mon valet d'armes auquel je me heurtai dans la pénombre traversée par la lueur des incendies.

L'attaque tirait à sa fin quand je sortis de ma tente, épée en main. Je parvins à faucher les jarrets d'un cheval qui fonçait sur moi, à enfoncer ma lame dans le ventre du cavalier qui, étourdi par sa chute, ne m'opposa aucune résistance.

Bilan de cette attaque : nous y avions laissé une cinquantaine des nôtres, perdu plus de cent chevaux emportés par les assaillants dans leur fuite, et l'incendie avait détruit presque toutes les tentes et les chariots. Dans la confusion qu'avait produite cet assaut, les cavaliers avaient fui avant que nous ayons pu faire un usage efficace de nos armes.

Pour riposter à ce désastre, je n'allais pas attendre le retour du printemps. Ma revanche allait être fulgurante et impitoyable.

En guise de représailles, je fis incendier Lübeck, massacrer la population mâle et capturer, pour en faire des esclaves, femmes et enfants parmi les plus valides. Des colonnes que j'envoyai dans les parages, jusqu'aux rives de la Hasse, se livrèrent à d'autres massacres et dévastations avec une telle fureur que, dans les jours qui suivirent, leur chef m'envoya des émissaires pour une nouvelle soumission, avec comme otages plusieurs de ses enfants et de ses proches.

Je les reçus avec la plus grande froideur, refusai leurs cadeaux mais gardai ces malheureux qui, informés de ma cruauté, avaient fait le sacrifice de leur vie. Il me renouvelèrent leurs promesses de paix. Instruit par l'expérience et les récits de mon père, je me contentai de hausser les épaules et de les couvrir d'anathèmes.

Ce n'est qu'en octobre, sous des vents violents et les premières bordées de neige, que je m'engageai, d'une humeur exécrable, le chemin du retour. J'avais pris la précaution de laisser sur les points sensibles de fortes garnisons, avec suffisamment d'armes et de subsistances pour résister à un siège. Je leur avais confié le soin de faire construire d'autres postes, de protéger les établissements religieux et de se montrer cléments envers les populations.

La plupart allaient respecter la consigne ; les autres s'en moquèrent.

Je ne saurais trouver les mots capables d'exprimer le sentiment de bonheur que je ressentis en posant mes armes et en prenant Hildegarde dans mes bras.

Elle me confia qu'elle avait passé ces derniers mois dans les transes, malgré les courriers que je lui faisais parvenir deux à trois fois par semaine. La femme forte qu'elle était pleura sur mon épaule, m'assurant entre deux sanglots qu'elle avait chaque jour fait brûler des cierges, prié durant des heures et lutté contre les images de mort qui hantaient son sommeil.

Mon épouse faisait bon ménage avec ma famille et mes proches. Elle n'oubliait pas que le pape Paul Ier, modèle de piété, avait été son parrain. Elle ne manifestait qu'une tiède affection pour ma sœur Gisèle, lui reprochant ses excès de religiosité et le peu d'intérêt qu'elle prenait aux affaires du royaume en général et à ma campagne de Saxe en particulier.

Sur le point de quitter ce monde, après avoir refusé les partis avantageux que je lui proposais pour leur préférer le monastère, elle entretenait des relations suivies avec Alcuin : il la guidait dans ses lectures pieuses et avait composé à son intention des gloses sur l'Évangile selon saint Jean. On disait en parlant d'elle la « douce Gisèle » ; elle avait l'étoffe d'une reine et aurait pu faire le bonheur d'un prince choisi parmi mes alliés, mais c'est à un autre royaume qu'elle aspirait : le couvent de Chelles, en marge de la grande forêt de Compiègne. Elle allait, quelques années plus tard, en devenir l'abbesse.

Je n'aurais pas plus de chance avec mes autres sœurs : Rothaïde et Alpaïde, qui l'avaient précédée dans les ordres et qui, de santé chétive, n'allaient pas tarder à rejoindre la légion des anges.

Dieu merci, la santé de mes enfants ne me causait guère de soucis. Notre aîné, Charles, de nature capricieuse et entêtée, entrait gaillardement dans ses quatre ans et avait appris à monter un poney. Pépin, son cadet, était encore en lisière. Peu après mon retour, Hildegarde avait donné naissance à une fille, Rothrude, encore au berceau.

À en juger par la santé resplendissante de mon épouse, mon gynécée n'allait pas tarder à s'enrichir d'autres pensionnaires. J'allais m'y attacher avec ardeur.

Je ne revenais pas de ma campagne de Saxe couvert de lauriers. Malgré tout, j'étais heureux. Mes relations diurnes et nocturnes avec Hildegarde étaient sans nuages. Elle avait, en mon absence, aussi bien administré les affaires que je l'eusse fait moi-même, et avec une autorité qui entraînait parfois des conflits avec ses interlocuteurs.

Nous passâmes Noël dans la ville de Sélestat, en Alsace, au milieu des sapinières majestueuses enrobées de neige. Au retour, nous assistâmes, mon épouse et moi, à la cérémonie de dédicace par l'abbé Fulvard de l'abbaye de Saint-Denis, proche de Lutèce. Ce fut pour moi l'occasion de me recueillir sur la tombe de mes parents et de prier pour leur repos éternel.

Je m'accordai une journée pour visiter Lutèce, ville grouillante d'activité à l'abri de son fleuve et de ses remparts. Je fis mes dévotions en l'église Saint-Pierre-et-Saint-Paul, située au sommet d'une petite montagne, où sont conservés les restes de sainte Geneviève, cette vierge, qui, trois siècles avant mon règne, a défendu cette cité contre les Huns et les a repoussés.

L'idée m'effleura de faire de cette localité la capitale de

mon royaume, mais j'y renonçai. C'est vers l'est que je me proposais de donner suite à ce projet.

En visitant l'abbaye de Saint-Denis, je songeais à celle de Fulda, dans les territoires de la Hesse, sur la rivière qui porte ce nom. Un abbé d'origine germanique, Sturm, en avait entrepris la construction au milieu des forêts, trente ans auparavant, et y avait déposé les restes de Boniface, ce prédicateur qui avait été, avant son martyre, l'ami et le conseiller de mon père.

Fulda rappelle par son architecture Saint-Pierre de Rome. Je me souviens de l'ample dais d'étoffe précieuse qui abrite le tombeau du saint et de l'aqueduc qui conduit sur les lieux l'eau de la montagne.

De passage à Paderborn, en Westphalie, sur la Weser, j'encourageai les religieux à suivre l'exemple de Fulda et les assurai de mon soutien. Ils s'étaient mis au travail et, quelques années plus tard, allaient dédier, au milieu d'une vaste solitude vouée à se peupler rapidement et à devenir une ville importante, une cathédrale à saint Sauveur.

Passé les fêtes de Pâques, j'entrepris une tournée d'inspection dans mes principaux domaines situés entre l'Escaut et le Rhin : Attigny, Thionville, Metz, Trèves, Aix, qui avaient l'avantage d'être entourés de vastes forêts propices à la chasse. Je m'attardai à visiter d'autres villes situées sur le Rhin : Mayence, Ingelheim, Worms, mes possessions d'Alamanie.

Je préparais mes chasses comme une expédition. J'avais le choix entre trois lieux cynégétiques : la forêt Charbonnière, sur les confins de la Frise, celle des Vosges, entre Rhin et Moselle, et celle d'Ardenne, entre Liège et Trèves. J'avais à mon service, pour chacune d'elles, des équipes de forestiers chargés de veiller aux méfaits du braconnage et à l'entretien de mes réserves de poissons. Les droits de chasse et de pêche n'étaient consentis qu'aux moines et à mes comtes, avec interdiction de commercialiser leurs prises.

Ces forêts abondaient en cerfs, chevreuils et sangliers. Ma chasse préférée, la plus excitante mais la plus dangereuse, était celle des bœufs sauvages, appelés dans ces contrées aurochs, sortes de monstres que j'allais traquer de préférence en Bohême, dans les espaces sauvages du Böhmerwald.

Pour mes chasses ordinaires, je m'entourais d'un équipage de piqueux, de lanciers et d'une meute de molosses. Dès l'aube, ma garde palatine m'accueillait à son de trompes. Lorsqu'elle n'était pas enceinte ou fatiguée par ses devoirs d'intendante, Hildegarde se faisait une joie de se joindre à moi, avec la joyeuse cohorte de ses dames de compagnie. Je lui laissais parfois le soin de servir notre proie, ce qu'elle faisait avec un plaisir qui frisait la perversité.

Elle se mêlait avec le même enjouement aux festins de grillades dans nos pavillons de chasse. Un groupe de musiciens jouant de la sambuque, du luth, de la flûte et du tambourin accompagnaient ces réjouissances jusqu'aux premières clartés du jour. Parfois je l'invitais à chanter des airs anciens de son pays. Elle avait une voix souple et profonde, bien qu'un peu gutturale.

Sa beauté, que les grossesses n'avaient pas gâtée, me rappelait celle des matrones romaines dont j'avais apprécié les rondeurs généreuses dans les ruines de Rome.

Lorsque je lui demandais, au retour de mes campagnes, sur le ton de la plaisanterie, si elle m'avait été fidèle, elle éclatait de rire. Elle m'avoua pourtant un jour qu'elle était parfois l'objet de sollicitations de la part d'officiers palatins, mais qu'elle n'avait jamais cédé. Je lui demandai de me citer ces importuns ; elle s'y refusa. Si j'avais appris qu'elle avait succombé à pareilles avances, je l'aurais tuée, de même que son amant.

Alors que je faisais mes préparatifs pour une expédition à Rome où le pape Adrien réclamait mon aide à cor et à cri, je fus retardé par une affaire pressante qui intéressait mon domaine de Quierzy.

Le comte de Verberie, chargé de l'administration de ma

villa, venait de mettre la main sur une bande de brigands sévissant dans la forêt de Compiègne. Je me demandai ce que le comte attendait de moi, ces affaires pouvant se passer de mon jugement.

Il était, me dit-il, dans un grand embarras. Les hommes qu'il venait de capturer, au nombre d'une dizaine, étaient de pauvres hères que la famine et la misère avaient chassés de leurs fermes et qui vivaient du braconnage et du vol sur les chemins fréquentés par des marchands, des pèlerins et des moines. On ne pouvait leur reprocher un crime de sang, si bien qu'ils échappaient au *vergeld*, la peine capitale qui punit l'homicide. Leur infliger une amende ? Ils eussent été incapables de l'honorer, réduits qu'ils étaient à la dernière extrémité. Les libérer sans jugement ? Ils eussent repris leurs méfaits dans l'heure suivante.

En ces temps-là, j'étais ignare en matière de droit romain et peu soucieux de me poser en juge criminel. La justice n'était pas mon domaine ; je ne m'y hasardais que pour les cas gravissimes ; celui-ci ne l'était pas.

Je demandai que l'on tirât ces malandrins de leur cellule pour me les présenter. Ils tombèrent à genoux en triturant leur bonnet avec des gémissements pitoyables. Je les fis se relever et leur dis :

— Vous ne pouvez pas ignorer que voler le bien d'autrui mérite la mort. Je puis vous l'éviter si vous consentez à vous comporter à l'avenir comme des sujets irréprochables. Y consentez-vous ?

Celui qui paraissait être le chef s'avança d'un pas pour répondre :

— Sire, promettre, nous le pouvons, mais pourrons-nous tenir parole ? Deux de mes enfants sont morts de faim et mon épouse est sur le point de faire de même. Alors, entre crever et voler, le choix est difficile.

Ces paroles étaient d'une simplicité et d'une gravité telles que je pris quelques instants de réflexion avant de lui répondre :

— Je connais le remède à ta situation et à celle de tes complices. Vous êtes tous en âge et en état de porter les armes. Acceptez de suivre mon armée en Italie. Vous échapperez ainsi au châtiment et serez assurés de ne pas mourir de faim. Je vais faire le nécessaire pour que vos familles, en votre absence, soient à l'abri du besoin.

Ils se concertèrent du regard avec une expression de crainte, comme si je paraissais me jouer d'eux, puis ils échangèrent quelques mots qui m'échappèrent avant de me donner leur accord en me jurant leurs bons services. Je les renvoyai avec quelques provisions pour leurs familles.

C'était de ma part, il me semble, bonne et loyale justice. J'avais débarrassé la contrée de malfaiteurs, évité un châtiment dont la perspective me pesait et gagné quelques soldats. Ils étaient chétifs, mais quelques jours dans ma troupe en feraient des fantassins honorables.

L'âge venant, la justice allait devenir pour moi sinon une passion comparable à la chasse, du moins un devoir. Alcuin et Éginhard allaient me guider dans les dédales du droit, si bien qu'il m'arriverait de me prendre pour le roi Salomon…

Il semblait qu'un consensus se fût instauré entre les nations voisines pour troubler ma sérénité et me tenir en permanence sur le qui-vive.

Étais-je retenu en Angrarie ? Rome réclamait ma présence. Avais-je entrepris une action contre les rebelles de la Frise, l'émir de Cordoue me créait du tracas sur les marches d'Espagne. La situation en Occident était devenue un tel imbroglio que je risquais d'y perdre la raison et de commettre des fautes graves. Dieu merci, je gardais la tête froide et la décision prompte. Un autre que moi eût sans doute perdu pied et, attaqué de toutes parts, abandonné son royaume au désordre, à l'anarchie et au dépeçage.

Mes rapports avec Adrien étaient marqués par une entente à base de solidarité et d'amitié. J'admirais sa conviction profonde en matière de foi, sa ténacité envers ses adversaires, ses vues politiques claires et justes, mais, dans l'affaire pour laquelle il réclamait mon aide, je trouvais qu'il avait les dents longues : il ambitionnait, semblait-il, de faire de la Péninsule une nation théocratique. J'avais du mal à le suivre dans cette voie ; du côté de Byzance, on risquait de grincer des dents.

Il avait eu maille à partir avec les ducs de Bénévent, de Spolète et du Frioul, bien disposés à contrecarrer ses ambitions. Il n'était pas jusqu'à l'évêque de l'exarchat de Ravenne qui ne rêvât d'indépendance à ses dépens !

À en croire Adrien, si je tardais à répondre à son appel, les armées conjuguées de ces provinces marcheraient sur Rome et envahiraient les États pontificaux.

Ces conspirateurs avaient apparemment gardé la nostalgie du règne du roi Didier et regrettaient son exil et sa mort au monastère de Corbie. Ils reportaient leurs espoirs sur son fils, Adalgise, qui se morfondait dans les palais de Constantinople et souhaitait récupérer le trône de son père.

C'est Hrodgaud, duc du Frioul, contrée montagneuse du nord de l'Italie, qui prit la tête de la conjuration. C'est donc à lui que j'allais avoir à me mesurer.

Je me portai avec mon armée sur ses frontières, les franchis sans peine et investis sa capitale, Trieste. Je m'apprêtais à en faire le siège, quand une nouvelle stupéfiante me parvint : Hrodgaud et toute sa famille avaient été massacrés par les officiers du palais. J'entrai dans la ville sans coup férir et y fis quelque butin.

J'occupai cette province, qui ne brillait pas par sa prospérité, et y installai un officier de mes proches avant de diriger mon armée vers le duché de Bénévent qui s'agitait dangereusement. Je m'attendais à de rudes affrontements avec ces montagnards ; ils baissèrent les armes en me voyant paraître.

Après avoir fait mes Pâques à Trévise, je rendis visite à Adrien ; il exultait. Il sortit de son coffre les documents signés de mon père, attestant de la possession par la papauté des territoires constituant l'État pontifical. Je le dissuadai d'en donner connaissance publiquement, ce qui, en troublant le sommeil du lion, eût risqué d'entraîner une réplique sévère de Byzance.

Les affaires de l'Est allaient de nouveau solliciter ma présence.

Des échos de quelques rébellions, chez les Saxons notamment, m'inquiétaient. Il aurait suffi d'un chef charismatique animé de prétentions fédératrices pour créer un vaste mouvement de révolte. Ces contrées, sortes de digues ne laissant échapper que quelques filets d'eau, auraient mis en danger, en se rompant, les conquêtes réalisées par mon père, ainsi que les miennes.

Je partis pour une nouvelle expédition, moins pour affronter ces Barbares que pour inspecter les garnisons établies sur les grands fleuves, en des points névralgiques de la confédération saxonne : Eresbourg, Sigisburg, Paderborn, et quelques autres. La situation tendue en permanence les obligeait à intervenir fréquemment contre des bandes armées venues clamer leurs chants guerriers devant les palissades, piller les monastères et faire des dégâts dans les parages.

En dépit de ces conditions dangereuses, les missionnaires poursuivaient avec acharnement leur œuvre d'évangélisation. Ils baptisaient des villages entiers mais, à peine avaient-ils le dos tourné, les mœurs païennes renaissaient et tout était à reprendre.

Aux sources de la Lippe, en Westphalie, je fis édifier une forteresse à l'image de celles des Romains. À Paderborn, j'avais à peine établi mon camp lorsque j'eus l'heureuse surprise de voir les populations des parages venir spontanément me rendre hommage et réclamer le sacrement du baptême. J'en fus si ému que je me promis de créer en ces lieux une chaîne d'établissements religieux et un évêché.

Que fallait-il penser de ce ralliement insolite ? Allais-je me nourrir d'illusions ? Informé du caractère versatile de ces peuplades, je m'en gardai bien.

Parmi les chefs de tribus venus faire leur soumission, l'un d'eux attira mon attention par sa carrure athlétique, le soin qu'il portait à sa tenue et à ses armes, l'obstination qu'il mettait à obtenir l'audience que je lui refusai. Peut-être ai-je eu tort. Ce personnage allait, au cours des années à venir, me causer bien du souci.

Il s'appelait Widukind.

2

Les larmes de Roncevaux

Les événements d'Italie et de Saxe avaient distrait mon esprit de ceux qui avaient pour théâtre les marches d'Espagne et m'obligeaient à maintenir des garnisons importantes, souvent débordées.

J'aurais eu tort de considérer la chaîne des Pyrénées comme un obstacle inviolable contre les cavaliers d'Allah, qui occupaient la quasi-totalité de la péninsule ibérique. Les événements des siècles passés me tenaient lieu de leçon. Je ne redoutais pas une invasion massive et une guerre ouverte, mais je supportais mal les incursions permanentes des guerriers maures dans les terres heureuses de la Septimanie, jusque sous les murs de Narbonne.

J'avais négligé de m'intéresser à la situation intérieure de l'émirat. J'avais appris qu'une vingtaine d'années auparavant, sous le règne du roi Pépin, le survivant des princes omeyyades, Abd al-Rahman, avait, en s'attribuant le pouvoir à Cordoue, suscité une vive réaction des chefs arabes déjà dans la place, fidèles aux princes abbassides qui venaient de s'installer sur le trône de Bagdad.

L'année 777, alors que je me trouvais encore à Paderborn, j'eus la surprise de voir se présenter à moi une ambassade du *wali* (gouverneur) de Saragosse, Soliman. Il était accompagné d'une escorte éclatante de cavaliers en grande tenue qui firent forte impression sur la population, comme s'ils tombaient d'une autre planète.

Soliman me combla de présents et, à ma grande surprise, requit mon soutien contre l'émir de Cordoue qui menaçait sa province.

Mon premier réflexe fut de lui donner congé sans suite, mais, au cours d'un repas, après qu'il m'eut fait part de sa situation, je me dis que cette proposition pourrait me faire sans trop de risques un allié de ce personnage puissant et fastueux. Une alliance avec lui pourrait me permettre d'assurer la sécurité du royaume chrétien des Asturies et de la Navarre, soumise en partie seulement à l'émirat.

Soliman finit de me convaincre en s'engageant à me céder quelques villes frontalières. J'écartai les objections de quelques-uns de mes officiers qui se méfiaient des promesses des Maures, lesquelles, disaient-ils, ne valaient pas plus que celles des Italiens et des Saxons. D'autres trouvaient que ces tractations avec des non-chrétiens étaient indécentes.

Je les fis changer d'avis en leur montrant le profit que nous pourrions tirer de cette alliance. Ils bougonnèrent mais finirent par en convenir, déjà grisés par les perspectives du butin.

Pour les fêtes de Pâques de l'année 778, je me trouvais en famille dans la ville de Chasseneuil, au nord du Poitou, lorsque ma chère Hildegarde m'annonça une nouvelle grossesse. J'avais prévu de l'emmener en Espagne et dus y renoncer; elle en fut contrite autant que moi.

— Faites-moi un beau garçon, lui dis-je en montant en selle. Nous en ferons peut-être le roi d'Espagne.

— Sire, je dirai tant de prières et ferai brûler tant de cierges que Dieu vous donnera satisfaction.

Je quittai le Poitou avec une forte armée et traversai l'Aquitaine par un radieux printemps où alternaient des chaleurs moites, des pluies rudes mais brèves, et un vent d'autan qui faisait renâcler nos chevaux.

Je découvris des contrées et des villes dont je ne connaissais que le nom. Les campagnes, renaissant de leurs cendres, m'offraient des images sereines, mais la population nous tournait le dos en se souvenant des temps maudits où mon père faisait la guerre au duc Waïfre.

La traversée de la Gascogne et du Pays basque me causa quelques appréhensions. De toute évidence, mon nom était détesté de ces populations Dans certains villages, notre avant-garde était accueillie par des jets de pierres, des imprécations dans une langue inconnue, des musiques sauvages et des chants qui n'avaient rien de flatteur pour nous.

Je m'accusai de n'avoir pas accordé suffisamment d'attention, depuis le début de mon règne, à ces contrées demeurées hautaines, susceptibles, et qui avaient gardé la nostalgie de leur indépendance perdue. Il est vrai que le duc Loup-Sanche me donnait peu de nouvelles et ne hantait guère les couloirs de mes palais. Je me promis, en abordant les Pyrénées, de m'intéresser à cette pépinière de rebelles, mais pour l'heure j'avais d'autres soucis en tête.

Un accueil plus chaleureux m'attendait dans le royaume des Asturies. Il est peuplé de chrétiens laborieux, revenus en masse de la lointaine Andalousie pour échapper aux tracasseries des mahométans. Ils devaient, pour éviter les incursions des cavaliers maures, payer un tribut à l'émirat et souhaitaient se soustraire à cette contrainte.

Leur roi, Alphonse, descendant d'un ancien souverain wisigoth, était une forte nature. Il nous attendait dans sa capitale, Oviedo, et ne me cacha pas que notre présence le rassurait. Il souhaitait élargir son petit royaume par la conquête du Portugal, ce qui eût déclenché une vive réplique de Cordoue. Il rêvait de Lisbonne comme d'une nouvelle Jérusalem.

J'avais divisé mes forces en deux corps d'armée composés de combattants de diverses nations : Italiens, Saxons, Helvètes notamment.

L'un d'eux franchirait les Pyrénées du côté de la Méditerranée, avec l'appui des forces du comte de Septimanie ; l'autre, sous mon commandement, prendrait la route de la Navarre. J'avais chargé le premier corps de prendre Gérone,

Barcelone et Huesca, tandis que le second marcherait sur Saragosse où m'attendait le *wali* Soliman.

Lorsque j'arrivai devant Saragosse, je fus vivement impressionné par l'importance de cette ville et la puissance de ses fortifications, mais fort irrité du mauvais accueil que l'on me fit. Non seulement je trouvai les portes closes mais, sur les remparts, une meute de guerriers brandissant leurs armes et des menaces répétant les noms d'Allah et de Mahomet sous forme de litanies gutturales. Quant à Soliman, il n'était pas au rendez-vous.

Soit que, pris de remords après avoir demandé le secours des infidèles, il eût redouté les représailles de l'émir el-Hossein, soit qu'il eût été assassiné par ses officiers, ou qu'il eût médité de me faire tomber dans un piège, il demeura introuvable. J'appris qu'il avait renoncé à se maintenir dans cette ville où il avait promis de m'attendre, et qu'il en avait confié la défense, avant de disparaître, à un officier de l'émir…

Que faire ? Tenter un siège ? Je n'avais ni les machines ni les ingénieurs nécessaires pour entreprendre une opération aussi aléatoire. Regagner la Francie après cette expédition inutile ? Je me concertai avec mes officiers, et optai pour cette dernière solution.

Alors que nous chevauchions vers Pampelune, j'appris deux nouvelles inquiétantes. El-Hossein, informé de mes projets, avait mis en marche une armée. Peu soucieux de l'affronter, je me hâtai de repasser les Pyrénées.

Une autre nouvelle, non moins grave, me parvint par des courriers de Quierzy. Une nouvelle insurrection des Saxons commandés par Widukind campait sur la rive droite du Rhin.

Un chef rallié de Westphalie me fournit des détails sur ce chef barbare qui avait pris l'envergure d'un héros national. Né en Saxe, il avait de la parenté et des accointances au Danemark où il faisait de fréquents séjours. Il avait acquis une sorte de charisme. À chacune de ses apparitions, des milliers d'hommes se levaient pour le suivre.

C'était désormais un adversaire avec lequel il faudrait compter.

Cette *retraite* – je me dois d'appeler les choses par leur nom – me fut pénible. Les Maures ne nous laissaient pas en repos. Surgissant par surprise, ils s'abattaient sur nos colonnes, s'en prenaient surtout à nos arrières commandés par mon neveu, Roland, puis se dispersaient dans la montagne ou le désert.

Je m'accusais de m'être engagé trop légèrement dans cette aventure dont l'issue m'accablait de honte, et qui, me disais-je, me servirait de leçon. De plus, je n'avais pas attaché suffisamment d'importance au comportement des Basques dans la traversée de leurs terres. Ils allaient me faire payer mon imprudence.

Dans les déboires qui m'accablaient, j'éprouvai une maigre consolation. Soliman, de nouveau maître de Saragosse après je ne sais quelles tractations mystérieuses, avait capturé un officier de l'émir, Thalabah et, peut-être pour se repentir de sa trahison, me l'avait fait livrer. Je ne voyais pas le but de ce cadeau embarrassant. Que faire de ce prisonnier ? Lui trancher la tête ou le libérer ?

Je décidai de le garder et n'eus pas à le regretter. C'était une sorte de poète. Il possédait quelques rudiments de notre langue, dont il usait dans un charabia étourdissant pour nous raconter des histoires insensées sur les mœurs andalouses et, ce qui m'était plus utile, me donner des informations sur le conflit religieux qui opposait Omeyyades et Abbassides d'un bout à l'autre de la Méditerranée.

La traversée des Pyrénées par le *Camino Francés*, au cœur de l'été, par des chaleurs écrasantes, nous fut aussi pénible que le chemin menant aux enfers. Ce n'étaient que montagnes, vallées étroites et désertes.

Nous ne manquions pas d'eau. Nous la puisions aux torrents qui, malgré la saison, se montraient généreux, pas non plus de farine que nous vendaient les paysans. Pour nous procurer de la venaison, j'organisai des parties de chasse dans les forêts riches en cervidés et en sangliers.

Sur un plateau calciné, traversé par des marchands, nous nous accordâmes quelque repos avant de reprendre notre route à travers la montagne.

L'armée s'étirait en colonne interminable dans d'étroites vallées aux flancs abrupts. Certains passages difficiles nous obligèrent à abandonner quelques chariots et nous privèrent de quelques autres, qui s'étaient fracassés en dévalant au fond des ravins.

En débouchant dans la majestueuse vallée de Saint-Jean, j'ordonnai une halte pour la nuit et réglai l'ordonnancement du camp. Relativement satisfait de ce que cette traversée eût été exempte de déboires, hormis les pertes occasionnées à notre convoi, je me promis un sommeil réparateur.

Alors que nous dressions nos tentes, j'avais entendu, venant de nos arrières, des sons de trompe répercutés par des échos et m'en inquiétai auprès d'un de mes officiers. Ganelon, qui m'aidait à organiser le camp, ne m'avait rassuré qu'à demi, disant que ce n'était rien d'autre qu'un pastoureau donnant du cor pour rameuter son troupeau et le ramener au bercail.

Décidé à en avoir le cœur net, j'envoyai une reconnaissance en amont de la Nive et fis dresser ma table. La soirée était belle et fraîche, avec, survolant les cimes de l'Altobiscar, de belles volées de nuages roses.

J'avais achevé mon repas quand je vis surgir dans le camp ma reconnaissance accompagnée d'un cavalier couvert de sang des pieds à la tête, qui peinait à se tenir sur sa selle. Blessée au garrot et aux flancs, sa monture hennit avant de s'abattre, plus morte que vive. Je confiai à un de mes écuyers le soin de l'achever et interrogeai le blessé, Geoffroy, un de mes vassaux d'Aquitaine, après l'avoir réconforté d'un gobelet de vin.

Il parvint à bredouiller :

— Ah ! sire... sire... Votre arrière-garde... un désastre... elle a été... anéantie...

Fou de douleur et de colère, je le pressai de m'en dire plus long. Il perdit connaissance. Quand il revint à lui, un moment plus tard, je parvins à lui faire raconter ce qu'il avait appelé un *désastre.* Après avoir bu un autre gobelet de vin, il fit des efforts pour me satisfaire.

Commandée par mon neveu Roland, comte des marches de Bretagne, et son compagnon, Olivier, officier de mon palais, l'arrière-garde s'était, sans trop de grabuge, tirée de cette marche difficile, mais avait pris du retard en déblayant le chemin afin de rendre la voie libre pour les chariots. La fin du jour était calme, avec pour seuls bruits les cris des rapaces qui tournoyaient au-dessus de la colonne et les jurons des conducteurs du convoi.

Alors que l'arrière-garde venait de s'engager dans le défilé de Rocesvalles (Roncevaux), des roulements de tambours et des clameurs avaient éclaté de part et d'autre du torrent. Soudain, surgissant de la forêt, une horde de Basques avait dévalé de toutes parts, faisant pleuvoir sur le convoi des quartiers de roche, des flèches et des javelines.

Sous ce déluge, Roland et Olivier avaient tenté de regrouper la troupe et de la mettre à l'abri derrière les chariots. L'étroitesse du défilé rendant toute manœuvre impossible, les cavaliers avaient dû abandonner leur monture et dégainer leur épée en s'abritant derrière leurs boucliers.

Le comte Roland s'était servi de son oliphant pour appeler l'avant de l'armée à la rescousse. Il en avait usé à se rompre la gorge, puis, de guerre lasse, avait décidé de se joindre à ses compagnons et de défendre sa vie. Côte à côte, Olivier et lui avaient résisté aux assauts des Basques, les couchant un à un dans la pierraille, s'encourageant l'un l'autre, protégés par leur broigne de métal. Autant se battre contre une tempête !

— Tout ce que je sais, ajouta Geoffroy, c'est qu'ils sont morts, dos à dos, l'épée en main, comme tous les nôtres, moi excepté. Un miracle. Merci, mon Dieu...

J'étais curieux de savoir comment lui seul avait pu échapper au massacre. Il me raconta qu'il avait, en combattant, escaladé le talus de pierres bordant le chemin et roulé dans le torrent où l'ennemi, le croyant mort, n'avait pas jugé bon de le poursuivre. Il était simplement blessé par la chute au milieu des rochers et s'était prudemment gardé de retourner au combat qui, d'ailleurs, tournait à sa fin au milieu des clameurs de victoire des Basques, des plaintes des blessés et des hennissements des chevaux que les assaillants emportaient dans leurs tribus, chargés d'armes et de sacs de farine.

Lorsque Geoffroy avait estimé qu'il ne restait plus un seul combattant sur le terrain, il avait rampé jusqu'au chemin et failli défaillir au spectacle de la tuerie : nos soldats mêlés aux Basques, morts ou blessés. Ces derniers demandaient son secours ou l'imploraient de mettre fin à leur agonie, ce qu'il avait consenti à faire, malgré sa répugnance, « par charité chrétienne ». Il avait fini par trouver un cheval blessé que les Basques avaient dédaigné et avait pu regagner le gros de l'armée.

— Il se peut, lui dis-je, qu'il reste des blessés. Je me dois de les secourir. Je vais rassembler un peloton de cavaliers, et...

— Pardonnez-moi, sire, mais je crains que ce ne soit un acte inutile et dangereux. Quand je suis parti, les rapaces et les loups étaient déjà à l'œuvre. J'ai tenté de les éloigner avec mon épée, mais ils revenaient de plus en plus nombreux. À l'heure qu'il est, il ne reste plus un seul survivant. Le mieux est d'attendre le matin.

Je dus convenir que Geoffroy avait raison. De toute la nuit je ne pus fermer l'œil, incapable de m'arracher aux images qu'il avait suscitées en s'attachant à des détails atroces : têtes brandies sur des lances, membres coupés à coups de hache, ventres ouverts et entrailles répandues...

À peine le jour levé, accompagné d'une forte escorte et de Geoffroy, je remontai la Nive. Je m'attendais à une nouvelle attaque des Basques, mais durement éprouvés par le combat de la veille, ils ne se montrèrent pas.

Le spectacle était hallucinant. Enchevêtrements de chariots renversés ou brûlés, de chevaux et de bœufs morts ou à l'agonie, monceaux de soldats dont certains tenaient encore leurs armes, rapaces et loups fouillant sous les broignes pour se repaître de chair fraîche, odeur de sang et d'excréments... Certains de mes hommes gisaient écrasés sous des quartiers de roche.

Je fis achever les chevaux agonisants et me mis en quête de mon neveu Roland. Geoffroy m'y aida.

Il se souvenait l'avoir vu, avant de rouler dans le torrent, affronter avec Olivier, acculés à un chariot renversé qui commençait à brûler, un groupe de Basques qui hurlaient leurs chants de mort. J'aurais eu du mal à le reconnaître : outre qu'il avait eu la gorge tranchée, son visage avait à moitié disparu sous des coups de bec ou de dents. C'est à son épée que je pus l'identifier ; il avait gardé Durandal serrée contre son flanc, comme pour la refuser aux assaillants. Je cherchai Olivier, mais n'en trouvai aucune trace.

Autour de mon neveu gisaient Anselme, un de mes officiers du palais, mon maître d'hôtel, et quelques proches que j'eus du mal à reconnaître, mais Olivier n'était pas parmi eux.

J'allais le retrouver quelques jours plus tard, alors que nous avions quitté Saint-Jean. Grièvement blessé, il était passé pour mort. La nuit venue, il avait cherché refuge sous un abri de roche, avec la crainte de voir les Basques retourner sur le champ de bataille pour faire un supplément de butin et de subsistances avec le troupeau de bœufs, de moutons et de chevaux morts.

Blessé à une jambe, incapable de marcher, il était resté, me dit-il, deux jours dans sa cachette, ne se déplaçant que pour aller boire au torrent ou chercher quelque nourriture dans les chariots, épuisé pour avoir perdu beaucoup de sang, et somnolent.

— Sire, me dit-il, vous pouvez être fier du comte Roland, votre neveu. J'étais à son côté et puis témoigner qu'il s'est battu jusqu'à la limite de ses forces. J'ai dû insister pour qu'il fasse usage de son oliphant pour demander votre aide. Il hésitait, disant que c'eût été une faiblesse indigne de lui. Quand il s'y est résolu, il était trop tard.

Il ajouta en détournant la tête :

— Je n'ai pas assez de larmes pour le pleurer. Nous étions les meilleurs amis du monde. Mieux encore : des frères, bien que de nature différente. Nous nous affrontions souvent, mais nos querelles se terminaient toujours par des embrassades.

Olivier, son épée Hauteclaire au côté, se joignit à nous sur le chemin de la Francie. Furieux, humilié, soucieux d'en savoir plus sur cette embuscade, je le harcelai de questions, lui fis répéter les mêmes détails, comme ce coup d'épée qui avait fendu jusqu'à la mâchoire la tête d'un guerrier, ou cette chanson que, par défi, il avait entonnée au fort de la mêlée…

Ce désastre, je savais qui en était l'auteur : un chef basque, Lope Fuela. Je gravai ce nom dans ma mémoire en me jurant de le punir dès que l'occasion m'en serait donnée. Elle ne s'est jamais présentée. J'en ai gardé le regret toute ma vie. Si j'étais parvenu à le capturer, je l'aurais tué de mes mains.

Roland m'était devenu très cher. C'était un des proches sur lesquels je savais pouvoir compter pour porter une armée à la bataille. Je l'avais accueilli dans mon entourage à la fin de son adolescence, peu après Olivier, fils du duc de Gênes. Mon neveu devenu adulte, je n'avais pas hésité à lui confier, avec le titre de comte, la surveillance des marches de Bretagne, en état d'alerte permanent. Il s'y était vaillamment comporté, malgré sa propension à la versatilité et à des humeurs déconcertantes.

Je lui avais offert l'épée Durandal ; elle allait le suivre jusqu'à la mort. Il s'en était servi contre les Bretons, avec la fougue et la violence qui l'habitaient. Il me lança un jour, dans sa langue verte de soldat, alors qu'il venait me faire ses rapports à Quierzy : « Je ne puis supporter que ces sauvages me narguent, viennent ravager mes terres et pisser sur ma porte ! Si je m'écoutais, j'en ferais un massacre… » Il ne s'en était guère privé, quoi qu'il en eût dit. Il souhaitait partir avec moi pour une expédition vers l'est, mais je l'en dissuadai : il m'était trop utile là où je l'avais placé.

Au temps où ils se trouvaient dans ma suite, les démêlés de Roland et Olivier m'amusaient. Souvent pour un mot mal interprété, ils s'affrontaient sur le pré avec des épées de bois, jusqu'à l'épuisement, et fêtaient leur réconciliation en buvant de la bière et du vin avec des filles. Avant de partir pour la Bretagne, Roland avait demandé à son compagnon la main de sa sœur Aude ; elle ne lui avait pas été refusée. Des noces, célébrées à Noyon, je garde le souvenir d'un tourbillon de musiques, de chants et de lumière.

Je me dois, pour clore cette partie de mon récit, de dissiper une légende selon laquelle Roland serait né d'amours incestueuses entre moi et ma sœur Gisèle. Comment aurais-je pu porter une main perverse sur cet ange ?

Retour d'une mission en Gascogne, un de mes officiers m'a rapporté un chant de guerre du peuple basque : *L'Altabiçar*, du nom de la montagne abritant les tribus guerrières qui, à Roncevaux, avaient assailli et anéanti mes arrières. Il est trop long pour que je le cite en entier. Je me contenterai du dernier couplet :

Il n'y en a plus un, c'est bien fini / Libre Basque, tu peux rentrer avec ton chien / Embrasser ta femme et tes enfants / Nettoyer tes armes et ranger ta corne de bœuf / La nuit, les aigles vont dévorer ces chairs écrasées / Et tous ces ossements blanchiront pour l'éternité…

3

Batailles dans la forêt

Lourde d'angoisse, Hildegarde m'attendait à Quierzy, où les nouvelles de la désastreuse expédition d'Espagne m'avaient précédé. J'arrivai au palais alors qu'elle revenait de la chasse au faucon avec autour de la taille une ceinture d'oiseaux morts. Elle se jeta dans mes bras avec des larmes et me dit :

— Mon pauvre ami, comme vous avez dû avoir peine et souffrance ! Votre armée amputée de son arrière-garde et de son convoi par des sauvages, quelle humiliation ! Vous allez avoir besoin de repos. J'y veillerai.

Par ses propres courriers, j'avais appris de pénibles nouvelles : un appel au secours du pape Adrien, des troubles à l'Est et, ce qui était plus sensible à Hildegarde, la famine sévissant en Francie.

— Nous n'avons pas eu la moindre goutte de pluie depuis votre départ, me dit-elle. La terre est si sèche que plus rien n'y pousse. J'ai pris la liberté en votre absence d'ouvrir les réserves de nos greniers, mais elles ne sont pas inépuisables.

Je la complimentai d'avoir adopté cette initiative, que moi-même j'aurais prise. Durant des semaines, j'allais visiter mes domaines pour effectuer des distributions de céréales et en faire venir d'Aquitaine et d'Auvergne, où la situation était moins dramatique.

Après avoir licencié mon armée et demandé à mes vassaux de se tenir prêts à reprendre les armes à la première convocation, je pris une semaine de repos que j'occupai à me baigner dans l'Oise et à chasser le petit gibier dans la forêt de Coucy-Basse, pour la subsistance de ma maison plus que pour le plaisir.

J'avais fini par prendre goût à la lecture des auteurs de l'Antiquité grecque et romaine.

Je lus avec intérêt, au retour des marches d'Espagne, la *Vie des douze Césars* de Suétone, les *Vies parallèles* de Plutarque, et me délectai des *Bucoliques* de Virgile ou de *L'Art d'aimer* d'Ovide. Des images de dieux et de déesses livrés à leurs amours dans les solitudes agrestes de l'Hellade me poursuivaient dans mon sommeil. En revanche, je me lassais vite des ouvrages religieux. J'acquis cependant quelques rudiments d'astronomie et d'astrologie dans de vieux grimoires rongés par les vers que je tenais de la reine Bertrade, fort versée dans ces matières.

Une missive du pape déclencha ma colère.

Ses ambitions démesurées et ses exigences perpétuelles finirent par m'exaspérer. À l'en croire, tout l'Occident s'était ligué contre lui pour lui faire barrage. Il avait en permanence dans sa manche des menaces d'excommunication.

Dans une de ses lettres, il fulminait contre ses opposants : « Quelle déchéance et quel déshonneur, m'écrivait-il, quand de notre vivant nous voyons de misérables impies, tes adversaires et les nôtres, nous arracher des biens dont nous disposions en maîtres du temps des Lombards ! »

Il prêtait à ses ennemis, plus ou moins imaginaires, de noirs desseins et les accablait de propos amers : « À quoi a servi la ruine du royaume lombard et sa soumission aux rois francs ? Non seulement aucune des promesses n'a été tenue, mais les territoires concédés par le roi Pépin, de sainte mémoire, nous sont enlevés. »

Qu'attendait encore de moi ce perpétuel insatisfait? Que je me mette de nouveau à la tête d'une armée pour imposer ses ambitions ? Que je maintienne dans ses États une force armée permanente ?

Appliquer à la lettre les donations effectuées par mon père relevait de l'illusion, il aurait dû le comprendre. J'y voyais le fruit de tractations et de complaisances qui m'échappaient du fait qu'étant trop jeune je n'y avais pas pris part.

Il est vrai qu'on s'agitait beaucoup autour de lui. Les Byzantins, sortant de leur somnolence, lui demandaient des comptes ; les Lombards le menaçaient d'un soulèvement ; les ducs de Bénévent, de Chiusi, du Frioul s'armaient et la riche Vénétie persistait à rester dans le giron de Byzance.

Je ne daignai pas répondre à la requête d'Adrien, ce qui lui laissa supposer que j'avais sur les bras des affaires d'une autre importance.

Parenthèse :

Le courroux d'Éginhard m'amuse. Il me reproche d'oublier que je suis le patrice des Romains et donc le protecteur des intérêts de Sa Sainteté.

— Et toi, mon ami, ai-je rétorqué, aurais-tu oublié que les hordes saxonnes étaient sur le Rhin, que les Maures dévastaient les environs de Narbonne et massacraient mes sujets, que l'émir de Cordoue était sur le point de passer les Pyrénées, comme au temps de Charles Martel ? Alors, dis-moi, où se trouvait la priorité ?

— Vous ne pouviez, sire, rester insensible à la détresse de Sa Sainteté !

— Crois-tu que cette situation m'ait laissé indifférent ? Ma réaction viendrait à son heure, c'est tout ce que je puis te dire, mais il se fait tard. Reprenons…

La « priorité » que j'opposais à Éginhard était évidente : c'est contre les Saxons que j'allais devoir porter mes forces. Les courriers que je recevais des bords du Rhin étaient des plus inquiétants.

Peu après mon retour d'Espagne, après avoir quelque peu soulagé la population de ses misères, je rassemblai à

Auxerre une armée composée en grande partie de combattants venus d'Alamanie et des contrées occidentales du royaume. Il n'était que temps de réagir. Les hordes de Widukind préparaient des barges pour passer le fleuve et fondre sur la Francie. Me serais-je attardé sur les marches d'Espagne, j'eusse trouvé à mon retour le nord de la Francie envahi et dévasté et des villes comme Mayence ou Worms occupées.

Commandée par les meilleurs de mes officiers et menée bon train, cette campagne fut brève et efficace. Quelques colonnes se portèrent sur les points de rassemblement ennemis et les dispersèrent après des combats qui nous occasionnèrent peu de pertes. Talonné par notre cavalerie, l'opposant se fondait dans les profondeurs des forêts, si bien que cette réaction ressemblait à une chasse à courre plus qu'à une guerre.

Bien décidé à mettre ces rebelles à genoux, je me mis à mon tour en campagne avec l'armée la plus importante que j'eusse jamais commandée.

Nous quittâmes la Francie au printemps de l'année 779, après un gigantesque rassemblement à Düren, en Rhénanie. Je traversai pour m'y rendre des campagnes qui se ressentaient encore de la disette de l'année précédente, ce qui, en entravant nos réquisitions en vivres, ralentissait notre progression.

Passé le Rhin, nous avions trouvé un spectacle de désolation, les hordes de Widukind ayant réduit les populations rurales à la misère. Une rage vindicative me tenaillait le cœur devant les villages incendiés, les églises et les monastères rasés, les champs dévastés et les arbres fruitiers abattus. En cours de route et aux haltes du soir, nous étions assaillis par des malheureux venus quémander une écuelle de soupe, une tranche de pain ou un os à ronger. Une odeur de mort flottait sur ces contrées.

Trois semaines après notre départ de Düren nous sommes entrés pour la première fois au contact avec l'ennemi dans les parages de Bocholt, sur la rivière l'Aa.

Alors que nous installions notre camp dans un site agreste et allumions nos feux, nous fûmes assaillis par quelques centaines de guerriers dévalant des collines à sons de trompes et en hurlant. Il fallut en hâte reprendre nos armes, reformer nos unités et prendre des dispositions pour arrêter ce flux. Les brigands se contentèrent de danser, de chanter, et de nous menacer. Ils repartirent en nous volant une dizaine de chevaux qui s'abreuvaient à la rivière. Nous tuâmes quelques imprudents qui, s'étant approchés pour nous narguer en se frappant la poitrine, avaient expiré avec sur les lèvres leur chant de guerre.

Cette expédition présentait une singulière analogie avec celles que mon père avait dirigées contre les rebelles du duc Waïfre. C'était, de la part de l'ennemi, la même farouche résolution de défendre son indépendance et ses croyances et le même mépris de la mort. C'était aussi une absence semblable d'armée organisée et la même tactique sommaire d'embuscades. Waïfre et Widukind auraient pu se retrouver frères d'armes...

Notre marche vers mes garnisons de la Weser fut une suite monotone de coups de main et, de notre part, de poursuites infructueuses. J'avais l'impression de tailler avec mon épée dans un tas de sable !

Nous passâmes la Weser sur des ponts de bateaux, sous l'œil ébahi des naturels. Une fois sur l'autre rive, nous avons marché vers l'Elbe, frontière naturelle entre la confédération saxonne et les territoires mystérieux des Slaves et des Avars, descendants des Huns. C'était le terme de notre campagne et nous n'avions aucune victoire décisive à notre actif.

Un soir, avant le repas, sur la rive gauche du grand fleuve, je me laissai aller, au cours d'une promenade à cheval, à rêver des lauriers d'Alexandre.

La perspective de ces immenses territoires qui touchent aux confins du monde me fascinait et me révulsait à la fois. J'avais entendu parler par des moines de puissantes cités fortifiées comme Kiev ou Novgorod, de fleuves géants comme le Dniepr et la Volga, de caravanes venues des lointains de l'Orient chargées de soie et de joyaux, des Khazars et des Varègues qui peuplaient ces immenses étendues...

Plus jeune et plus entreprenant, peut-être aurais-je tenté des négociations de paix avec ces étranges nations ou lancé contre elles mes armées. Pour le présent, j'avais assez à faire avec mes voisins.

J'ignorais à peu près tout des peuplades d'au-delà l'Elbe, mais me plaisais à répéter leurs noms : Slaves, Obodrites, Sorabes, Tchèques, Avars... Derrière eux se profilaient des images nées de mon imagination. J'avais amassé davantage de connaissances sur des villes comme Babylone, Bagdad, Persépolis et surtout Jérusalem, dont m'entretenaient des pèlerins. Je rêvais d'un immense pont qui aurait pu nous permettre de commercer avec ces gens différents de nous, de nous enrichir de leurs connaissances et de les faire profiter des nôtres.

En méditant sur le bord du fleuve, je me demandais combien de mois, d'années peut-être, il aurait fallu chevaucher pour arriver à l'extrême limite de la terre, là où l'on se trouve soudain au bord du vide sidéral, domaine où Dieu accomplit son grand œuvre dans la nuit et le silence du cosmos.

Dans les parages de Verden, à une ou deux journées de cheval de la mer Baltique, alors que nous retournions en Francie, une attaque brutale nous surprit sur une rive de la Weser et faillit nous mettre dos au fleuve qui, grossi par les pluies septembrales, nous aurait entraînés corps et biens.

Je chargeai ma cavalerie neustrienne d'affronter cette horde de quelques centaines de barbares. Une seule charge lui suffit pour balayer le terrain, mais nous y perdîmes une dizaine de bons cavaliers. Ce sont les Saxons du Nord qui nous avaient fait cette surprise ; ils laissèrent sur le terrain une cinquantaine de morts et quelques chevaux massifs et velus comme des bœufs sauvages.

Je croyais revenir sans le moindre résultat notable ; je me trompais.

Profitant des répits entre deux chevauchées, je m'intéressai aux établissements religieux qui avaient du mal à se maintenir sur leurs concessions et auprès de nos forteresses. Des *missi dominici* m'avaient informé de leur situation précaire, mais qu'y faire ? Entreprendre des conquêtes est une chose ; les administrer en est une autre.

Le pape Adrien aurait dû me manifester sa gratitude de me voir planter la croix au risque de ma vie sur des terres hostiles. J'avais ouvert les chemins de l'évangélisation là où mon père avait échoué. Des groupes de religieux accompagnaient mes armées pour livrer leur propre bataille. Je les installais dans des endroits plus ou moins favorables à leur apostolat et à leurs besoins quotidiens en subsistances. C'étaient pour la plupart des hommes au caractère bien trempé, rompus à la discipline et prêts aux sacrifices de la foi. Beaucoup durent renoncer, soit qu'ils se fussent mépris sur leur résistance, soit qu'ils eussent disparu, la gorge tranchée. Ceux qui s'acharnent dans leur mission, que Dieu les ait en sa sainte garde !

En retrouvant mes domaines et ma chère épouse, je ne me faisais guère d'illusions sur la soumission de ces tribus à la foi chrétienne. Les baptêmes spontanés ou provoqués n'étaient qu'un feu de paille. Peu de temps après ce cérémonial auquel ils ne comprenaient que peu de chose, les convertis retournaient à leurs croyances et à leurs coutumes comme un chien à sa vomissure.

L'événement qui me fut le plus sensible fut la mort de Sturm, l'abbé bavarois de Fulda, en forêt de Bochonie, dans la région de la Hesse. Une trentaine d'années auparavant, il avait, avec le concours de Boniface, érigé ce monastère et cette église qui passent aujourd'hui pour être exemplaires. Vieux et malade, Sturm avait transmis son ministère et sa foi à un moine d'origine saxonne, Willehad qui, aidé par l'architecte et futur abbé Ratgar, a donné à Fulda des dimensions et un essor qui tiennent du prodige.

Hildegarde avait décidé que ce serait un garçon ; c'en était un ; elle lui avait donné le nom de Louis.

Les matrones et quelques servantes prétendirent qu'il me ressemblait, mais ce ne sont que billevesées de vieilles femmes. Un enfant au berceau ne ressemble à personne ; ce n'est rien d'autre qu'une ébauche d'homme mal façonnée.

Mon aîné, Charles, en revanche, est « tout mon portrait », comme on dit. Non seulement il a hérité de mes traits, mais il est la réplique vivante de l'enfant que j'étais, avec son caractère pétri de défauts : caprices, obstination, irascibilité, mais aussi de quelques qualités que je tairai.

De retour, je passai la majeure partie de l'hiver à Worms, sur le Rhin. Je m'interrogeai sur la nature et le caractère de ce personnage mystérieux, Widukind, que j'avais rencontré naguère entre deux audiences au palais, et qui m'avait fait forte impression. On en parlait beaucoup autour de moi mais personne ne pouvait me fournir de données précises à son sujet. Un prisonnier capturé lors d'une escarmouche dans les parages de Menfull, sur la Weser, m'en apprit davantage sur lui sans que j'eusse à le brutaliser. C'était, disait-il, non un roi, mais un chef, un meneur d'hommes et, ce dont je doutais, un stratège et un organisateur de premier ordre.

— Crois-tu, demandai-je au captif, que je pourrai un

jour l'affronter dans une bataille autre que des échauffourées ?

— Sans nul doute, me dit-il. Il attend son heure, et, quand il se sera décidé, tu auras du souci à te faire…

— Où se trouve-t-il aujourd'hui ?

— Demande-moi plutôt où se trouve le vent ! Peut-être à la cour du roi de Danemark, comme d'habitude, après chacune de tes campagnes. On dit qu'il y a des parents et de nombreux amis. S'il te prenait l'idée d'aller l'y traquer, tu ne le trouverais pas. Il est comme chez lui en Suède et en Norvège, peut-être même au royaume de Thulé, dans les brumes et les neiges du Nord.

S'il m'arrivait d'être confronté à ce personnage insaisissable, c'était dans mon sommeil. J'en sortais avec des sueurs froides et l'impression de m'être colleté avec un démon aux ailes de feu de la mythologie germanique.

Ma première résolution, le printemps venu, fut de m'attaquer à Widukind, avec l'espoir qu'il ne s'envolerait pas.

Au cours de mon hiver à Worms, j'avais pris une autre décision importante : donner à mon royaume une capitale et un gouvernement central. Les déplacements d'une villa à l'autre m'étaient devenus pénibles. Mes capitulaires portaient le nom de lieux épars : Quierzy, Laon, Verberie, Soissons, Mayence, sans compter ceux que je rédigeais en terre étrangère.

C'est de mon père que je tiens cette idée qu'il avait eue sur sa fin et qui avait germé en moi. J'allais la réaliser sans tarder.

Connue pour ses sources d'eaux chaudes, la modeste bourgade d'Aix était en partie occupée par les ruines d'un ancien palais gallo-romain, l'*Aqua Granni*, en langue germaine Aachen. Je gardais un souvenir agréable du séjour que j'y avais fait en compagnie de mon père et de mon frère Carloman. L'amateur de bains que j'étais se réjouissait à l'avance des plaisirs qui m'y attendaient.

À la fin du printemps, je me rendis à Aachen en compagnie de ma reine. Elle était pleinement d'accord avec mon choix, lasse qu'elle était, comme moi, de nos perpétuelles pérégrinations.

Je lui avouai ma déception : l'état de ces ruines me décourageait. Le cantonnement des légions romaines et les prélèvements sur les habitants avaient causé des déprédations plus graves que je ne l'imaginais. Il y avait de quoi renoncer à ce projet. Je m'y accrochai avec cette obstination qui est une marque de ma nature. Hildegarde m'en sut gré.

Aix se situe sur une colline dominant une plaine marécageuse, au confluent de deux rivières de modeste importance, la Ponelle et la Pau, qui se jettent dans un affluent du Rhin, la Würm. De l'ancien palais ne restent, après le déferlement des invasions barbares des siècles passés, que quelques murailles et l'imposante tour dite de Granus, pour témoigner de l'importance de ces constructions.

Autre avantage de ce site : le pont de pierre sur la Würm, qui facilite les communications avec de grandes cités.

Sous la végétation sauvage qui avait envahi ces ruines, je retrouvai trace du bref séjour que j'y avais effectué dans mon enfance avec ma famille : une grande salle aux colonnes de marbre, le réduit où ma mère faisait de la toile avec ses dames, celui où mon père passait du bon temps avec ses concubines... J'ai connu là des jours de grand froid et des parties de chasse revigorantes.

Pour autant qu'il m'en souvienne, le roi Pépin n'eut jamais réellement l'intention de faire de ces lieux sa capitale. D'ailleurs une fin annoncée l'avait privé de donner suite à cette idée qui ne l'avait qu'effleuré. Elle allait constituer une de mes préoccupations essentielles.

Je décidai de donner à cet ancien palais une autre destination que celle d'une simple halte de voyage hors mes frontières. J'en ferais, avec l'aide d'Éginhard, surintendant de mes constructions, ma résidence principale et le siège de mon gouvernement ; j'y attirerais des savants et des lettrés ;

j'y créerais une basilique capable de rivaliser en majesté et en richesse avec Saint-Vital, de Ravenne, qui m'avait laissé un souvenir ébloui : un lieu de paix, de méditation et de culture plus qu'une caserne.

Un poète de ma maison allait donner une dimension lyrique, emphatique et remarquable à mon projet en écrivant : *Ville d'Aix, ville royale / Siège principal du royaume / Chante les louanges du roi des rois / Toi qui te réjouis de la présence de Charles le Grand...* C'était la première fois que je voyais le qualificatif de « Grand » attaché à mon nom, ce dont j'éprouvai une légitime fierté mais non de l'orgueil, un sentiment qui m'est étranger.

À la fin de l'année 780, c'est l'Italie qui allait m'accaparer. J'y partis avec un triple projet : rassurer par ma présence armée le pape Adrien qui continuait à m'assaillir de ses jérémiades, lui confirmer ma fidélité et surtout donner à la Péninsule un nouveau roi : mon fils cadet, Pépin, fils d'Hildegarde.

Quand je lui présentai Pépin, Adrien se montra perplexe. Un garçonnet, roi d'Italie ! Je le rassurai : bien conseillé, assuré d'une sage tutelle, il pourrait faire de cet imbroglio de duchés et de comtés qu'était l'Italie un royaume unifié et puissant, capable de s'opposer aux récriminations de Byzance.

Au cours des festivités de Pâques 781, Adrien consentit à confirmer le baptême de mon fils, à lui donner l'onction royale et à le coiffer de la couronne.

J'attendais des troubles publics de cet événement, mais la population, sa surprise passée, accepta la présence de ce prince franc qui allait mettre fin, pensait-on, à l'anarchie, mais aussi à mes incursions armées périodiques.

Je confiai Pépin aux soins tutélaires de mon cousin Adalhard, fils de mon oncle Bernard. Homme d'expérience, affectueux et pondéré, il allait lui servir de précepteur et de conseiller.

Avant de repartir, je demandai à Adrien de me tenir au courant des manœuvres inquiétantes du roi de Bavière, Tassilon. Il m'avait laissé entendre que ce souverain était importuné par les promesses qu'il m'avait faites un peu à la légère. Je retrouvais dans ce personnage, mélange d'hypocrisie et de versatilité, le mauvais esprit des rois lombards. Sans manifester la moindre intention de lui ôter sa couronne, j'allais avoir à m'en méfier. À la moindre incartade il me trouverait en face de lui.

Une surprise déconcertante m'attendait à Quierzy. Je m'y trouvai en présence d'une ambassade conduite par l'impératrice de Byzance en personne, Irène.

J'en restai pantelant. Depuis bientôt quinze ans, je n'avais pas eu de la part des souverains de Constantinople le moindre signe de vie et ne souhaitais pas en recevoir, ce qui aurait pu donner lieu à de fâcheux règlements de comptes.

Je détestais cette femme, et rien, durant le séjour qu'elle fit à Quierzy, ne put me détromper.

Je manifestai à cette ambassade sinon une antipathie ouverte, du moins une fraîche courtoisie, d'autant qu'elle s'accompagnait de présents somptueux.

Quel en était le but ? Il était double. Irène souhaitait mon arbitrage dans les relations entre la cour byzantine et le pape Adrien, ce qui n'excluait pas une nouvelle intervention armée de ma part, pour le cas où le conflit s'envenimerait. Elle avait envisagé d'autre part un mariage entre ma fille, Rothrude (elle allait avoir six ans !), et son fils Constantin.

Cette proposition avait de quoi me flatter : elle prouvait que la cour de Constantinople ne manifestait aucun mépris pour les « Barbares francs ». Si ce projet avait mon agrément, il ferait de ma dynastie, alliée à Byzance, la maîtresse du monde.

J'ai toujours répugné de voir mes sœurs et mes filles se séparer de moi pour convoler, sauf avec le Seigneur. En l'occurrence, cette proposition était si mirifique que je cédai.

J'acceptai même que Rothrude, avant de passer devant l'autel, apprît la langue grecque, usitée dans tout l'Empire d'Orient.

Il n'était question, pour l'heure, que de fiançailles, plus faciles à rompre, le cas échéant, qu'un mariage dont nous aurions à reparler en attendant que Rothrude fût nubile.

On n'en parla plus. À la suite d'obscures manœuvres à la cour de Constantinople, le projet de fiançailles fut ajourné puis annulé, de par la volonté de l'impératrice. Je gardai Rothrude dans ma famille, avec un regret : renoncer à l'idée d'avoir pour gendre le souverain d'un puissant empire.

Ce que j'attendais avec impatience depuis des mois n'allait pas tarder à se produire : un affrontement avec les hordes de Widukind, qui pourrait me rappeler, non sans quelque différence, le coup d'arrêt du roi Charles Martel aux invasions arabes, car, en l'occurrence, l'envahisseur, c'était moi. Pourtant, je ne faisais qu'anticiper une ruée de Barbares, comparable aux grandes invasions, quelques siècles plus tôt, des Huns et des Vandales.

Un nom sonne encore comme un tocsin dans ma mémoire : *Sünterbirge.* Il s'attache, avec celui de Roncevaux, au souvenir des événements les plus dramatiques de mon règne.

Au début de l'été de l'année 782, en partant avec pour seul projet l'inspection de nos défenses, j'avais l'esprit serein et confiant. J'avais passé quelques semaines du printemps romain à m'assurer des bonnes intentions du peuple envers mon fils et des bonnes dispositions du jeune roi envers ses sujets. Aucun événement grave ne sollicitait ma présence urgente en Saxe, si bien que je n'avais pas l'esprit agité par des risques de batailles.

Le Rhin franchi à Cologne, je dirigeai à petites journées mon armée bien pourvue en vivres et en fourrage vers la petite ville de Lippspringe, aux sources de la Lippe, dans la Westphalie méridionale. J'avais prévu de tenir une assemblée comparable à celle de Paderborn, cinq ans auparavant, en présence d'une délégation musulmane qui avait fait sensation.

J'eus la surprise, alors que je préparais ces entretiens, de voir paraître des délégations danoise et avar, la première envoyée par le roi Siegfried, l'autre par le khan Tudun.

Je retirai de cette visite impromptue l'impression que ces souverains me tenaient pour un ennemi potentiel non négligeable ou pour un arbitre dans l'éventualité d'un conflit que rien pour l'heure ne laissait prévoir.

La première journée de cette assemblée fut occupée par l'intronisation, suivant le rite hérité des premiers rois francs, de quelques officiers de mon armée choisis pour leur sagesse, leur courage et leur expérience de la guerre, auxquels je confiai l'administration et la défense de mes conquêtes. Ils auraient à batailler contre les pillards, à veiller au bon ordre de leur apanage et à protéger les religieux. Je les adjurai de ne pas se conduire en satrapes, de faire bonne justice et de respecter les populations.

Ils me jurèrent sur les Écritures de respecter mes consignes et se répandirent en ovations en buvant le vin de la concorde et de la paix. J'avais dans mes chariots quelques futailles d'un bon cru de bourgogne auquel ils firent honneur.

Comme se déroulaient ce cérémonial et les travaux relatifs à l'administration des territoires conquis, des *missi* vinrent m'informer que des troubles venaient d'agiter les tribus frontalières des Slaves sorabes, loin dans l'Est. Pour les réprimer, j'envoyai trois de mes proches, mon chambrier Adalgise, le connétable Grilon et le comte Worad, à la tête d'une colonne dotée d'un fort escadron. Ils partirent le lendemain, bannière au vent.

L'assemblée se termina par des baptêmes plus ou moins spontanés et sincères de la population, administrés par les moines dont j'avais pris soin de me pourvoir.

Un matin, je m'apprêtais à remonter en selle pour reprendre ma tournée d'inspection, l'esprit serein, quand je vis surgir, monté sur une mule, un religieux saxon, Willehad, qui avait fondé une mission dans la province de Wihmodie, entre la Weser et l'Elbe, où il avait opéré de nombreuses conversions.

Il demanda à boire et me dit, d'une voix brouillée par l'émotion :

— Sire, je ne vous apporte pas de bonnes nouvelles. La paix de Dieu régnait autour de mon monastère quand des hordes venues du Danemark ou de la Nordalbingie, je ne sais, ont déferlé sur mon domaine, conduites par un chef nommé Widukind. J'ai assisté, impuissant, au massacre de mes ouailles et d'une dizaine de mes moines, avant de prendre la fuite au galop de ma mule.

Widukind... Décidément, ce chef rebelle ne me laisserait pas en paix. À l'abri des frontières du Danemark, il avait attendu ma présence pour passer à l'attaque. Mon cœur se serra en songeant qu'il aurait pu attaquer la colonne que j'avais envoyée quelques jours auparavant en pays sorabe.

Willehad me confia son intention de se rendre à Rome pour rencontrer le pape Adrien et se placer sous sa protection. Je restai confondu d'une telle naïveté.

— Je crains, lui dis-je, que cette démarche ne soit inutile. Ignorez-vous que le pape n'a pas d'armée, mais une simple garde palatine peu efficace en cas de conflit, et que sa seule arme est la prière ? Si quelqu'un peut vous venger, c'est bien moi.

À ma grande surprise, il tomba à genoux et embrassa en pleurant le bas de ma robe. Je le relevai et lui demandai où je pourrais trouver Widukind.

— Comment le saurais-je ? soupira-t-il. Il ne s'est pas attardé après ses méfaits. Il vous faudra errer longtemps avant de le trouver et de l'affronter. Arrivé à Rome, je prierai sur le tombeau de Pierre pour la fin victorieuse de votre campagne.

Après le départ de Willehad, j'appris, par un *missi*, que les hordes de Widukind, regroupées dans les monts Süntal, entre la Leine et la Weser, semblaient attendre ma venue.

Il fallait près d'une semaine, au départ de Lippspringe, pour traverser les terres des Angrariens et nous retrouver au contact avec l'ennemi, à supposer que nous ne fussions pas retardés en chemin par des embuscades. Je venais de recevoir un contingent de Francs Ripuaires, amenés par le comte Thierry; ils allaient m'être précieux.

Je fis forcer l'allure, si bien qu'il ne fallut que quatre jours pour arriver en vue des monts Süntal, impressionnant massif couvert de résineux. Je fis prendre position à mon armée sur la rive droite de la Weser, non loin de l'endroit où elle amorce un coude brusque vers l'occident.

Thierry m'avait précédé; il m'attendait au milieu de ses Ripuaires, sur un plateau d'où la vue plongeait sur l'immensité de la vallée.

— Nous allons, me dit-il, avoir affaire à forte partie. Des milliers de cavaliers saxons sont sur le pied de guerre, et je ne compte pas la piétaille innombrable qui les accompagne. Ils ont fait la fête toute la nuit, invoqué leurs dieux et leurs héros et s'apprêtent à recommencer la nuit prochaine. Écoutez-les, sire! ils nous provoquent en chantant, en soufflant dans leurs cornes et en battant du tambour. Demain, je le crains, l'affaire sera chaude.

Au cours du repas du soir, dans ma tente, je m'opposai avec fermeté à l'avis de certains de mes proches, qui souhaitaient que nous passions à l'attaque sans attendre la nuit, ce qui, disaient-ils, en provoquant un effet de surprise chez l'ennemi, l'aurait contraint à se débander.

Je leur opposai l'absence de notre arrière-garde et de nos chariots retardés par la pénible traversée des montagnes, et la fatigue de nos hommes dont j'avais forcé l'allure. En arrivant, cavaliers et fantassins s'étaient rués vers le fleuve et effondrés après s'être désaltérés. De plus, il fallait préparer le camp pour la nuit.

Avant de nous séparer, conscient de sa valeur militaire et de ses qualités de meneur d'hommes, je confiai à Thierry la manœuvre de la cavalerie pour la bataille du lendemain. Toute la nuit, les pentes du Süntal résonnèrent de chants et de musique autour d'une multitude de feux, à croire que la sapinière était sur le point de s'embraser. J'avais pris soin de poster des sentinelles aux quatre coins de notre camp, autour des parcs de chevaux et de bétail et dans les premiers taillis de la pente, ce qui, en me rassurant, me procura quelques heures d'un sommeil réparateur.

Je n'avais qu'un regret : avoir laissé Alcuin à Lippspringe, en compagnie de quelques moines savants. La lecture vespérale de quelque récit de guerre de Tite-Live ou de Tacite m'aurait réconforté à la veille de la rude épreuve qui nous attendait.

Aux premières lueurs du jour, sans que nous nous fussions concertés, Thierry lança ses escadrons contre un rassemblement de la cavalerie ennemie rangée en ordre de bataille entre fleuve et montagne.

La rage au cœur, j'allais assister à ce premier engagement imprévu, du haut d'un tertre, entouré de mes officiers. Je constatai avec surprise que, plutôt que de fondre sur l'ennemi, Thierry observait une singulière expectative, comme impressionné soudain par l'importance des contingents ennemis.

Il y avait de quoi ! Ce n'était plus une horde que nous aurions à combattre, mais une véritable armée dotée des bannières de nombreuses nations, forte de centaines de cavaliers derrière lesquels une multitude frénétique de piétaille donnait de la voix en brandissant des arcs, des lances et des haches de guerre.

Il était trop tard pour donner à Thierry l'ordre de renoncer à cette charge prématurée et d'attendre que nous eussions élaboré une stratégie. J'observai avec soulagement un reflux d'une cinquantaine de pas de la cavalerie adverse. Je compris vite que cette manœuvre était destinée à provoquer l'attaque de Thierry. Il tomba dans le piège et donna le signal d'une ruée destinée à transformer en déroute cette fausse dérobade.

La tactique de Widukind ne m'avait pas échappé. Je m'écriai :

— Le comte Thierry est devenu fou ! Il est perdu !

Du haut de mon observatoire, je pus assister, le cœur crispé, à la suite de l'engagement.

À peine le premier escadron de Thierry s'était-il ébranlé, Widukind fit s'écarter les premiers rangs de sa cavalerie de manière à provoquer une brèche au centre de sa formation. Les cavaliers de Thierry s'y ruèrent et se trouvèrent soudain plongés dans le magma effervescent des milliers de guerriers à pied. Désarçonnés par leurs montures éventrées, mal à l'aise pour se défendre dans leur carapace de fer, gênés par la masse humaine qui se refermait sur eux, ils disparurent comme dans les vagues de l'océan.

Tous, autour de moi, figés, incapables de prononcer des paroles cohérentes, se répandaient en jurons.

Qu'allait faire Thierry ? Engager le reste de sa cavalerie dans la mêlée ou envisager la retraite ? Renonçant à poursuivre la bataille, alors qu'il lui restait deux à trois cents cavaliers, il reflua vers le camp pour se mêler au gros de l'armée. Il y fut accueilli par des sarcasmes et se retira sans un mot sous sa tente où je le rejoignis peu après. Assis sur son lit de camp, il pleurait et frappait son genou avec son poing en bredouillant je ne sais quoi.

— Eh bien, lui dis-je, tu peux être fier de toi ! T'es-tu pris pour un stratège inspiré ? Quelle mouche t'a piqué, dis-moi ? Et cesse de te lamenter ! As-tu compris que, par ta faute, tu nous as mis dans une fâcheuse position ?

— Pardonnez-moi, sire, balbutia-t-il. J'ai cru qu'il me suffirait de paraître pour que ces barbares prennent la fuite. Je me suis lourdement trompé. Je voudrais être mort !

— Ces « barbares » t'ont donné une belle leçon. Je te retire ton commandement. Nous allons tenter de réparer tes erreurs.

Je devais convenir que Thierry n'était pas totalement responsable. Mal renseigné par nos éléments de reconnaissance, j'avais moi-même sous-estimé l'importance de cette horde qui méritait le nom d'armée. Ces « barbares » possédaient une cavalerie presque aussi importante que la nôtre, moins bien armée, mais plus motivée. Nous avions eu la chance qu'ils n'eussent pas tenté de poursuivre le combat.

L'auraient-ils fait, cette défaite partielle se serait transformée en désastre.

L'armée ennemie s'étant retirée sur une nouvelle position en amont, dans les derniers brouillards du fleuve, je réunis mes officiers en conseil pour leur demander de se préparer à livrer une vraie bataille. La plupart repoussèrent cette idée, disant que le moral de nos troupes était trop affecté par cette défaite et que nous risquions une mutinerie. J'entrai dans une grande colère ; ils restèrent inflexibles.

Force me fut donc de céder. Nous avions perdu une centaine de cavaliers. Je chargeai des équipes de secours, composées en partie de femmes, de ramener au camp, en pataugeant dans la boue et le sang, ceux de nos hommes qui pouvaient être sauvés, et d'achever les agonisants, de même que les chevaux qui battaient encore des jambes.

Malgré la honte qui s'attachait à cette décision, je jugeai prudent de renoncer à cette bataille dont j'avais longtemps rêvé et de reconstituer mon armée. Je n'avais pas perdu l'espoir de venger cet affront, de retrouver Widukind et de le défier. Dans mes songes, je le capturais, l'enchaînais et le promenais sur un char à travers la Gaule, comme au temps des Romains.

Alors que je remontais vers le nord, pour prélever quelques hommes dans nos garnisons, j'appris d'un chef saxon rallié que le héros national devait se trouver au Danemark, à la cour du roi Siegfried. J'envoyai dans la capitale de ce pays une ambassade pour demander qu'on me le livrât. Autant frapper du poing contre un mur ; mes émissaires furent renvoyés avec des menaces de mort.

Widukind n'était pas au Danemark mais aux portes de la Westphalie. C'est ce que j'appris d'un de mes *missi*, Gerbert, qui avait longtemps parcouru ces contrées. Il se proposa de me servir de guide pour une manœuvre d'approche. Nous remontâmes la Weser en passant au large des localités pour nous ménager un effet de surprise.

Après avoir visité quelques villages et interrogé discrètement les habitants dont il parlait couramment la langue, Gerbert apprit que Widukind se trouvait dans la contrée et passait de tribu en tribu pour rassembler une nouvelle armée, les combattants qui composaient la précédente ayant regagné leurs foyers, leur temps de service terminé.

Widukind avait installé son camp provisoire sur un plateau dominant la Weser. Gerbert y avait effectué, seul, une reconnaissance ; il me fournit des détails précieux, si bien que ce n'est pas au hasard que j'y acheminai mes troupes en trois nuits seulement, la marche de jour risquant de révéler notre présence.

Il semble que le chef saxon n'ait pas eu vent de notre arrivée dans les parages car, lorsque je m'avançai sur le rebord d'une falaise, je constatai que le camp n'était pas clôturé ; les hommes s'occupaient aux travaux ordinaires, se reposaient au soleil ou pêchaient dans le fleuve.

Jugeant les conditions favorables, je disposai mon armée autour du plateau et attendis la tombée de la nuit pour attaquer le camp de toutes parts. Lorsque surgirent les premiers éléments de ma cavalerie, la panique s'empara des défenseurs, la plupart, affolés, s'enfuyant dans la forêt où ma piétaille les attendait pour les capturer ou les massacrer.

Après quelques échauffourées aussi brèves que violentes, je ramenai à Verden, la ville la plus proche, plusieurs milliers de prisonniers que je fis décapiter le lendemain sur la place publique. J'obligeai les habitants à assister à ce massacre dont je ne suis pas fier, d'autant que je n'étais pas parvenu à mettre la main sur Widukind. J'interrogeai quelques chefs prisonniers pour savoir comment il avait pu m'échapper et où je pourrais le trouver ; ils me répondirent par un sourire de mépris.

Je les fis encorder pour ramener en Francie ces trophées vivants qui pourraient témoigner de ce que je n'ose appeler une victoire.

Le massacre de Verden, inspiré par la fureur et un esprit de vindicte lancinant, allait laisser des traces dans ma mémoire. Par la suite, il m'arriva la nuit de me réveiller en sursaut, haletant, au souvenir de ces monceaux de têtes coupées, de corps décapités agités de derniers soubresauts, de ces flaques de sang que piétinaient les bourreaux, et du silence poignant de la foule.

Il s'y ajoutait une hantise : retrouver Widukind et lui faire éprouver l'invincibilité de mes armées. J'allais attendre longtemps…

La quarantaine venue me trouvait en pleine possession de mes capacités physiques et mentales, ce dont, chaque jour ou presque, je remerciais Dieu. C'est un âge qui incite à se pencher sur son passé et à sonder les perspectives de l'avenir.

Sans être d'une santé florissante, je ne souffrais d'aucune maladie et les événements, s'ils me tourmentaient souvent, ne m'abattaient jamais. J'avais conservé intact l'usage de mes membres, me comportais en selle comme à vingt ans, pour la chasse ou la course, et en remontrais à mes jeunes officiers.

Je n'avais nul motif de me plaindre de ma famille.

Hildegarde faisait souffler autour de moi un air de printemps, avec parfois des sautes d'humeur aussi brèves que des averses d'avril, qui dissipaient les brumes. Plus jeune que moi d'une poignée d'années, toujours séduisante en dépit d'un léger embonpoint qui s'accommodait de sa haute taille, le blond de sa chevelure se mariait encore au rose de sa chair. Elle assumait avec bonheur son rôle de génitrice et garnissait notre gynécée de princes et de princesses qui s'illustreraient un jour.

Non sans quelques coupes claires, je m'étais entouré d'une assemblée d'officiers palatins, de conseillers, d'intendants fidèles, honnêtes et durs à la tâche. À l'occasion, je leur prouvais ma reconnaissance par des générosités qui n'avaient pas toujours l'agrément de ma reine, laquelle veillait comme un dragon sur le trésor royal.

À Aix, le chantier de mon futur palais n'avançait pas aussi vite que nous le souhaitions.

À chacune de nos visites, Hildegarde s'en prenait à Éginhard, au maître d'œuvre, aux chefs d'équipe, voire aux ouvriers. Elle se livrait parfois à des purges parmi ces derniers qui, à ses dires, passaient plus de temps à regarder voler les papillons qu'à manier ciseau ou truelle. Elle en avait surtout contre Eudes, notre maître d'œuvre, qu'elle accusait de manquer d'autorité, et contre Éginhard, auquel elle reprochait de s'intéresser davantage à la littérature qu'au chantier. Sans mon intervention, elle les aurait licenciés.

— Qu'y puis-je ? me dit Éginhard. Le chantier progresse lentement mais il progresse. Si certains de nos ouvriers manquent de cœur à l'ouvrage, c'est qu'ils ont à se plaindre de la modicité de leur salaire. C'est à vous, sire, qu'il appartient d'obtenir des résultats plus probants.

Nonobstant les protestations de la reine, je décidai d'augmenter sensiblement leur salaire et n'eus pas à le regretter : le chantier y gagna en activité. Les tâcherons m'en remercièrent, dos rond et bonnet bas. Quelques mois plus tard, je constatai qu'il avaient curé et remis en eau la piscine. J'y pris avec délice mon premier bain, et Hildegarde ne bouda pas son plaisir.

Les visites que j'attendais avec le plus d'impatience étaient celles de mes *missi dominici*, qui parcouraient mes domaines avec une célérité et une abnégation exemplaires. Ces redresseurs de torts, en m'exemptant de sévir moi-même contre l'indolence ou la tyrannie de mes vassaux, me tiraient une épine du pied.

Cette institution remontant au règne du roi Mérovée était tombée en désuétude sous celui de mon père ; je la ranimai. Triés sur le volet, ces envoyés du Seigneur et du roi partaient en trio : deux moines et un laïc, ce qui facilitait la fiabilité de leur mission : ils se surveillaient les uns les autres, évitant ainsi les risques de complaisance ou de corruption. Lorsqu'ils rendaient visite à des comtes irascibles ou violents qui contestaient leurs pouvoirs, leurs inspections n'étaient pas exemptes de risques. J'ajoute que, rémunérées par mes vassaux, celles-ci ne coûtaient rien au trésor royal.

J'avais confié à Alcuin l'éducation de ma progéniture, légitime ou non, et la création, dans des abbayes, d'écoles pour les enfants de toutes catégories sociales. Elles étaient très fréquentées et ne demandaient qu'à se multiplier. C'était une des priorités de mes fonctions régaliennes. Je m'y consacrai avec une sorte de passion, persuadé que l'homme ne peut s'améliorer que par la connaissance.

Aidé par trois autres moines : Sigulf, Fridugise et Witton, Alcuin menait rondement les missions que je lui avais confiées. Il était devenu un personnage important, une sorte de ministre chargé, en outre, de donner un lustre intellectuel à ma cour, où l'on entendait plus souvent le cliquetis des éperons et des épées que des mots d'esprit.

Avec mon accord, il avait créé, en plus des écoles, une institution au titre prétentieux mais aux nobles ambitions : l'académie Palatine. On y donnait des exposés et des entretiens; on y commentait des lectures; on s'y livrait à des controverses animées, auxquelles je ne dédaignais pas de me mêler.

Alcuin veillait constamment au travail des copistes de mon *scriptorium*. Il en sortait des ouvrages soignés qui trouvaient place dans ma bibliothèque, comme ces modèles : le *Livre pastoral*, le *Traité des vices*, des homélies et des ouvrages profanes, le *Daphnis et Chloé* de Longus, par exemple.

À l'incitation d'Alcuin, je suscitai une révolution dans la calligraphie en introduisant dans mes ateliers de copistes une nouvelle écriture : la *caroline*, un nom inspiré du mien : en latin *carolus*.

— Il faudra bien, me dit-il un jour, renoncer à l'écriture traditionnelle, notamment à ces capitales héritées de la Rome antique, déformées par le temps et les hommes. C'est une écriture si confuse que nous avons souvent du mal à la déchiffrer.

Il me montra un poème d'Horace qu'il avait transcrit en *caroline* et en minuscules. Le texte était parfaitement lisible, sans fioritures, chaque lettre et chaque mot séparés. Nous n'avons pas tardé à introduire cette nouvelle calligraphie dans nos *scriptoria*. Avec le temps, les monastères d'Occident et les secrétariats des rois s'en inspirèrent. C'était un grand pas sur la voie de la civilisation et de meilleurs rapports entre les nations.

Je ne tenais pas rigueur à Alcuin d'avoir renoncé, par horreur de la guerre, à m'accompagner en campagne. Au cours de son bref séjour dans une abbaye du sud de la Westphalie, il avait occupé une partie de son temps à s'informer des croyances, des coutumes et des mœurs des peuplades païennes, à recueillir leurs chants et leurs invocations rituelles aux forces de la nature.

Il me laissa stupéfait le jour où, dans les jardins de Quierzy, au cours d'une promenade, il entonna un chant de guerre qu'il avait composé, musique et paroles, pour accompagner la marche de mes armées…

Troisième partie

1

Jours sans soleil, nuits sans sommeil

Palais d'Aix : été 800

Quelques mois me séparent d'un événement qui me flatte mais que je redoute : mon couronnement. Le roi des Francs que je suis va devenir l'empereur Charles le Grand, l'égal du basileus de Constantinople et du calife de Bagdad.

Empereur, je le suis déjà en fait. J'ai pacifié mon royaume, imposé une nouvelle *Pax romana* à l'Occident, retrouvé les limites des anciens Césars, planté la Croix en Germanie. Cette cérémonie de couronnement n'est que la consécration d'une situation acquise depuis des années. La soixantaine approchant, j'aspire à me retirer dans un monastère ou dans la cabane d'un solitaire, comme dans ma jeunesse, plutôt que de devoir donner audience à des ambassades ou veiller à la bonne tenue de mes armées. On veut faire de moi un des maîtres du monde alors que je n'ai pas les épaules d'Atlas.

Aujourd'hui une lourde fatigue, consécutive à une inspection de près d'un mois sur les côtes de la Francie, me prive du plaisir que j'aurais éprouvé à poursuivre la relation de mes faits et gestes. J'ai d'ailleurs autorisé Éginhard à prendre un congé au milieu de sa famille, dans une ville de la Hesse. Il est encore jeune et fringant, mais je lui ai imposé une tâche si pénible que j'ai craint de ne pas le voir reprendre le joug. Un message reçu ce matin m'informe, Dieu merci, de son prochain retour.

En écrivant que mon royaume est *pacifié,* j'omets quelques frictions frontalières. Mon fils, Louis, affronte aux marches d'Espagne les Maures de Cordoue, Charles les Slaves et les Bohêmiens et, sur les côtes de la Francie, de la Frise à l'Aquitaine, mes vassaux se battent contre les Danois. Dans les incursions de ces derniers je décèle l'éventualité d'une bataille navale de grande envergure à laquelle mes flottes ne sont pas préparées.

Je me suis bien diverti, la semaine passée, d'une facétie incompatible avec mon âge et ma dignité.

J'avais reçu des comtes des marches de Bretagne à l'intention desquels j'avais organisé une partie de chasse. D'emblée, je n'avais pas aimé ces gens : cérémonieux, prétentieux, fourbes, et avais décidé de leur donner une leçon de modestie.

Ils avaient rechigné lorsque je les avais invités à une chasse à l'ours dans la forêt d'Ardenne, malgré la pluie qui battait le pays depuis trois jours, et exigé, pour qu'ils fassent figure auprès des dames, de garder leurs habits précieux : tunique de soie brodée d'or, chapeau à plume et bottines à boucle.

Nous avions attendu une éclaircie pour prendre la route, mais la pluie n'avait pas tardé pas à nous rattraper. J'avais moi-même revêtu une tenue compatible avec le temps et la chasse en forêt.

À peine nous étions-nous engagés sous les couverts, la pluie avait redoublé de violence, mais rien n'aurait pu m'inciter à ordonner le retour. Durant des heures, mes convives, empêtrés dans la végétation sauvage à laquelle ils laissaient des lambeaux de leurs habits, avaient erré à la recherche de l'ours qui avait refusé de se montrer.

Leur retour pitoyable avait été accueilli par des risées. C'était une sorte de procession de mi-carême qui aurait traversé un marécage.

Ils ne m'avaient pas tenu rigueur de cette farce, d'autant que je les avais régalés, le soir venu, d'un festin où le vin avait coulé à flots, ce qui leur avait fait oublier cette aventure.

J'écris sans trop de peine dans cette *caroline* à laquelle Alcuin m'a initié, mais je ne pourrais poursuivre longtemps cet exercice où s'engourdit ma main. Il me tarde qu'Éginhard revienne.

Après une sieste d'une heure, la petite Rothilde, assise à mon chevet et jouant avec un chat, m'a pris par la main pour me conduire au bassin où, déjà, barbotte la marmaille du palais.

— Sire, me dit-elle, vous écriviez quoi avant votre sieste ? Des poèmes ?

— Tu es bien curieuse, petite. Des poèmes, quelle idée ! Je n'en ai ni l'envie ni le talent. J'écris des choses *sérieuses.*

Elle a ajouté en dansotant :

— J'aime les poèmes, moi, mais je ne comprends pas toujours ce qu'ils racontent. Hier, Witton m'en a appris un. Je ne me souviens que des deux premiers vers : *Furius, votre petite maison de campagne / N'est pas exposée aux vents pesti.. pestilentiels de Borée...* L'auteur, je crois, s'appelle Catulle.

— Un très bon poète, ma chérie. Tu vas apprendre ce poème par cœur et tu viendras me le réciter demain.

Ma petite Rothilde, ma compagne de tous les jours... Elle est jolie, délicate et discrète. Une fleur sauvage comme sa mère, Maltegarde, à laquelle elle ressemble : yeux en amande, bouche étirée, chevelure couleur de seigle mûr, avec un regard qui semble à chaque pas s'émerveiller au spectacle du monde.

Récit de Charles : année 783

Cette année, endeuillée par la perte de deux êtres chers, est à marquer d'une pierre noire.

La reine Bertrade, ma mère, ayant, depuis des années, renoncé à une tutelle tyrannique, avait consacré à Dieu ses derniers jours et s'était retirée au couvent de Choisy, sur l'Aisne. J'ai appris sa mort alors qu'elle venait d'avoir cinquante-sept ans.

Je ne puis oublier qu'en dépit de ses rigueurs à mon encontre et de maladresses politiques comme mon mariage forcé avec Desideria, elle m'a inoculé de fortes notions d'honnêteté et de foi que je n'ai pas toujours respectées. Je l'ai fait ensevelir en l'abbatiale de Saint-Denis, auprès de son époux, le roi Pépin.

J'éprouvai une émotion d'une autre nature, plus vive, lorsque mourut ma chère épouse Hildegarde, que l'historien Paul Diacre a appelée la *mère des rois*. Elle m'a donné quatre fils, dont trois sont encore en vie, cinq filles et trois autres enfants qui ne vécurent que le temps de voir le visage de leur mère et la couleur du ciel.

La mort de la reine me frappa comme la foudre.

J'en ai appris la nouvelle sur le chemin du retour, après une expédition en Saxe. Elle demeurait alors dans notre petite résidence de Théodonisville, près de Metz. Un jour brumeux de printemps, alors qu'elle revenait d'une partie de chasse dans la grande forêt de Moyeuvre, une pluie glacée l'avait surprise. Après des jours à se battre contre la fièvre, elle mourut des suites d'une pleurésie.

Je lui fis des obsèques solennelles en l'église Saint-Arnoul de Metz, qu'elle avait choisie pour sa sépulture, et chargeai Alcuin de rédiger son épitaphe. La cérémonie achevée, je laissai d'importantes donations au clergé de la basilique et aux moines des environs, pour prier au repos de son âme.

Les premiers mois de mon veuvage me furent pénibles. J'avais le cœur endurci à ce genre d'épreuve, mais quelques fibres restaient encore sensibles à la douleur.

Depuis quelques années, Hildegarde et moi vivions peu souvent ensemble, pris que j'étais par mes campagnes et mes tournées d'inspection, mais il ne se passait pas de semaine sans que nous échangions des courriers affectueux, si bien que j'avais l'impression d'une présence qui me réconfortait et me rassurait.

Elle disparue, je restai comme une âme en peine, m'accrochant comme aux débris d'un naufrage à nos souvenirs heureux, ceux d'Italie notamment, où, dix ans auparavant, elle m'avait suivi alors que j'assiégeais Pavie.

Nous étions devenus inséparables. Qu'aurais-je pu lui reprocher ? Modèle de vertu, elle poussait la complaisance jusqu'à fermer les yeux sur mes frasques avec les servantes du palais. Elle siège à la droite du Seigneur, dans ce paradis dont elle parlait avec tant de chaleur.

Trop habitué à avoir toujours une présence féminine dans ma vie et soucieux de voir mon gynécée s'enrichir de présences vagissantes, je ne pouvais rester longtemps veuf.

Les événements de Germanie me contraignirent à passer l'hiver des années 783-784 dans mon château d'Herstal, sur la Meuse, où je rongeai mon frein dans l'attente du printemps et de la reprise des hostilités.

Un dimanche, au retour de la messe célébrée dans la chapelle du château, je constatai que la cour était envahie par une forte escorte qui menait grand tapage. J'allais m'informer des motifs de cette intrusion quand un officier qui paraissait en être le chef s'approcha de moi, me salua une main sur le cœur, et se présenta : Rodolphe, duc de Franconie.

— Pardonnez-moi, sire, me dit-il, de me présenter d'une façon aussi cavalière et sans m'être fait annoncer. En apprenant votre séjour à Herstal, je n'ai pu résister à l'honneur et au plaisir de me présenter à vous.

— Vous êtes pardonné, lui répondis-je. Mon plaisir est égal au vôtre. Soyez le bienvenu.

Cette visite inopinée allait être lourde de conséquences.

Rodolphe était accompagné d'une partie de sa famille, dont l'aînée de ses filles, Fastrade, était une de ces beautés de Germanie qui n'ont pas d'égale. Avec ses épaules larges, ses nattes d'un blond cendré, son visage d'un ovale parfait, le diadème couronnant son front ample et lisse, elle semblait sortir d'une enluminure. Il ne lui manquait qu'une colombe sur l'épaule et un bouquet dans les bras pour ressembler à une déité païenne.

Dans les jours qui suivirent, je lui fis une cour discrète ; elle y répondit de bonne grâce. Quelques promenades à cheval dans la neige eurent vite créé entre nous un semblant d'intimité qui se confirma, au retour d'une chasse à l'ours, par un premier baiser. Il fallut moins d'une semaine pour me décider à demander à Rodolphe la main de Fastrade. Il s'en montra surpris, mais je n'avais guère de doutes sur les intentions qui lui avaient inspiré sa visite. Cette rouerie m'importait peu et ne pouvait me décourager.

Nous vivions en ce temps-là ce qu'un historien appellerait les *années rouges.*

Sorti de sa tanière, Widukind avait repris les armes, conforté dans sa conviction qu'une guerre d'usure viendrait à bout de mon obstination. C'était mal me connaître. Durant les deux années qui allaient suivre, il allait me mener la vie dure mais j'avais acquis la certitude qu'il finirait par rendre les armes.

La leçon du massacre de Verden, ce sacrifice inutile et qui pesait à ma conscience, n'avait pas porté les fruits que j'en attendais. Je trouvais même dans le peuple, au cours de mes pérégrinations, une hostilité accrue et des poussées de haine, mais il en aurait fallu bien davantage pour me faire renoncer à éradiquer la mauvaise herbe du paganisme et répandre la bonne graine. Une seule génération de chrétiens, me disais-je, n'y suffirait pas.

Près du village de Detmold, dans le nord de la Westphalie, au pied des monts du Teutoburger Wald, j'allais trouver une revanche à la cuisante défaite de Thierry. Il s'en était montré si affecté qu'il avait fait retraite dans une abbaye de Calabre, comme pour prendre le plus de distance possible avec le monde.

J'ignore si c'est la vue de l'imposante armée dotée d'une cavalerie crépitante de métal dans le soleil, faisant tonner l'épée contre le bouclier, ou les accents éclatants de nos cuivres, mais, après un concert de clameurs sauvages et des provocations inutiles, l'armée rebelle se débanda, poursuivie à travers la forêt par ma piétaille.

J'épargnai la mort ou le supplice aux centaines de prisonniers que nous fîmes ce jour-là, sans perdre un homme ou un cheval. Dois-je le dire ? je me sentais frustré. Cette dérobade m'avait privé de la grande bataille que j'avais espérée durant des années et que j'attendais avec une impatience accrue. J'avais en revanche la consolation d'avoir épargné un bain de sang à mon armée, déjà lourdement éprouvée par les embuscades et les coups de main. Mon fils Charles, qui chevauchait à mon côté, se montra plus déçu que moi ; il attendait de cette journée la consécration de ses qualités militaires. Il avait déjà l'étoffe d'un guerrier ; aurait-il celle d'un roi ?

La neige menaçant de compliquer notre retour en Francie, je trouvai refuge avec mon armée dans le château d'Eresbourg, ancienne résidence des légats de l'Empire romain. Je ne pouvais oublier que, des années auparavant, j'avais fait abattre et brûler dans les parages l'effigie du dieu ou du héros national des Saxons, l'*Irminsul*.

Je fis venir dans cette résidence ma jeune épouse, Fastrade, et ma progéniture, y compris mes bâtards, pour recréer dans le rude hiver saxon l'ambiance de Quierzy ou de quelque autre de mes domaines francs. Fastrade ne m'avait donné son accord que du bout des lèvres, disant qu'elle eût préféré que nous fussions seuls, mais je négligeai cette réserve.

Nous nous retrouvâmes donc au milieu d'immenses champs de neige pour cette retraite familiale qui allait durer des semaines sans que l'ennui vînt m'effleurer. J'initiai à la chasse mes enfants et le soir, devant la grande cheminée, je leur enseignais quelques rudiments de la langue saxonne et leur apprenais des complaintes populaires de ce pays.

J'avais vite compris que Fastrade n'était pas l'épouse que j'avais souhaitée. Il lui manquait l'affection, la mansuétude, la patience de ma chère Hildegarde. Sa beauté un peu froide dissimulait une nature égoïste, vindicative et jalouse.

Elle noya son venin dans l'eau lustrale du baptême de notre premier enfant, avant la fin de l'hiver, à Eresbourg. C'était une fille ; elle lui donna le nom détestable d'une de ses ancêtres : Théoderade. Pour célébrer cet événement, elle fit entreprendre l'édification d'une abbaye qu'elle dota généreusement.

Décidé à en finir avec cette guerre qui me fatiguait et obérait le trésor royal, j'entrai en campagne aux premiers souffles du printemps, la neige ayant fondu.

Je divisai mon armée en plusieurs colonnes dont je confiai le commandement à des officiers confirmés, avec pour consigne de faire régner la terreur, au besoin par le fer et le feu. Il fallait, leur dis-je, que l'on ne reconnût leur sillage qu'aux dévastations qu'ils laisseraient derrière eux.

Au moindre signe d'hostilité, ils devaient incendier les masures, faire table rase de tout signe ostensible de paganisme, massacrer la population en cas de manifestations d'hostilité. Le pillage et la capture d'hommes et de femmes consacrés à l'esclavage dans mes domaines allaient de soi. Je leur laissai la liberté d'agir à leur guise tout en se montrant inflexibles. La paix de l'Empire était à ce prix. Il fallait faire des exemples pour affermir ma toute-puissance.

Je confiai à mon fils Charles une de ces colonnes qui, partie d'Eresbourg, devait remonter le fleuve Ems en direction de la Frise. Je choisis quant à moi de commander une autre colonne composée en majeure partie de Burgondes et d'Alamans, afin de descendre le cours de la Weser jusqu'à son confluent avec la Leine, à travers l'Angrarie.

Je me sentais une parenté avec les conquérants de l'Antiquité : Sardanapale, Darius, Alexandre... Partagé entre la charité naturelle qui dormait au fond de ma nature et la vindicte qui m'agitait, je considérais d'un air froid les sévices que mes hommes infligeaient aux naturels pour éradiquer les racines du mal : la haine qu'ils me portaient et leur refus de la religion évangélique.

Un jour, près de la ville de Brunisberg, fou de rage après la résistance que nous avait opposée une peuplade hargneuse, je détruisis de ma main un sanctuaire païen installé dans un cercle de chênes robustes, autour d'une fontaine, aux bords garnis d'idoles hideuses taillées dans le bois. Malgré les lamentations des femmes, je détruisis ces misérables effigies, fis combler la fontaine et abattre les arbres sacrés qui l'abritaient et aux branches desquels pendaient de pauvres reliques : colliers et bracelets de noyaux ou de pierres, linges souillés, grossières médailles et monnaies de bronze...

J'en avais fini avec mon œuvre destructrice quand je vis s'avancer vers moi une jeune femme assez belle malgré son allure de sauvageonne. Mes soldats avaient détruit sa masure. Elle était nue sous des peaux de loup mal ajustées.

Le visage grimaçant de fureur, elle se débattait entre deux de mes fantassins. J'ordonnai qu'on la libérât. Loin de m'en savoir gré, elle se mit à vomir des imprécations et des menaces. Je l'écoutai patiemment quand soudain, sortant un coutelas de sa ceinture, elle bondit sur moi. Je tirai mon épée et parvins à la désarmer en lui tranchant le poignet d'un seul coup.

Elle tomba à genoux, regarda son moignon sanglant, et, ramassant sa main tranchée, la lança vers moi. Je l'évitai et allais ordonner que l'on achevât cette diablesse quand, secouée de frissons et brandissant son bras amputé, elle se prit à entonner une de ces complaintes barbares qui me remuent toujours le cœur. Elle ne cessa sa provocation que lorsque je l'eus moi-même achevée d'un coup d'épée qui lui traversa la poitrine.

Aucun remords ne vint sanctionner la cruauté de ma riposte. À ma décharge, ivre de fureur, je ne m'appartenais plus. J'aurais pu récidiver sur d'autres victimes, laisser libre cours à l'immonde fureur qui me possédait, sans en faire contrition. J'en demande pardon à Dieu.

Il ne restait rien de vivant dans le village, à part quelques gorets, des volailles et des moutons dont l'intendance fit son profit.

Cette anecdote me remet en mémoire l'altercation que j'avais eue, bien des années auparavant, avec une autre prêtresse païenne. Je lui avais fait grâce ; elle m'en avait remercié par une panière de fruits, mais les circonstances étaient différentes. Chez moi, la haine n'avait pas étouffé la charité ; le jeune guerrier que j'étais alors se nourrissait de généreuses illusions.

En poursuivant ma route le long de la Weser, je fus la proie d'une résolution sans faille : poursuivre ce régime de terreur jusqu'à ce que ces populations tombent à genoux, et obtenir la reddition de Widukind. Si j'avais eu la certitude de le trouver sur mon chemin, j'aurais poursuivi mon expédition au-delà des frontières avec les Slaves de l'Est. Il était, me semblait-il, partout et nulle part, invisible mais présent, toujours où nous ne l'attendions pas et jamais où nous espérions le rencontrer. Il nous imposait une hantise permanente qui, à la longue, minait notre moral.

Alors que je me trouvais à Hollenstedt, grosse bourgade aux maisons de bois, je décidai, suite à un semblant de résistance de la part des habitants, de l'incendier. Le sinistre dura deux jours. La population, qui avait fui peu après notre approche, assista à ce désastre du haut d'une colline.

L'idée me vint alors de pénétrer dans une province du nord de la Westphalie, la Nordalbingie, qui ne nous avait pas à ce jour manifesté son hostilité. C'était le lieu de passage de Widukind vers le Danemark, au retour de ses campagnes.

Il s'agissait d'un pays d'immenses landes et de marécages, hérissé de profondes forêts, avec de grasses prairies où les aurochs venaient pâturer au milieu du bétail.

Autant j'éprouvais du vertige en parcourant les montagnes du Sud, autant ces terres nordiques m'accablaient par leurs immensités désertiques, leur poignante mélancolie, leur déprimante monotonie. Quelques dizaines de milliers de naturels, pêcheurs et éleveurs, abritaient leurs nichées dans des cabanes de torchis couvertes de joncaille. Le printemps humide et lourd semblait ne pouvoir jamais ranimer ces solitudes.

Je fis passer l'Elbe à mon armée peu après Hollenstadt. Aux dires de nos guides indigènes, il nous eût été impossible de franchir en aval cet énorme bras d'eau. Nous approchions de l'estuaire de la Weser qui ouvrait sur des mers froides et des îles inconnues.

À petites journées, nous touchâmes aux rives d'un autre fleuve, l'Eider, frontière naturelle avec le royaume de Danemark et le mystérieux pays des Slaves Abodrites.

J'avais adopté une nouvelle consigne : mettre un frein à nos exactions envers ces populations pacifiques, malgré la présence de sanctuaires païens. Nos moines se chargeraient de les éclairer sur la religion du Christ.

Tout le temps que dura notre séjour dans ces contrées, nos épées restèrent au fourreau, d'autant qu'aucun signe d'hostilité ne se manifesta contre nous. Il est vrai que je venais en voisin, presque en ami, plus qu'en conquérant.

Je fis avancer ma colonne jusqu'au grand village de Zventinelfeld. Le « roi » y avait son « palais » : un amas de bicoques de bois ornées de sculptures habilement façonnées et peintes, entouré d'un vaste domaine agricole fertile qui me rappelait mes villas de Francie.

Rude, franc, jovial, ce despote nous traita avec une courtoisie qui sentait le rustre mais que nous appréciâmes. Il nous combla de subsistances, de cadeaux et de femmes choisies parmi ses esclaves, en nous assurant de sa protection le temps que nous resterions dans son royaume.

Nous passâmes à Zventinelfeld une semaine à nous reposer, à faire bombance et à donner pâture à notre virilité frustrée depuis des lunes.

Durant ce séjour, l'idée m'effleura de franchir la frontière de l'Eider pour rendre visite au roi Siegfried dans son palais de Kobenhavn. J'aurais aimé lui demander des comptes sur l'aide qu'il apportait à Widukind et sur les incursions des flottes danoises sur nos côtes. Mes officiers m'en dissuadèrent : c'eût été une opération inutile, dangereuse et sans rapport avec notre mission.

Sur le chemin du retour, dans les parages du port de Bremen, je pris une décision audacieuse : convoquer les principaux chefs saxons. Ils répondirent pour la plupart à mon appel. Je les rassurai sur mon intention d'organiser avec leur soutien l'administration de ma conquête.

Nous passâmes une semaine en leur compagnie. Je les traitai en amis et leur fis comprendre que mon seul ennemi était Widukind. Le régime de terreur que j'avais appliqué au cours de cette expédition, leur dis-je, n'avait pour but que de faire renoncer ce chef à la rébellion, mais en cas de refus, ces actes pourraient se poursuivre et n'épargneraient pas leurs territoires.

Je leur proposai, ce qui ne me coûtait guère, une part dans le gouvernement de leur confédération, avec des titres de ducs et de comtes. Ils parurent satisfaits mais, ce qui me rassura plus encore, c'est lorsqu'ils émirent des doutes sur la fiabilité de Widukind. Les insurrections à la chaîne qu'il suscitait n'avaient pour résultat, me dirent-ils, que de provoquer mes interventions impitoyables. Ils m'assurèrent que leur héros national, à bout de résistance, était sur le point de rendre les armes, ce qui me combla d'aise.

C'est le cœur serein qu'à l'issue de cette campagne je repris le chemin d'Eresbourg puis de Francie, après deux ans d'absence. J'avais laissé dans mon sillage une légion de religieux, à charge pour eux d'évangéliser les populations rétives et d'éradiquer toute trace de paganisme. Pour défendre ces territoires j'avais fait édifier des forteresses de bois ou de pierre et les avais confiées à des garnisons de volontaires, Alamans et Burgondes, avec l'espoir qu'ils feraient régner la paix de Dieu dans leur apanage.

2

Les printemps d'Italie

J'arrivai sous les premières pluies de septembre dans mon domaine d'Attigny, sur la rive gauche de l'Aisne, où ma famille m'attendait.

Fastrade pouponnait et semblait ne savoir faire que cela. Je lui avais adressé des courriers auxquels elle n'avait pas daigné répondre. Quand je lui reprochai sèchement cette négligence ; elle argua de ses occupations domestiques. Lui en tenir rigueur eût été inutile et eût envenimé des rapports qui n'avaient plus rien d'idyllique.

Je passai une partie de l'hiver à rédiger, avec le concours d'Alcuin et d'Éginhard, un capitulaire : *De partibus Saxoniae*, catalogue des sanctions pour les manquements des populations à leurs devoirs religieux. Une amende punissait ceux qui s'adonnaient aux pratiques païennes et négligeaient ou refusaient le baptême. On risquait la peine capitale pour avoir, par provocation, mangé de la viande en carême, commis des profanations dans un sanctuaire ou fait incinérer un cadavre.

Des remises de peine étaient consenties pour des repentirs jugés sincères, mais n'excluaient pas des obligations de pèlerinages et de confessions publiques. Le droit civil échappait à ma justice ; je n'intervenais qu'en cas de crimes de sang.

Je fis traiter avec une relative courtoisie les chefs saxons qui m'avaient témoigné fidélité en m'offrant des otages pris parfois dans leur famille, dont je fis des domestiques ou des esclaves.

En octobre 785, je me trouvais toujours à Attigny, sous la première neige, occupé à ce capitulaire, quand une patrouille m'annonça l'arrivée d'un groupe de visiteurs. Il était précédé d'un peloton d'une dizaine de cavaliers saxons drapés dans leur manteau de grosse laine. Je laissai éclater ma joie en apprenant que ce visiteur était Widukind.

Ce n'était qu'une demi-surprise. Quelques mois auparavant, dès mon arrivée à Attigny, je lui avais fait adresser par des *missi* des propositions de paix, sans me bercer d'illusions sur la réussite de cette démarche.

Je m'attendais à voir descendre de cheval un grand et beau chef saxon auréolé de légende, monté sur un destrier caparaçonné de peaux d'ours. Il se fit aider de ses hommes pour descendre du chariot où il était allongé sur un lit de fourrures, sous un dais de cuir blanc de neige frangé de glaçons.

Il s'avança vers moi en clopinant et mit un genou à terre. Étreint par une forte émotion, je l'aidai à se relever ; il m'en remercia d'un sourire. J'observai avec commisération ce vieillard maigre, souffreteux, à la barbe et à la crinière couleur de cendres. Privé de dents, il mâchait avec peine le pain et la viande, et les portait à sa bouche d'une main tremblante.

— Sire, me dit-il, je ne viens pas vers vous en ennemi car pour moi, la guerre finie, j'aspire au repos. Je vous apporte ma soumission définitive et sincère. Plutôt mourir que trahir. Acceptez-vous de parrainer mon baptême de même que celui de ma famille et de mes compagnons de route ?

Après lui avoir donné mon accord, je lui pris le bras pour lui faire occuper le fauteuil que je venais de quitter, près de la cheminée de la grande salle, et confiai à Fastrade le soin de lui faire apporter, ainsi qu'à sa suite, du vin chaud et quelque nourriture. Je lui dis, après qu'il eut vidé son premier gobelet de vin :

— Vous ne pouviez me faire un plus grand plaisir. J'attendais cette heure depuis des années, avec l'impatience que je vous laisse deviner. J'ai éprouvé de la haine pour vous, mais je dois convenir que, ne m'ayant jamais proposé votre soumission, vous n'avez pas trahi votre parole, comme l'ont fait nombre des vôtres. Cela mérite un respect à la mesure des efforts que j'ai dû déployer pour vous combattre.

— Ces propos, me répondit-il, me vont droit au cœur. Je n'en attendais pas moins de vous et savais pouvoir bénéficier de votre sagesse.

— J'aurais aimé vous compter parmi mes grands vassaux et obtenir votre aide pour faire pénétrer la foi chrétienne sur vos terres. Je regrette ma cruauté envers les populations qui vous ont élu leur chef suprême. Feriez-vous de même et renieriez-vous votre comportement ?

Il me répondit avec un sourire crispé :

— Je mentirais si je vous avouais cela. J'ai porté dans le cœur, depuis mon enfance, la haine des Francs. J'ai mis longtemps à l'éliminer et, dois-je vous le confesser ?, j'ai à diverses reprises au cours de ce voyage failli tourner bride pour reprendre la lutte, malgré l'état où vous me voyez. Je suis incapable de mener une armée au combat, mais les quelques revers que je vous ai fait subir m'ont donné la dimension d'un héros légendaire, d'une sorte de demi-dieu. Si vous m'aviez considéré comme un prisonnier, la guerre aurait de nouveau embrasé la région. Je vous sais gré de ne pas l'avoir fait. J'aspire à la paix, tout comme vous, mais laissez-moi le temps de me familiariser avec votre Dieu, votre pape et tous vos saints…

Je m'attachai à rendre son séjour agréable, en ne lui laissant pas penser qu'il se présentait à moi en vaincu. J'aurais aimé entretenir avec lui des relations de confiance et d'amitié, mais il y avait encore en moi, contre lui, trop de griefs et quelques relents de vindicte qui se dissipèrent vite. J'aurais aimé le faire participer à une expédition de chasse dans la grande forêt de la Croix-aux-Bois, mais il n'était pas en état d'en suivre le train.

Lourd d'émotion, le baptême collectif se déroula le lendemain de son arrivée, dans l'église d'Attigny. Widukind se soumit sans manifester la moindre réserve au cérémonial d'usage, mais son épouse et quelques-uns de ses suivants s'y refusèrent.

Il me dit en remontant dans son chariot :

— Sire, je vous le répète : ma conversion est sincère et m'accompagnera jusqu'aux derniers sacrements. Je vous donnerais de faux espoirs en vous disant que notre peuple est disposé à suivre mon exemple. Vous en avez eu la preuve au cours de la cérémonie du baptême.

Je lui demandai où il comptait finir ses jours. Il me répondit :

— Je vais regagner le Danemark pour une retraite définitive dans le petit domaine que le roi Siegfried m'a concédé, sur l'île d'Aerö. Désormais, vous n'entendrez plus parler de moi. En revanche, je ne puis vous donner la certitude que les peuples que vous avez soumis ne chercheront pas à contrarier vos ambitions. L'amour de l'indépendance et de la liberté est un sentiment plus cher que leur existence.

— Je ne l'ignore pas, lui répondis-je, mais, pour me montrer aussi franc que vous l'êtes, dites-vous que je poursuivrai ma mission civilisatrice, quitte à y laisser ma vie, D'autres après moi reprendront la lutte. Que Dieu vous garde, Widukind. Je ne vous oublierai pas dans mes prières si vous me promettez de faire de même.

Il me répondit avec des larmes séniles :

— Je vous le promets, Charles. Nous nous retrouverons un jour dans le paradis des guerriers, au pied de la croix.

Il repartit comblé de cadeaux et muni d'une escorte armée pour assister la sienne au cas où il serait attaqué par des brigands. La neige avait cessé. Des vols d'oiseaux noirs balayaient un ciel de cristal bleu.

Quelques années plus tard, j'appris sa mort, non dans son île des mers froides mais dans la ville d'Engern, en Westphalie.

L'hiver que je passai à Attigny fut clément, avec des pluies modérées et de brèves apparitions de la neige.

Mon entourage, à commencer par Fastrade, s'était attaché à rendre ces longues semaines agréables, comme s'il craignait qu'une mouche me piquant, j'eusse pu reprendre le chemin de l'Est.

Confortablement assis dans le fauteuil capitonné qui m'était destiné, je consacrais des heures, chaque jour ou presque, à assister aux débats de l'académie Palatine.

J'écoutais avec ennui les vaticinations de savants sur les auteurs de l'Antiquité, mais avec un intérêt proche de la passion Alcuin dissertant de son paradis perdu, l'Italie, et truffant ses exposés de poèmes de Catulle ou de Virgile. Les logorrhées des premiers me fermaient les paupières ; les propos d'Alcuin me les rouvraient. J'admirais ce clerc et le redoutais ; il avait le jugement juste mais la critique acerbe, ce dont je faisais parfois les frais. Certaines controverses entre lui et moi ébranlaient les murs.

Parenthèse :

Éginhard :

— Dieu merci, nous sommes débarrassés de ce trublion ! Je ne supportais plus sa prétention à tout connaître du monde et des hommes, son emphase, son mépris pour ses contradicteurs.

— Il semble qu'à Saint-Martin de Tours où Dieu l'a appelé, tous ne soient pas de ton avis. Il y a créé une autre académie, et, à ma requête, des écoles. Il s'y est fait des adeptes.

— Certes, en les comblant de faveurs !

— Ne serais-tu pas jaloux de lui, toi, mon vieil ami ?

— Pourquoi le serais-je, sire ? Je suis moins savant que lui mais plus modeste, et j'ai sur lui un avantage qu'il pourrait m'envier : celui de vous servir...

On se plaignait à moi du caractère autoritaire de mon épouse : elle entrait dans de violentes colères pour des vétilles, punissait souvent sans raison valable, exigeait un service exempt de la moindre maladresse. Quand je la sermonnais elle se hérissait, jurant que c'était « pour mon bien » ! En mon absence, ajoutait-elle, si elle n'avait pas fait preuve de la fermeté que je lui reprochais, notre domesticité fût allée à vau-l'eau.

Lorsque, de retour de ma dernière campagne, j'avais retrouvé Attigny, un de mes officiers palatins m'avait révélé l'un des exploits de la reine : elle avait fait jeter au cachot notre médecin qui, appelé à soigner Théoderade d'une fièvre, était demeuré impuissant. Je me hâtai de le faire libérer et lui confirmai ma confiance. Malgré mes protestations, il nous quitta quelques jours plus tard.

— Que le diable l'emporte ! rugit-elle. C'est un incapable, un charlatan ! Par sa faute nous avons failli perdre notre petite malade.

— Il fallait le sermonner, pas l'incarcérer ! On n'enferme que les criminels.

— C'en était un, et des plus dangereux ! Il devrait me savoir gré de ne pas l'avoir fait pendre.

— Je ne vous l'aurais pas pardonné !

Quelques servantes, attachées à mon service depuis des années, avaient été congédiées par ses soins après de vives altercations. Je lui en demandai les raisons.

— C'étaient des paresseuses, des voleuses. Je n'ai pas eu de mal à les remplacer.

Je n'eus pas de peine quant à moi à déceler les véritables motifs de ces renvois : Fastrade avait pris cette décision après avoir découvert que ces filles et ces femmes avaient eu des tendresses pour moi et que certaines avaient accouché de bâtards. Désormais, je dus me contenter pour mon service ordinaire de vieilles ou grosses femmes qui sentaient le rance et ne risquaient pas de susciter ma concupiscence.

En revanche, je n'avais pas à me plaindre de mes rapports intimes avec Fastrade qui était dans la plénitude de sa jeunesse et de sa beauté. Je ne pouvais lui reprocher, au cours de nos ébats, que de mauvaises habitudes ramenées de sa terre natale : faire brûler à notre chevet des herbes odorantes qui m'indisposaient, lâcher sous le lit une poignée de sel, murmurer des invocations à je ne sais quels démons favorables à la maternité.

Elle me donna bientôt un autre enfant, mais c'était encore une fille. Elle l'appela Hiltrude.

Il semblait qu'une funeste fatalité m'obligeant à finir mes jours sur mon destrier se fût attachée à moi.

La situation en Bretagne requérant ma présence, je dus m'engager de nouveau, malgré ma fatigue, dans la ronde infernale de la guerre.

Jusqu'à ce jour, cette nation m'avait payé, avec une régularité toute relative, un tribut sous forme de dîme. Depuis deux ans, outre qu'elle s'y refusait, encouragée par mes échecs en Germanie, elle occasionnait des troubles sur nos frontières. Cette situation insupportable allait créer un *casus belli*; je me devais d'y faire face.

Ce peuple est, comme les Basques, très différent de nous. La population se compose pour l'essentiel d'émigrants celtes originaires d'Angleterre ou d'Irlande. Elle diffère de nous par sa langue, ses coutumes et ses croyances. Mon neveu Roland, préfet des marches de Bretagne avant sa mort à Roncevaux, avait eu souvent maille à partir avec les bandes de pillards qui violaient ses frontières.

Cette fois, la coupe pleine, je me devais de réagir.

Je confiai à un officier de ma cour, Andulf, le soin, sinon d'entreprendre une guerre de conquête, du moins de les en menacer. Quelques parades de notre armée suffirent à faire entendre raison à ce peuple indocile mais peu préparé à guerroyer et qui n'avait pas, pour organiser une action de grande envergure, un chef comparable à Widukind. La Bretagne ne serait jamais une petite Saxe.

L'Italie, peu après, allait retenir mon attention et m'obliger à faire franchir les Alpes à mon armée, à l'appel du pape Adrien qui ne m'avait pas laissé longtemps en repos.

Arichis, duc de Bénévent, gendre de Didier, l'ancien roi des Lombards, était devenu par ma volonté le vassal du roi d'Italie, mon fils Pépin. Il s'était juré de faire retrouver son autonomie à ce vaste État du sud de Rome. Adrien et moi avions regimbé lorsqu'il avait eu l'audace de coiffer la couronne princière, avec la complicité de l'épiscopat local, et de faire de son palais le repaire des nostalgies lombardes et des officiers de Byzance. Il se proclamait à qui voulait l'entendre le héros de l'indépendance lombarde et le continuateur du roi Didier.

Qu'Arichis se parât des plumes du paon et risquât d'entraîner l'Empire d'Orient dans une guerre m'exaspérait et m'inquiétait.

À peine âgé de dix ans, mon fils, Pépin, n'était pas en âge et en état de faire régner la discipline dans une armée, et je répugnais à laisser la soldatesque ravager et piller cette belle province. J'avais, au cours d'une expédition, quelques années auparavant, apprécié ses monuments, ses campagnes radieuses, et en avais gardé des souvenirs chaleureux. J'imagine qu'Hannibal avait eu les mêmes émotions que moi en descendant vers Capoue, les légions romaines à ses trousses.

Je décidai de faire appel à la négociation plus qu'à la violence pour amener Arichis à rentrer dans sa coquille. Il demeura sourd à mes avances, si bien que je dus partir de nouveau en guerre.

J'emmenai avec moi Pépin. Il avait fière allure malgré son jeune âge, avec son air réjoui et volontiers bravache. Il chevauchait avec à son côté son précepteur et tuteur, le moine Adalhard. La petite armée italienne avait-elle quitté Pavie, sa capitale, pour se joindre à la mienne sur la rivière Pescara, au bord de la mer Adriatique. Il semblait qu'il suffirait d'un coup de baguette magique de ma part pour rejeter dans l'ombre mon rival et livrer ce pays à Pépin.

Je n'avais contre Arichis d'autre grief que son ambition à s'assurer la possession de ces territoires au détriment de mon fils et d'en faire la base d'une éventuelle intervention armée de ses alliés byzantins. C'était un prince fastueux, de noble origine, fidèle à sa foi, amateur d'art, audacieux, autant de qualités qui auraient pu me le rendre proche. J'aurais eu plaisir à visiter le palais qu'il s'était fait construire dans sa capitale, Bénévent, avec le concours d'architectes et d'artistes de Constantinople, qui en avaient fait une somptueuse demeure ornée de mosaïques, de galeries aux colonnes de marbre et entourée de jardins paradisiaques.

Il avait épousé Adalberge, fille de Didier, dont Alcuin m'avait vanté l'attrait physique et les qualités intellectuelles. Un fils, Romuald, était né de ce couple harmonieux et semblait marcher sur les traces de son beau-père. Je reprochais à Arichis d'avoir cautionné les propos publics d'un évêque qui me considérait comme « un usurpateur et un chien » !

M'engager contre ce souverain dans une guerre ouverte eût été maladroit et dangereux, d'autant que la saison était trop avancée. Je pris le parti de franchir les monts Apennins et de passer l'hiver à Rome. J'eus la surprise d'y recevoir la visite du fils d'Arichis, Romuald, un bel et robuste adolescent, qui me combla de cadeaux. Cette générosité me mit dans un embarras que ses propos lénifiants ne firent que confirmer. Je devinai derrière ces démonstrations flatteuses la ferme intention de son père de m'interdire les frontières de son duché.

Je méprisai cette manœuvre cousue de fil blanc et ne promis rien qui pût me faire renoncer à mon projet. Je renvoyai Romuald à Bénévent, sans présents ni promesses.

Le printemps venu, je fis de nouveau franchir à mon armée les monts Apennins encore couverts de neige, et arrivai sur la rivière Pescara, en marge des Abruzzes, dans l'odeur des amandiers en fleur.

Retenu par une maladie dans son château de Salerne, de l'autre côté de la Péninsule, Arichis, informé de ma présence armée, m'envoya un autre de ses fils, Grimoald, pour me proposer de se soumettre, à deux conditions : que je lui laisse sa liberté et que j'évite de ravager ses terres. Il consentait à payer au roi Pépin un tribut de cinq mille sols d'or, ce qui était une belle somme.

Ce fut une autre campagne inutile ou presque. Je n'en retirai pas de butin, moins encore de gloire, mais il était préférable qu'il en fût ainsi. En cas de résistance de l'armée bénéventine, il m'eût été difficile d'empêcher mes soudards de se livrer aux déprédations et aux pillages habituels, et Dieu sait que la tentation eût été forte, ce duché abondant en cités opulentes et en campagnes généreuses.

Pépin à Pavie, moi de retour à Rome, je séjournai une semaine dans cette ville au temps de Pâques, que je célébrai en compagnie d'Adrien. En me voyant paraître en vainqueur sans sacrifice d'hommes, il avait mouillé mes mains de ses larmes.

Entre les offices religieux et les entretiens avec le pape, je me livrai à des promenades à cheval jusqu'à la côte occidentale en compagnie d'une dame romaine, Amalia, lointaine parente de Sa Sainteté, que j'avais rencontrée lors d'une réception à Latran. Elle n'eut de cesse de me faire visiter ses domaines d'entre Rome et la mer, par des routes bordées de lauriers-roses et de cyprès, pavées au temps des Césars.

Les côtes des environs d'Ostia m'enchantèrent par leur animation et leurs campagnes radieuses. Je chevauchais comme dans une brume, baigné par le charme qui émanait d'Amalia. Cette beauté un peu grasse, odorante, passionnée de Virgile, murmurait des poèmes en chevauchant, le regard perdu dans les collines arides où flottaient des senteurs de thym et de lavande.

Je pris intérêt, sinon plaisir, à visiter le port d'Ostia, où ma compagne avait quelque intérêt dans le commerce avec l'Orient et l'Afrique. Le port grouillait d'une foule cosmopolite et la ville d'une population industrieuse. Il en émanait des odeurs qui m'étaient inconnues, et le bruit intense et constant venant du port ou des boutiques me battait les oreilles au point de m'étourdir.

Nous consacrâmes une journée à cette excursion et n'arrivâmes dans le premier domaine d'Amalia qu'à la chute du jour. Nous étions fourbus mais dans les meilleures dispositions pour le repas et le lit. La table était digne de Lucullus et la chambre de Pétrone.

Je demeurai trois jours dans cette villa qui datait de la Rome des Césars. J'y serais volontiers resté plus longtemps si ma présence n'avait été attendue à Rome, où j'avais laissé mon armée sous les murs de Saint-Pierre.

Botte à botte avec la dame Amalia, je visitai ce domaine, consacré en majeure partie à l'élevage de chevaux blancs. Ils pâturaient d'immenses prairies en compagnie de bœufs roux puissamment encornés, sous la surveillance de gardiens à cheval armés de piques et de chiens.

La dame m'invita le lendemain à une chasse au renard, prétexte, je n'allais pas tarder à le comprendre, à une chevauchée à travers landes et guérets surchauffés, puis à une halte dans un délicat pavillon de chasse situé entre deux pentes couvertes d'oliveraies où chantait le vent chaud de la Sabine.

Un repas préparé par des esclaves nous y attendait. Il y avait en abondance des vins de Naples et de Toscane, des fruits de Sorrente et, pour notre repos (ce fut loin d'en être un), une couche toute prête à recevoir des ébats qui, par leur intensité, dépassèrent ceux de la nuit passée.

Avant de nous séparer, nous échangeâmes des cadeaux. Je lui offris ma bague ornée d'un saphir ; elle, un médaillon d'or contenant une mèche de ses cheveux blonds. C'est avec la sensation d'avoir passé trois jours en paradis que je repris, le cœur bourrelé de regrets, le chemin de Rome.

Je m'arrachai avec peine à cette terre bénie des dieux.

Adrien m'avait comblé de ses effusions et de présents en pièces émaillées et en reliques.

Après avoir quitté Latran, je traversai la Toscane et l'Ombrie, n'arrêtant la marche de mon armée que pour faire désaltérer nos chevaux à de maigres ruisseaux serpentant entre les vignes. Je baignais avec un intense bonheur dans ces campagnes italiennes où je m'attendais à voir surgir, durant mes siestes sous les oliviers, des bergers du temps de Virgile m'offrant le lait de leurs brebis. Je ne me lassais pas du spectacle de ces collines hérissées de cyprès, fleuries d'amandiers bourdonnants d'abeilles, qui se perdaient dans le bleu de l'horizon.

Je passai une journée à Sienne et fis camper mon armée sur une immense place où les notables nous abreuvèrent d'un vin clair et léger et où nous fûmes assaillis par une horde de prostituées.

Il me fallut deux bonnes semaines pour arriver à Worms.

Une nouvelle accablante m'y attendait. Rompant avec son serment de vassalité, le prince Arichis, gendre du roi lombard Didier, avait élaboré avec l'impératrice régente de Byzance, Irène, une alliance insolite : elle lui confiait les duchés de Bénévent et de Naples, en échange de quoi Arichis devrait faire adopter à ses sujets le costume, la coiffure et les coutumes byzantins !

Le fils de Didier, Adalgise, marié à une de mes sœurs, se

comportait, quant à lui, depuis des lustres comme un Byzantin, vivait à la cour d'Irène sous le nom grec de Théodore, jouissait des revenus de la Sicile et de la Calabre concédés par l'impératrice.

J'appris que Grimoald avait reçu d'Irène le commandement d'une force armée et l'ordre de la conduire vers le nord de la Péninsule, d'investir les possessions du roi Pépin et de soulever sur son passage les populations pour reconstituer, sur les ruines de mes illusions, le royaume de Didier.

Cette nouvelle inquiétante risquait de m'entraîner dans une nouvelle guerre, mais le Ciel me l'épargna. Au cours de cet été torride, Dieu, ou le diable, rappela à lui, en peu de temps, Arichis et son fils aîné, Romuald, dans des circonstances que j'ignore. Peu soucieux d'affronter une armée supérieure à la sienne et qui eût été dispersée au premier engagement, le jeune Grimoald se soumit à moi.

J'assistai, le cœur insensible, à son repentir accompagné de larmes – on pleurait beaucoup chez ces gens. Pour me prévenir d'un retour de flamme de sa part, je le gardai comme otage, persuadé qu'il pourrait m'être utile au cas où interviendraient, entre moi et l'Empire d'Orient, de nouvelles négociations ou une guerre.

Je décidai d'envoyer une ambassade d'éminents religieux auprès de la famille décimée. Mes émissaires étaient sur le point de monter sur leur mule quand le bruit me parvint qu'ils risquaient d'être attaqués en cours de route. Ce n'était pas une simple rumeur : Adalgise avait repris les armes et, avec le soutien des Byzantins, menaçait de prendre sa revanche.

J'avais eu le nez creux en gardant Grimoald en otage. Pour conjurer la tempête, je décidai, contre l'avis d'Adrien, de le libérer sous une condition : il règnerait sur le duché de Bénévent, mais à titre de vassal du roi Pépin, se raserait le menton à la manière des Francs, adopterait leur costume et leurs coutumes et ferait inscrire mon nom suivi de mes titres sur ses écrits et ses monnaies.

C'était de ma part, j'en conviens, une décision audacieuse et qui pouvait se révéler lourde de conséquences, mais, je ne sais trop pourquoi, ce jeune prince m'inspirait confiance. Il me remercia avec effusion de cette mesure favorable à ses ambitions, me fit des promesses et me prêta serment solennel de fidélité. Avais-je misé sur un bon cheval ? Rien n'était moins sûr, mais je me fiais à mes intuitions.

J'avais joué un bon tour à Irène. Elle n'allait pas tarder à me le faire payer.

Dans le courant de l'automne, alors que je me trouvais à Worms, encore en proie à mes nostalgies italiennes, l'impératrice fit parvenir au patrice de Sicile une armée conduite par Adalgise. Dans la crainte d'un nouveau conflit, j'envoyai à Bénévent, auprès de Grimoald, des *missi* accompagnés d'une escorte d'une centaine de cavaliers pour le conseiller dans le conflit armé qui menaçait.

L'armée de Byzance débarqua en Calabre, sous le commandement du logothète Jean, un des grands personnages de l'Empire. Dans la bataille qui s'engagea sur les âpres collines dominant le mer, elle perdit plus de quatre mille hommes et le reste se hâta de reprendre la mer, abandonnant dans sa déroute un énorme butin. Excellents marins, les Byzantins sont, à terre, de piètres combattants. Désarçonné et capturé alors qu'il remontait à cheval pour gagner la rade, Jean eut la tête tranchée.

J'avais, une nouvelle fois, nourri des illusions sur la sincérité de Grimoald.

Cet adolescent fragile et malléable m'avait, durant sa captivité d'otage, séduit par ses goûts artistiques délicats et l'intérêt qu'il me témoignait au cours de nos entretiens. En fait, il avait hérité de sa race la haine des Francs et une ambition datant du roi Didier de régner sur toute la Péninsule.

Jaloux des pouvoirs de mon fils Pépin, adolescent comme lui, il avait fait de leurs relations un jeu implacable. Il avait promis de respecter les consignes que je lui avais données en le remettant en liberté, et semblait vouloir les honorer : mon nom et mes titres étaient apparus sur ses monnaies et ses diplômes, puis avaient disparu, premier pas vers une émancipation. Le second, qui m'irrita tout autant, fut son mariage avec une princesse byzantine, Wantia.

J'étais excédé par cet interminable imbroglio qui me tenait constamment en alerte, alors que d'autres sujets de préoccupation s'imposaient à moi.

Il allait, quelques années plus tard, se dénouer tragiquement.

Conscient, au retour de ma dernière campagne, de la nécessité d'améliorer les voies de communication dans mes nouveaux territoires pour le passage de mes armées, j'envisageai le creusement d'un canal destiné à unir les eaux du Rhin à celles du Danube, de manière à créer un lien entre Orient et Occident.

J'en avais choisi l'emplacement : il se situerait au sud de l'Alamanie, dans les parages de la grande abbaye de Saint-Gall.

Ce projet digne des Pharaons m'avait été suggéré par Alcuin, au cours d'un exposé à l'académie Palatine sur l'Égypte du temps de Cléopâtre. Il avait évoqué la tentative de cette reine de faire communiquer la Méditerranée et la mer Rouge, au nord de la péninsule du Sinaï. Après des années de travaux surhumains et la mort de dizaines de milliers d'esclaves, elle avait dû y renoncer. On ne peut rien contre les sables du désert.

Ce projet audacieux allait rester durant des années présent à ma mémoire comme un chardon accroché au bas de ma robe. Les territoires de l'Est pacifiés, du moins en apparence, et les affaires d'Italie sombrant dans la confusion, je jugeai le moment propice de passer à l'acte. J'avais conscience de m'attaquer à la plus vaste (et la plus onéreuse !) entreprise que l'Occident eût jamais connue depuis les Romains.

En plus des deux grands fleuves, tout un réseau de cours

d'eau de moindre importance, comme le Rednitz et l'Altmühl, seraient mis à contribution.

J'envoyai une équipe étudier le terrain et relever la topographie de la région concernée par ces travaux. Leurs rapports furent de nature à me dissuader, mais je passai outre et les invitai à recruter au plus vite des ouvriers *volontaires* (j'insistai sur ce point) pour effectuer le creusement de la tranchée.

Je tins à être présent pour l'ouverture du chantier. Mes hommes faisaient grise mine : outre que la région était montueuse et les vallées occupées par des marécages et des tourbières, les volontaires étaient rares.

Après quelques jours passés sur les lieux, je dus me rendre à l'évidence : mon projet semblait impossible à réaliser, mais *impossible* est un mot que je déteste.

— Continuez à excaver durant un mois, dis-je, et tenez-moi au courant. Ce que la nature a fait en creusant le lit des rivières, pourquoi l'homme y renoncerait-il ? Ce ne sont pas ces quelques arpents de terre à bouleverser qui pourraient nous arrêter !

Ils haussèrent les épaules comme si j'avais perdu la raison ou que je leur avais demandé la lune.

Le délai imparti pour les premiers travaux étant échu, je reçus leur rapport : il était décourageant. Une nouvelle visite au chantier me confirma cette évidence. Pour un coup de pelle dans cette terre meuble et gorgée d'eau, il en fallait deux pour la rejeter sur les talus qui s'effondraient au fur et à mesure. Pour comble, les pluies ajoutaient aux difficultés.

Après un mois d'efforts inutiles, je constatai que le chantier n'était rien d'autre qu'un marécage où pataugeaient quelques dizaines de malheureux et où allaient sombrer mes dernières illusions.

La solution la plus sage était de renoncer, comme l'avait fait Cléopâtre. C'est à quoi, la mort dans l'âme, je dus me résoudre. Elle avait été victime du sable et moi de l'eau.

Un message du pape m'attendait à mon retour. Surprise ! Ce n'était pas pour demander mon intervention armée. La paix régnait dans la Péninsule sous le sage gouvernement de Pépin et d'Adalhard. Adrien souhaitait simplement, m'écrivait-il, s'entretenir avec moi de l'indiscipline, dont on l'avait informé, qui sévissait dans les évêchés, les abbayes et les monastères, suscitant sa sainte indignation.

Passer de nouveau les Alpes avec une simple escorte, alors que la saison était avancée, m'importunait.

Ma présence à Rome ne s'imposant pas, je restai à Quierzy pour y élaborer, de concert avec mon cher Éginhard, une *Admonition générale* sous forme de capitulaire, à l'adresse des religieux, des plus humbles moines aux pontes de la hiérarchie.

Grâce à la science de mon conseiller, je leur rappelai leurs devoirs en termes sévères. Le canon des Apôtres et les textes du concile de Nicée, l'an 325, interdisaient de laisser les fidèles assister à une messe sans avoir reçu la communion, et d'accepter que les femmes, de par l'impureté de leur nature, s'agenouillent devant l'autel. Le travail devait être proscrit le jour du Seigneur. Les religieux, à commencer par les évêques, devaient renoncer à l'œuvre de chair et aux excès de la table...

J'insistai sur un point qui m'était sensible : la vénération des saints. Il n'était guère de village qui n'eût le sien, la plupart du temps un simple ermite, souvent un charlatan prodigue de faux miracles, qui vivaient aux dépens de populations crédules.

Adrien s'irrita quelque peu de mon refus de lui rendre visite, mais il m'adressa ses compliments pour mon travail et celui d'Éginhard. Il allait, m'écrivit-il, répandre mon *Admonition générale* dans tous les sanctuaires et veiller à ce que ses articles fussent respectés. Il ne manquerait pas d'être déçu ! Pour fidèles qu'ils fussent à leur foi, ces gens étaient des hommes – et des femmes – objets de tentations diaboliques et qui avaient souvent la faiblesse d'y céder.

La Saxe pacifiée, semblait-il, à mon grand soulagement, je m'intéressai à la Bavière d'où me venaient des rumeurs inquiétantes.

Je n'accordais pas plus de fiabilité au duc Tassilon qu'aux rois lombards de jadis. Je l'avais fait passer sous le joug au cours d'une assemblée, à Worms, mais j'avais nourri des doutes sur la sincérité de sa soumission et n'avais pas eu tort : rongeant son frein dans ses forteresses, il rêvait d'une revanche.

Le vaste duché de Bavière, pays de forêts, de hautes montagnes, de landes et de lacs, occupé par des peuplades paisibles d'éleveurs, s'étendait du Danube aux Alpes du Haut-Adige. Il était depuis des siècles rattaché au royaume des Francs, tout en conservant son gouvernement, ses lois et ses coutumes. Le duc Tasillon ajoutait à ces conditions une farouche ambition qui faisait de lui un rebelle : une totale indépendance.

De mon âge, à quelques mois près, ce qui aurait dû nous rapprocher, il était mon cousin par sa mère, sœur de mon père et avait épousé la belle et autoritaire Liutberge, fille du roi Didier. Je n'avais aucune réserve à formuler quant à l'administration de son duché : la paix civile y était exemplaire et l'Église y possédait de nombreux et opulents sanctuaires, ce qui faisait presque de cette nation une théocratie gouvernée par un laïc.

Les choses auraient pu en rester là si son épouse, obsédée par la nostalgie de la puissance lombarde, n'avait poussé Tassilon à exiger l'indépendance du duché qu'elle eût aimé voir devenir un royaume.

Je ne pouvais oublier que Tassilon avait mis ses mains dans celles de mon père en signe de vassalité et avait prononcé les serments rituels, sur les reliques de saint Boniface. Je gardai de même en mémoire sa défaillance, sous prétexte d'une maladie, lorsque mon père avait sollicité sa présence armée dans sa lutte contre le duc Waïfre.

J'appris avec stupeur que, sans daigner m'en informer, il avait mis une armée en campagne pour conquérir une terre encore barbare et païenne qui jouxtait ses États, la

Carinthie, dans les hautes vallées de la Drave et de la Mur. Faux prétexte de cette attaque : ces populations s'étaient montrées rétives à toutes les tentatives d'évangélisation. En fait, Liutberge avait décidé d'annexer purement et simplement cette province. Tassilon, esprit fragile et influençable, avait cédé.

Je ne saurais lui reprocher que sa duplicité : il était sincère avec moi mais restait sous l'influence de son épouse. Les intelligences que j'entretenais dans sa capitale, Ratisbonne, me tenaient au courant des mouvements qui agitaient sa cour.

Conscient d'un danger imminent, je convoquai Tassilon à une assemblée générale et lui fis jurer fidélité à ma personne et à mon royaume, ce qu'il fit avec un singulier empressement, mais se hâta d'oublier de retour auprès de Liutberge.

La foi dans les serments ayant échoué, la parole revenait aux armes.

Si j'avais laissé Tassilon et son épouse jouir de leur nouvelle conquête, ils auraient profité de ma faiblesse pour en entreprendre d'autres, et il ne manquait pas, vers l'est, de territoires à soumettre et de populations à convertir !

Bien décidé à étouffer dans l'œuf ce que je considérais comme une rébellion, je mis à profit le calme relatif qui régnait dans mes États pour frapper un grand coup, avec l'intention d'user de l'intimidation plus que de la violence. Il m'aurait été relativement aisé d'envahir la Bohême en écrasant les troupes péniblement rassemblées par le duc, de m'emparer de Tassilon, de sa mégère et de leur couvée pour les exiler dans un monastère, selon les méthodes traditionnelles. J'y répugnais.

En octobre de l'année 787, je formai trois corps d'armée. L'un d'eux, sous la conduite du roi d'Italie, Pépin, devrait franchir la frontière avec la Bavière par la vallée du Ticino ; le deuxième, composé essentiellement d'Austrasiens et de Saxons repentis, mené par un de mes officiers palatins, Walla, longerait le Danube jusqu'à la ville d'Ingolstadt ; je prendrais la tête du troisième pour remonter le Rhin et aller camper sous les murailles d'Augsbourg, sur la Lech, aux frontières de l'Alamanie.

Son duché pris dans un étau, j'attendis la réaction de Tassilon. Il aurait pu tenter un soulèvement général de son peuple si mes troupes n'avaient arboré, mêlées aux miennes, les bannières du pape. À peine avions-nous franchi la frontière, la population se porta vers nous avec des marques réconfortantes de sympathie.

Je n'eus pas à attendre longtemps la réaction de Tassilon.

Je vis s'avancer vers nous, le long de la Lech, un groupe de cavaliers portant les couleurs de la Bohême. C'était Tassilon en personne, venant me présenter sa soumission et la cautionner par des présents. Il s'agenouilla devant moi, mit ses mains dans les miennes (sans omettre les larmes de repentir !), comme il l'avait fait avec mon père. J'acceptai sa reddition et lui demandai de la confirmer par des otages ; il aurait jeté la moitié de son peuple à mes pieds si je l'avais exigé ; je me contentai de son fils, Théodon, et de quelques officiers de sa cour.

Contrairement à moi, il avait beaucoup et mal vieilli. Sa barbe et sa chevelure avaient blanchi, sa parole était faible et hésitante, ses mains agitées de tremblements et il ne se déplaçait que soutenu par deux robustes gaillards.

Il m'avoua, ce que je ne pouvais contester, qu'il avait toujours eu la plus grande considération pour moi, qu'il admirait ma puissance et la sincérité de ma foi. À mots couverts, il me fit comprendre qu'il n'était qu'en partie responsable des manœuvres hostiles qui avaient abouti à sa soumission ; désormais, il allait « prendre les choses en main », se libérer de « certaines contraintes » et renoncer aux provocations.

Je fis mine de le croire. J'aurais pu exiger qu'il me livrât l'auteur de ces défis, la duchesse Liutberge, mais elle s'était bien gardée de l'accompagner.

C'est sans surprise qu'après avoir renvoyé Tassilon dans son foyer, j'appris, quelques semaines plus tard, qu'en son absence sa virago avait eu des entretiens avec le khan des Avars, Kudun, en vue de faire cause commune contre moi...

L'année suivante, au début du printemps, je convoquai une nouvelle assemblée de mes vassaux et de mes comtes à Ingelheim, ville proche de Mayence. J'invitai Tassilon à s'y montrer ; il s'y rendit avec de faux airs de pénitent, la croix sur la poitrine, allongé dans un chariot tiré par des bœufs. Il me confessa ses erreurs et jura qu'elles ne se reproduiraient plus. Je m'écriai :

— Comment pourrais-je te croire, alors que tu as rompu tous tes serments ? Celui-ci ne vaut pas une guigne ! Sais-tu que je pourrais, sans le moindre remords, te faire exécuter pour rébellion et trahison ? Il me suffirait d'un geste et d'un mot

Je le vis blêmir, ses mains tremblotantes crispées sur la croix. Il balbutia :

— Je sais que tu ne le feras pas, Charles. Ce serait oublier que nous avons des liens de parenté.

— Tu les as trahis ! Je vais donc te proposer un choix : te livrer au bourreau ou t'envoyer finir tes jours dans un monastère. Que décides-tu ?

Il fit mine de perdre connaissance. J'appelai mon médecin pour le ranimer. Quand Tassilon recouvra ses esprits, ce fut pour dire qu'il préférait la tonsure, à condition que la cérémonie ne se déroulât pas en public mais dans l'ombre du monastère. Je ne pouvais lui refuser cette ultime faveur. La cérémonie se déroula au monastère de Saint-Goar.

Dans les jours qui suivirent, je le fis conduire en Neustrie, dans l'abbaye de Jumièges, sur une rive de la Seine. La solidarité familiale ne fut pas vaine : Liutberge et sa famille connurent volontairement le même sort.

Je me gardai de faire subir à la Bohême, en l'absence de ses souverains, une invasion et une occupation *manu militari* de Ratisbonne. Comment oublier que cette nation avait pris l'habitude d'une autonomie autorisée par la mansuétude de mon père et la mienne ? La lui retirer pour nous conduire en conquérants l'eût dressée contre le gouvernement et les astreintes que j'allais lui imposer.

L'ancienne dynastie des Agilolfings n'était plus qu'un souvenir, mais il s'attachait à ce nom des relents d'indépendance qui risquaient de susciter des troubles. Je me contentai de faire exiler quelques officiers palatins, des chefs d'armée, de grands prélats réputés pour leur fidélité au régime déchu et de les remplacer par des gens en lesquels j'avais confiance.

Le changement se fit sans heurts pour le peuple, comme je pus moi-même le constater par quelques discrètes incursions dans les villes et les campagnes. Si toutes mes conquêtes s'étaient faites dans ces conditions, j'en aurais remercié le Seigneur et aurais dormi du sommeil du juste.

Palais d'Aix : été 800

Les préparatifs de mon couronnement, prévu pour la fin de cette année, ont été endeuillés par un événement qui a changé le cours de ma vie intime : mon épouse, Liutgarde, est décédée. Elle m'a fait, durant ces années, oublier la mauvaise ambiance que la précédente, Fastrade, faisait régner dans ma maison. Elle était depuis six ans ma compagne, ma conseillère et mon amie.

Une singulière fatalité semble peser sur ma famille. Je me retrouve veuf pour la troisième fois et bien décidé à ne pas me mettre en quête d'une nouvelle épouse, alors qu'il me reste peu d'années à vivre, si j'en crois les astrologues. Je dois me contenter, pour peupler ma solitude, de mes servantes, mais n'accomplis l'œuvre de chair qu'en des occasions de plus en plus rares. Leur présence à mon côté, la nuit, m'exempte d'une solitude et de cauchemars que je redoute.

Parenthèse :

Éginhard :

— Sire, vous l'ai-je assez reproché ? Ces habitudes détestables risquent de vous interdire la porte de saint Pierre. Pensez-vous qu'il soit bon de relater ces débauches indignes de votre âge et de votre condition ? L'évêque de Soissons, informé de vos mœurs, s'en est plaint à moi récemment. Il m'a dit…

— Je me moque de ce que pense ce vieux débauché qui, il y a peu, se conduisait comme un nabab dans son sérail. Et il prétend me donner des leçons ! Contente-toi d'écrire ce que je te dicte et de ne rien omettre. Au travail, mon ami, au travail !

C'est à l'un de mes officiers palatins que je dois ma rencontre avec Liutgarde, fille d'un comte d'Alamanie, et l'union qui s'est ensuivie.

À peine sortie de l'adolescence quand elle me fut présentée, elle était femme déjà et grande (j'aime les femmes de haute stature), réputée sage et dévote. Sage, elle l'était ; dévote, je fis en sorte qu'elle ne le fût pas à l'excès.

Elle n'avait pas, comme Hildegarde et Fastrade, la chevelure blonde ; la sienne, lisse et profonde, était d'un châtain foncé. Son visage me rappelait par sa rondeur celui des femmes d'Italie, la dame Amalia notamment, dont elle avait les yeux étirés et les lèvres bien ourlées.

Je retrouvai en elle les qualités mentales de ma chère Hildegarde : nature souple, charitable, volontiers complaisante envers nos domestiques. Si je l'avais écoutée, au cours de nos visites aux pauvres, elle eût accepté que je leur donne, comme saint Martin, la moitié de mon manteau.

J'ai passé une partie du printemps à inspecter nos provinces, de l'embouchure du Rhin à celle de la Loire, afin de m'assurer de l'état de nos défenses contre les pirates danois. Liutgarde ayant tenu à m'accompagner, j'y avais consenti sans réserve mais non sans plaisir.

Alors que nous nous trouvions sur les rivages de la Frise méridionale, en bordure des marais, elle avait été prise d'un accès de fièvre que mon médecin avait été impuissant à juguler. Les remèdes des sorciers frisons n'avaient pas eu plus de succès.

Après s'être débattue durant des jours contre une fin inexorable, elle n'avait pas été la plus forte. J'avais tenté de lui redonner vie en la serrant dans mes bras, en lui insufflant mon énergie, en hurlant à ses oreilles des injures lui reprochant, comme si elle en avait eu le pouvoir, de m'abandonner à une solitude qui me montrait les chemins de ma propre mort.

Pour répondre à sa suprême volonté, je l'ai accompagnée, cousue dans un linceul de cuir souple, en l'abbaye Saint-Martin de Tours où elle eût aimé se livrer à une ultime confession, mais pour quelles fautes, mon Dieu, elle qui était pure comme la rosée ?

Je demandai à Alcuin de rédiger son épitaphe et assistai à l'inhumation dans la cathédrale, une croix sur sa poitrine, une rose fraîchement cueillie accrochée à son chapelet, son visage fardé par la mort, creusé et méconnaissable. J'ai gardé dans l'oreille, comme s'il annonçait ma propre mort, le bruit lugubre du couvercle de pierre tombant sur le sarcophage.

À quelques jours de sa fin, moite de fièvre, elle m'avait demandé en grâce de ne pas prendre une nouvelle épouse ; elle voulait être la dernière. J'ai tenu parole. À près de soixante ans, je n'allais pas me remettre en ménage au risque, après avoir vécu avec une Hildegarde et une Liutgarde, de trouver une Fastrade pour me fermer les yeux...

Aujourd'hui, je mène une vie à ma convenance et satisfais les derniers élans de ma virilité avec mes concubines : Gersuinde, Régina, Adalinde et ma préférée, la mère de ma petite Rothilde, Maltegarde. Cette gamine est la lumière de ma vie ; chaque jour, avec ses rires et ses chansons, elle m'offre des galets coloriés, des insectes morts, des fleurs qu'elle joue parfois à piquer dans ma barbe.

En dépit du tumulte perpétuel de mon entourage, des bruits souvent assourdissants qui montent de la cour, des jardins où jouent les enfants, des visites plus ou moins importunes, je sens la solitude se refermer sur moi. Lorsque je me réveille de ma nuit ou de ma sieste, de sommeils épais comme de la poix, j'ai l'impression de reprendre place sur une galère.

Peu à peu, grâce à la présence d'Éginhard et à ces

souvenirs qui font le vide en moi comme un ressac, je sens se recréer autour de ma personne des faisceaux de projets, de devoirs et de plaisirs qui me raccrochent à la vie.

Une journée de plus à affronter, c'est un nouveau combat à livrer contre des ennemis sournois, des situations équivoques à démêler, avec comme armes des parades d'autorité, des jeux de faux-semblants dans lesquels il m'arrive de me perdre. Plus l'on grandit dans sa carrière, plus l'on s'expose à des flagorneries, et plus l'on suscite de pièges autour de soi. Ma cour, j'en ai conscience, grouille de personnages ambigus, de janus qui portent un sourire sur leur visage et un poignard dans leur manche.

Parenthèse :

— Il va sans dire, mon cher Éginhard, que tu constitues une exception. Tu es pour moi un modèle de fidélité, d'amitié et de sacrifice.

— Sire, c'est un honneur de vous servir, et je vous en rendrai grâce jusqu'à la fin de mes jours.

— Dis plutôt *des miens*, mon ami…

Un autre personnage de ma cour me semble exempt de ces relents de complots que je subodore comme les signes avant-coureurs d'un sinistre : Walla. Je serai appelé à reparler de lui et de mon fils, Pépin le Bossu, son contraire.

3

Le pays des neuf cercles

Certains jours, la nuit parfois, j'ai l'impression affligeante d'être attelé à un chariot lourd à crouler du fruit de mes conquêtes, enlisé dans une fondrière, sans que je puisse voir le terme du voyage se profiler à l'horizon. Sans la foi qui m'anime, je souhaiterais être libéré du joug et crever sur le bord du talus.

Mon royaume a pris les dimensions d'un empire, le plus vaste et le plus peuplé de l'Occident, depuis Rome. Sujet à des coups d'État ou à des conflits familiaux, Byzance régresse. On me qualifie dans les ambassades de « maître du monde ». L'idée m'est venue d'ajouter l'Espagne à cet empire, mais l'Afrique aurait fait déferler sur mes armées des hordes innombrables de cavaliers arabes, maures et sarrasins.

Malgré mes massacres, mes lois brutales et le poids de mes armes, je ne peux renier mes conquêtes. J'ai unifié des contrées disparates qui ne méritaient pas le titre de nations, mis fin à de sempiternelles agressions contre les frontières de la Francie et, ma plus grande fierté, semé les graines de la foi dans ces terres stériles, ouvrant la voie à une civilisation qui rappelle celle de Rome ou de Carthage. Dieu m'en tiendra compte.

Ma cour, la plus importante d'Occident, est ma fierté. Chaque jour j'y reçois des visiteurs étrangers venus me rendre hommage, des ambassades m'offrant, avec leurs présents, des promesses de paix, des marchands à la recherche de nouveaux débouchés pour leurs produits. Parfois, j'ai l'impression que mon palais d'Aix est une nouvelle tour de Babel où se parlent toutes les langues du monde connu.

Le « nouveau roi David »... Cette expression me flatte et me convient. Elle me donne l'impression de jouir d'une renommée planétaire.

Ce qui me plaît plus encore, c'est l'immense popularité dont je jouis partout où flottent les bannières à l'aigle noir que je me suis choisies. Cet encens flatte mes narines plus que les effluves d'herbes précieuses de Bagdad.

Le chariot auquel je suis attelé peine à s'extraire de la fondrière. Les clameurs indignées des hauts dignitaires de la sainte Église romaine claquent à mes oreilles comme un fouet. Le bruit de ma vie dissolue l'exaspère, alors qu'il y aurait beaucoup à dire sur les mœurs des pontes de la hiérarchie. J'écoute et laisse dire. Les chiens aboient, la caravane passe...

Avancer, mais vers quoi, alors que les jours me sont comptés ? Mon seul souci est le destin de cet Empire. Que deviendra, après ma mort, ce conglomérat de nations disparates ? Lequel de mes fils aura l'autorité nécessaire pour maintenir l'unité précaire que j'ai instaurée de l'Atlantique à l'Elbe et de la Bretagne au pays des Avars ? Cette œuvre est celle d'un seul homme. Lui disparu, quel destin pour cet Empire ?

Deux de mes fils sont déjà en possession du royaume que je leur ai concédé : Louis en Aquitaine et Pépin en Italie. Le troisième, Charles, mon aîné, n'a pas reçu de couronne, du fait qu'il est appelé à me succéder. Sa passion pour la guerre m'inquiète et me rassure à la fois. On dit de ce prince, qui porte mon nom, qu'il a la « sévère virginité des héros ». Un grand destin semble déjà se dessiner autour de lui.

Mes trois fils s'entendront-ils autour de ma dépouille ? Respecteront-ils la promesse d'une bonne entente que je leur demanderai de respecter avant de disparaître ? Le passé tourmenté de la Francie et les bouleversements qui, au cours des siècles, ont fait planer des vautours au-dessus d'un cadavre pour aboutir à son dépècement, me donnent du souci. À ma mort, en viendra-t-on là ?

Le duc Tassilon et sa famille hors d'état de nuire, et la Bohême soumise à ma loi, j'ai connu des ères de calme. Il reste bien, aux confins des mers froides, des peuplades de Slaves Abodrites turbulentes, mais qui ne maltraitent pas mes missionnaires, et avec lesquelles mes officiers entretiennent des rapports courtois. Les Danois poursuivent leurs incursions sur les côtes, mais je ne suis pas en guerre contre ces bandes de pillards.

Il reste que, sur les marches orientales, une nation aux dimensions de la Bavière – le pays des Avars – me cause quelques tracas en laissant ses hordes violer mes frontières. Je ne peux tenir pour une simple manœuvre politique l'alliance que le khan Tudun a conclue avec Tassilon ; j'y décèle des menaces plus graves, si bien que je suis en droit de considérer ces gens comme des ennemis potentiels, et de m'en méfier.

On dit que les Avars descendent des Huns, ces hordes vomies par l'Asie quatre siècles auparavant. Ils avaient déferlé par vagues sur l'Occident avec à leur tête un chef suprême dont l'histoire n'est pas près d'oublier le nom : Attila. Le général romain Aetius avait arrêté ces guerriers de Gog et de Magog aux Champs catalauniques, dans le nord de la Gaule, et avait contraint les survivants à rebrousser chemin. Ils avaient mis fin à leur errance dans les plaines de l'Europe centrale pour y faire souche et y créer un royaume des steppes.

J'eus jadis l'occasion de rencontrer ces Barbares venus en ambassade. Ces étranges créatures, de petite taille, trapus, au visage large et plat encadré de nattes graisseuses, étaient vêtus de vêtements de peaux constellés de talismans et parlaient une langue inconnue qui m'avait obligé à faire appel aux service d'un de mes *missi* pour traduire leurs propos.

C'est un simple mouvement de curiosité qui les avait poussés jusqu'à nous. Nous n'avions à échanger que des présents et des paroles de courtoisie. En revanche j'en appris beaucoup, grâce à la curiosité d'Alcuin, quant à leur organisation sociale fondée sur une aristocratie terrienne. Leur souverain, le khan, n'a pas de capitale ni de palais digne de ce nom, mais une agglomération, un *ring*, ceinturée de pieux et proche d'une mer intérieure, le lac Balaton. Ils passent pour être d'habiles éleveurs de chevaux et des guerriers intrépides.

Lors d'une expédition contre Tassilon, j'avais naguère remonté le Danube jusqu'à leur frontière pour leur demander raison de leur alliance avec l'ennemi. Il m'aurait été loisible, étant donné l'importance de mon armée, d'envahir et d'annexer ce territoire. J'y songeais sérieusement quand une mystérieuse épidémie, en décimant ma cavalerie, m'avait obligé à régresser, l'arme au poing, après de furieux combats d'arrière-garde.

Je n'en avais pas fini avec cette engeance diabolique. L'occasion de leur montrer de nouveau le poids de mes armes allait se présenter après la disgrâce de Tassilon.

Le khan des Avars avait imprudemment prêté son concours à des peuplades voisines, qui avaient secoué le joug et m'avaient forcé à intervenir. Devenu mon ennemi, il n'allait pas tarder à s'en repentir. Occupé à d'autres conflits, je confiai à Éric, duc de Frioul, vassal de Pépin, le soin de les mater.

Des conflits internes ayant bouleversé la cour et mis en balance l'autorité du khan, Dieu était avec nous. Éric lança ses troupes à l'assaut du *ring*, franchit non sans peine les enceintes qui le protégeaient, balaya les quelques éléments de cavalerie qui s'opposaient à lui et tomba sur le palais où il trouva le cadavre encore chaud de Tudun, égorgé par des officiers mutinés.

Éric n'allait pas repartir les mains vides. Il allait trouver dans des cabanes et sous de vastes tentes de soie brodées d'or des trésors inestimables, pour la plupart fruit du pillage d'abbayes de Bohême et de Byzance. Il revint en Italie avec une quinzaine de chariots chargés de butin et des colonnes de prisonniers.

C'en était fini de cette nation et de ce *ring*: le « pays des neuf cercles », par allusion au labyrinthe qui ouvrait sur le palais. Tout fut rasé ou brûlé, la population prisonnière ou dispersée.

Alors qu'il n'y avait en rien participé, Pépin s'attribua le mérite de cette victoire facile et posa en conquérant, presque en héros. Triomphe prématuré : nous n'en avions pas fini avec ces Barbares, aussi âpres à la défense de leurs biens et de leurs croyances que l'avaient été les Saxons. Ils n'allaient pas tarder à reprendre leurs armes, à sauter sur leurs chevaux, à s'attaquer par surprise aux garnisons italiennes et à poursuivre les pillages des lieux saints, leur activité favorite. Grands amateurs d'objets sacrés, ils les fondaient pour en faire des bijoux.

Il fallut de longues chevauchées punitives, des batailles rangées dans les plaines, des sacrifices importants en hommes et en chevaux pour que les Avars renoncent à leurs méfaits.

L'immense frontière qui sépare l'Occident de l'Orient court de la mer Baltique au nord de l'Italie. Au-delà, vers les horizons d'où le soleil se lève, vivaient d'autres peuples dotés d'autres mœurs et d'autres croyances. Ils ne se manifestaient guère à mon attention, évitaient de s'informer sur nous par des ambassades et de susciter des conflits frontaliers. Qu'aurais-je gagné à les provoquer, dans la mesure où eux-mêmes s'en gardaient? Il n'empêche, je rêve encore parfois de ces immenses espaces, comme Alexandre en route vers la Perse et les Indes, mais je n'ai ni les ambitions ni la jeunesse de ce conquérant et le désir de ce genre d'aventure a cessé de me harceler.

J'avais d'ailleurs d'autres soucis à me faire : les Danois multipliaient leurs agressions contre nos ports et leurs incursions sur nos fleuves. Lorsque j'appris qu'ils avaient pris pied en Angleterre et y installaient des tribus, je me dis que, s'il me restait un seul ennemi dont j'aurais à me méfier, ce serait celui-là.

L'année 790 s'ouvrait sur une ère de paix et de sérénité. J'en profitai pour prendre en main, avec une nouvelle volonté de réussite, les affaires intérieures.

Mon premier souci fut d'achever l'aménagement de mon palais d'Aix, dans l'intention d'en faire le siège de mon gouvernement et de cette ville une capitale, en m'efforçant d'y attirer et y retenir l'élite intellectuelle de l'Occident.

Il ne se passait pas de semaine que mon académie Palatine ne reçût des lettrés, des savants ou des artistes formés à toutes les disciplines, venus de tous les horizons. Je m'attachais à les traiter avec considération ; ils m'en remerciaient en me comblant de leurs connaissances.

Je m'étais, depuis des années, pris de passion pour le plain-chant, une forme d'art choral qui agrémentait des offices longs et fastidieux. Mon épouse, Liutgarde, m'y avait initié ; Alcuin m'en donna le goût. J'encourageai cette pratique mais ne m'y livrai pas, ma voix de fausset me l'interdisant. En revanche, j'aurais passé des heures à écouter ces chants, paupières closes, en me laissant pénétrer par ces suaves accents qui donnaient des ailes à mes méditations.

Avec l'aide d'Éginhard, mon surintendant aux constructions quand il ne faisait pas office de secrétaire, j'apportai un soin particulier à ma demeure royale et rêvai de lui donner un lustre capable de rivaliser avec les palais de Constantinople ou de Cordoue. Je la dotai de portes, de préférence aux tapisseries qui, séparant les pièces, ne procuraient qu'une apparence d'intimité. Je veillai à ce que mes appartements privés fussent, sinon somptueux, du moins convenablement aménagés. J'installai mon cabinet de travail de manière à ce que je puisse, de mes fenêtres, surveiller les mouvements de la cour et des galeries à colonnades où j'aimais, par tous les temps, me promener et disserter avec mes proches.

Pour la salle destinée à abriter les conseils et les assemblées, je m'inspirai de celle du palais de l'empereur Constantin, à Trèves, où je fis de fréquents séjours. Elle pouvait abriter un millier de participants. Une autre partie des constructions fut consacrée à l'hébergement de mes visiteurs et de mes secrétaires et conseillers, heureux de ne plus avoir à déménager et à parcourir des centaines de lieues pour me suivre dans mes domaines.

Je souhaitai que ma chapelle fût aussi vaste et aussi somptueuse que celle de Ravenne. Alcuin en possédait les relevés et m'y aida.

Je fis clore l'ensemble de ces constructions d'une enceinte fortifiée percée de quatre portes monumentales, à la romaine, et conservai la tour de Granus, témoignage majestueux de la puissance des occupants qui m'avaient précédé. J'inclus dans cet ensemble les thermes que j'utilisais quotidiennement, une ménagerie dotée d'animaux, de fauves et de volatiles offerts par des visiteurs venus d'Afrique ou d'Orient, de vastes espaces de jardins ornés de charmilles et de statues rapportées de Rome.

Au-delà de cette enceinte s'étendait la ville. Ce n'était encore qu'une bourgade animée par des boutiques de marchands, des ateliers d'artisans, des auberges de pèlerins et les comptoirs des usuriers lombards et vénitiens.

Je pris définitivement possession de ces lieux l'année 794.

La fête que j'organisai pour marquer cet événement dura trois jours et trois nuits. J'y avais invité, outre mes proches et mes officiers, quelques vassaux et des membres éminents du clergé. Liutgarde prit en main l'organisation de ces festivités et s'en tira à merveille. Nous avons revêtu pour l'occasion notre costume d'apparat : robe de soie rouge à longues manches, tissée d'or et d'argent, diadème orné de saphirs et d'émeraudes façon byzantine, et nos joyaux les plus précieux.

Nous n'avons pas, elle et moi, boudé notre plaisir et avons participé aux jeux, aux danses et aux chants qui alternaient avec les festins. À l'aube, j'entraînai nos convives dans les thermes pour le premier bain de la journée.

C'est à cette époque que je fus appelé à m'intéresser à un conflit qui n'avait rien de militaire mais agitait la foule des fidèles.

La théorie de l'adoptianisme ne date pas de ce siècle. Elle a pris naissance à l'aube de la chrétienté, dans les déserts de Judée ou de Palestine. Elle a, en dépit des brimades, perduré jusqu'à nos jours et, semble-t-il, n'est pas sur le point de disparaître.

Un évêque de la ville d'Urgel, dans les marches d'Espagne, Félix, avait pris le relais de cette doctrine qui fut appelée par les tenants de la tradition l'« erreur espagnole ». Ses adeptes, comme certains des premiers chrétiens, avaient acquis le certitude que le Christ n'était pas le fils de Dieu mais qu'il était *adopté* par lui. Dieu l'aurait choisi, en vertu de ses qualités exceptionnelles, pour être l'élu qui allait faire pénétrer la foi dans un monde livré au paganisme.

Le pape Adrien, informé du danger de voir l'évêque d'Urgel se répandre en prédications intempestives pour propager cette doctrine fallacieuse, convoqua à Ratisbonne un concile destiné à trancher dans le vif. Félix s'y présenta et se comporta, au cours des débats, avec une vigueur et une conviction auxquelles je me dois, en dépit de mes réserves, de rendre hommage. Malgré ses efforts, son courage et sa dignité, il dut assister à l'autodafé de ses écrits, prêter serment sur les saints Évangiles de renoncer à l'« erreur espagnole » et retourner, repentant, dans le sein de l'Église.

À la demande du pape, je le fis conduire à Rome où il dut renouveler son repentir sur la confession de saint Pierre, avant de regagner ses montagnes.

Quelques mois plus tard, Félix allait renier son serment et reprendre ses prédications déviationnistes avec une ardeur décuplée par ses humiliations, et le soutien de quelques sommités épiscopales contaminées par cette doctrine. Il tenait sa conviction, disait-il, de la « mer immense des Écritures ». Je dois convenir que ses arguments ne manquaient pas de poids. Je reçus une lettre de sa main dans laquelle il réclamait mon arbitrage, avec « un jugement pur et sain, sans l'huile de la flatterie » !

Alcuin me fut précieux dans les réflexions auxquelles je me livrai durant des semaines, plongeant, à en perdre mon latin, dans des textes anciens, à commencer par la « mer immense des Écritures » dont parlait Félix.

La position d'arbitre, à laquelle je ne pouvais déroger, m'exposait à recevoir des rebuffades de toutes parts. Cette affaire me troublait au point que j'en oubliais le boire et le manger et que ce conflit sibyllin occupait mes jours et hantait mes nuits.

Troublé plus que je ne le montrais par ce schisme que le pape Adrien appelait « un chancre et un poison », je ne savais sur quel pied danser. J'aurais volontiers adopté les arguments de Félix, mais cela m'eût valu l'anathème du Saint-Siège et mon excommunication.

Il fallut un nouveau concile pour contraindre Félix et ses adeptes à faire amende honorable. La controverse dura une semaine, avec des alternances de tempêtes et de sérénité. La renonciation de Félix à ses erreurs, faite « de bouche et de cœur », allait avoir du mal à s'imposer parmi ses adeptes.

Ce conflit rappelait celui des images qui avait mis Constantinople à feu et à sang et avait ébranlé l'Église d'Occident. J'avais pris parti dans cette dernière controverse : renoncer aux images et les détruire était pour moi un sacrilège et une résurgence du vandalisme.

Dieu m'en est témoin, je n'ai jamais souhaité me débarrasser de mon fils, Pépin, mais sa mort allait être un soulagement pour moi et ma famille.

Le souci de la vérité qui accompagne ce récit m'oblige à

faire état des actes intolérables qui allaient le dresser contre moi et ses frères et inciter certains mauvais esprits à assimiler ma cour à celles de Byzance ou de Cordoue.

Je dois avouer que je n'ai pas toujours donné à ce fils au physique ingrat et au caractère sournois l'affection qu'il était en droit d'attendre de son père. Je ne l'avais jamais brutalisé, mais je m'étais désintéressé de son sort.

Dois-je le rappeler ? Il était né de mes rapports avec une de mes concubines, Himiltrude, épousée selon le rite germanique, sans prosternation devant l'autel, ce qui faisait d'elle une épouse *morganegiba,* autrement dit illégale aux yeux de la religion.

L'enfant qu'elle me donna, Pépin, eut à subir dans son enfance, du fait de son infirmité, des brimades de ses compagnons de jeu, dont je n'ai rien fait, je le confesse, pour le protéger ; en revanche, je lui ai donné la même éducation qu'à ses frères.

Quand il m'arrivait de le rabrouer, je pouvais mesurer à son regard ou à ses larmes l'intensité de sa détresse. J'aurais dû céder à cette quête de protection, mais je m'en moquais. Il se réfugiait alors dans les jupes de sa mère, la seule créature qui lui témoignât l'affection que j'aurais dû lui donner.

Je ne puis trouver quelque apparence de logique dans mon comportement. Pépin me semblait doué d'une double nature : un avers façonné par Dieu à l'image d'un personnage de missel ; un revers modelé par le diable, avec sa bosse et son déhanchement. Dans les brefs rapports que j'eus avec lui, rien ne m'eût permis de déceler la promesse du moindre talent, mais en revanche une aptitude à la dissimulation et une naïveté déconcertante.

C'est ce dernier défaut qui allait causer sa perte.

Sa mère, Himiltrude, cette « demi-reine », avait été chassée de la cour par ma mère lorsque cette dernière avait appris nos relations et l'enfant qui en était issu. J'avais été contraint, sous sa férule, à épouser la princesse Desideria, fille du roi Didier. On sait ce qu'il est advenu de cette union ; elle n'a duré qu'une année. À la mort de la reine Berthe, ma mère, je n'avais eu de cesse de rappeler à la cour mon épouse franque et notre fils, de faire à Himiltrude une place honorable dans mes services et de donner à Pépin une bonne éducation, sans oublier de le faire déniaiser par des servantes, ce qu'il appréciait fort.

Un jour, pour se jouer de lui, mon fils, Charles, dit le Jeune, l'avait fait s'égarer dans la forêt au cours d'une partie de chasse. Ce n'est qu'au milieu de la nuit, à la lumière des torches, que j'étais parvenu à le retrouver, blême, chancelant encore de fatigue et de peur, ses vêtements en lambeaux. Le lendemain, il avait provoqué Charles en un combat à mains nues et s'en était tiré à son honneur, le visage ensanglanté mais l'air triomphant.

L'adolescence venue, j'avais confié cette tête creuse, ouverte à tous les vents, à un officier de ma maison pour lui apprendre les armes. Pépin n'y avait manifesté aucune disposition favorable et avait dû y renoncer. À ces jeux violents, auxquels il n'était pas préparé, il préférait l'intrigue. Jaloux des faveurs que je procurais à mes autres fils, il s'était rebellé, disant qu'étant l'aîné, il devait avoir la meilleure part et une suprématie sur ses frères.

Quelques années plus tard, je lui confiai des domaines à administrer. Il usa et abusa tant de ses pouvoirs que je m'en émus. Il écoutait plutôt les conseils de son mentor, le comte saxon Theudald, que ceux de son conseiller, le moine lombard Fardulf, que j'avais pris soin de placer près de lui. J'étais chaque semaine informé par lui ainsi que par mes *missi* de son comportement dans ses résidences; il s'y conduisait comme un satrape.

On s'agitait fort dans son entourage. Theudald l'avait dissuadé de m'apporter le concours de son armée pour apaiser ou mater les Barbares du sud de la Germanie qui violaient impunément mes frontières. Il lui avait fait comprendre à mots couverts qu'étant donné mon âge et les problèmes contre lesquels je me débattais, Dieu ne verrait pas un inconvénient à ce que l'on donnât un coup de pouce au destin. De là à passer à l'acte, il n'y avait qu'un pas. Pépin n'avait pas hésité à le franchir.

Informé par les courriers de Fardulf de cette machination, je la pris au sérieux.

L'année 792, au cours du concile tenu à Ratisbonne sur l'adoptianisme, je rencontrai Pépin et tentai de lui tirer les vers du nez. Il se comporta avec maladresse, protesta mollement de sa bonne foi, s'efforça de brouiller les pistes, et me reprocha mes soupçons. Il finit par s'enliser dans ces eaux troubles et par m'avouer qu'au cas où je succomberais dans une bataille ou victime de mon âge, il lui revenait de coiffer ma couronne en vertu de son droit d'aînesse.

Pour se disculper, après cette confidence voilée, il me révéla que Theudald et quelques officiers de sa cour avaient prévu mon assassinat, au cours du concile ; il s'y était opposé « avec énergie », jugeant inconcevable d'apporter sa double caution à un acte qui était à la fois un parricide et un régicide. Il n'avait pu les faire renoncer à leur résolution.

Devant tant de lâcheté et de mensonge, la main me démangeait de le souffleter, et je l'eus fait si nous eussions été seuls. Les rapports de Fardulf étaient formels : Pépin était la cheville ouvrière du complot, et les réserves dont il m'avait fait part ne venaient pas de lui.

Dans l'heure qui suivit, je fis arrêter et enfermer mon fils et ses complices dans les caves de la forteresse de Ratisbonne, avant de réunir mes proches pour constituer un tribunal. L'affaire fut vite expédiée. Pour Pépin, je restais libre de décider de son sort ; pour ceux qui l'avaient assisté les juges furent unanimes : ils méritaient la mort.

Je fis dresser sur la place publique un échafaud destiné au supplice et une tribune réservée à mes officiers, aux évêques, aux abbés et aux notables de la ville, conviés avec leurs épouses. J'exigeai que toute la population fût présente. Malgré leurs protestations accablantes pour Pépin, la tête sur le billot ou la corde au cou, les plus compromis eurent la tête tranchée et la valetaille fut pendue.

Je fis fouetter, en complément à ce supplice, une dizaine

de subalternes, hommes et femmes qui, au courant de cette intrigue, ne m'en avaient pas informé. La population goûta fort ce spectacle qui occupa tout un après-midi, malgré quelques rafales de pluie.

Pépin allait, de par ma volonté, subir un sort différent.

Enfermé dans un cachot, il envoya un gardien me dire que la privation de lumière le rendait malade et que je risquais d'avoir sa mort sur ma conscience si je ne lui rendais pas sa liberté. Avec son ordinaire désinvolture, il ajoutait le chantage au mensonge. Je ne consentis à le faire sortir de sa géhenne que pour qu'il assistât à l'exécution de ses complices. Seul, debout et immobile entre l'échafaud et la tribune, il était vêtu de sa seule chemise qui, humide de pluie, lui collait à la peau et laissait deviner son corps difforme.

Ma première réaction avait été de le faire décapiter, mais je répugnais à voir couler son sang, le mien : il aurait laissé des éclaboussures sur ma conscience jusqu'à la fin de mes jours.

Lorsque, au terme des exécutions et des supplices, il comprit que j'épargnerais sa vie, il tomba à genoux, mêlant ses larmes à la pluie. Avant de retourner à son cachot, il voulut m'embrasser ; je le repoussai. Il protesta, disant que, trop confiant, il s'était laissé égarer par des criminels, et me promit, si je lui rendais sa liberté, de faire preuve de sagesse envers ses sujets et de fidélité envers moi.

— C'est un nouveau domaine que je vais te confier, lui répondis-je, et tu n'auras guère de mal à l'administrer, car il tiendra entre les quatre murs d'une cellule. Tu y seras en compagnie de blattes, d'araignées et de rats, ce qui ne te changera guère de tes proches…

Je donnai à Fardulf, pour le remercier de ses bons offices, l'abbatiale de Saint-Denis, proche de Lutèce. Pépin n'eut pas un long chemin à faire pour occuper son nouveau royaume : je choisis de le faire enfermer au monastère bénédictin de Prüm, dans les solitudes des monts Eifel.

À ceux qui, après ma mort, liront ce récit, je demande pardon, comme à Dieu, à son Fils et à la Vierge Marie, d'avoir passé une partie de mon existence sous le harnois.

La guerre... Elle a été la plus exigeante de mes maîtresses et moi son amant le plus passionné. Elle m'a donné autant sinon plus de plaisir que quelques femmes autoritaires dont je me souviens, mais que je me plaisais à humilier pour mieux les dominer. À aucun moment elle ne me laissa éprouver lassitude ou ennui : les théâtres d'opérations étaient toujours différents, de même que les guerriers que j'affrontais et les populations que j'avais à soumettre et à gouverner.

Il y avait une part de choix personnel dans cette dilection, le reste étant lié à mon destin, qui était d'être roi. Et quel roi pourrait régner sans faire la guerre, qu'elle fût offensive ou défensive ? L'humanité ne fait qu'apercevoir les rives du paradis terrestre où les hommes n'auront plus à prendre les armes, où le monde et les dons du ciel et de la terre seront équitablement partagés. Pour y parvenir, dans les siècles des siècles, l'humanité a un long chemin de sang et de cendres à parcourir. Que Dieu le lui abrège !

L'année qui vit le complot manqué de mon fils me mit au bord du précipice. Par mon calme et ma volonté, j'évitai d'y chuter, mais j'ai gardé de cet épisode dramatique des traces indélébiles.

La Saxe venait de se soulever comme un seul homme.

J'avais l'habitude, à la moindre menace de rébellion, de sauter en selle et de prendre la tête d'une armée pour l'entraîner dans des expéditions souvent décevantes voire inutiles, rarement triomphales, avec le regret de sacrifices superflus.

Celle que je croyais la dernière me ramenait au souvenir du vieux chef saxon Widukind, qui, après s'être prosterné devant moi, était allé mourir dans son île du Danemark.

Pour cette nouvelle alerte, pas de chef comparable à lui, du moins à ma connaissance. Les prisonniers saxons étant peu bavards, même pris de bière ou de vin, les livrer au bourreau eût été inutile. Cette fois-ci, j'avais l'impression que Widukind avait insufflé son esprit d'indépendance à tout son peuple.

À peine avions-nous franchi nos frontières, il semblait que, dans tous les villages et dans toutes les chaumières, on s'était, durant des années, préparé au combat.

Après trois semaines d'alertes continuelles, parfois d'accrochages d'une rare intensité qui nous occasionnaient des pertes importantes, je dus me résoudre à rebrousser chemin, conscient de ne pouvoir, en une seule campagne, venir à bout d'une insurrection de cette ampleur.

De retour en Francie, je décidai de réformer mon armée pour lui donner des moyens plus abondants et plus efficaces. J'accrus l'importance de ma cavalerie, dotai cavaliers et chevaux de cuirasses, de hauts boucliers en forme d'amande, avec un umbo saillant pour écarter flèches et javelines, de casques métalliques à nasal…

Mon épouse, Fastrade, exigea, en dépit de sa santé précaire, de me suivre dans la campagne que j'organisais. Elle souhaitait, me dit-elle, « avant de mourir », revoir son père, le duc Rodolphe de Franconie, sa famille et sa terre natale. Je confiai à mon fils Charles le soin de lui servir d'écuyer et de la surveiller. Elle s'en offusqua, disant que les longues randonnées à cheval ne lui faisaient pas peur.

Un soir où nous festoyions chez un de mes comtes, aux approches de la Franconie, Charles l'avait tancée pour lui reprocher l'abus qu'elle faisait de la bière. Elle lui avait jeté le contenu de son gobelet au visage, l'avait injurié, disant qu'elle n'avait pas besoin d'un chien de garde et, par-dessus la table, lui avait jeté un os en aboyant :

— Wooo... Wooo... Bon chien...

Charles avait blêmi, s'était essuyé le visage à la nappe, avait jeté l'os sous la table, avant de se retirer dignement. C'était le mieux qu'il eût à faire ; cette furie eût été capable de l'agresser avec son couteau.

J'avais assisté à la scène et m'étais levé pour éviter le pire. Le repas terminé, j'avais fait transporter Fastrade, ivre morte, sous ma tente, avais allumé ma chandelle puis je l'avais giflée avec une telle violence qu'elle avait chancelé et s'était accrochée au piquet central pour ne pas s'écrouler. Elle m'avait toisé avec un rictus et, tirant son poignard de sa ceinture, s'était ruée sur moi avec un hurlement de fauve. J'étais parvenu sans peine à la désarmer et l'avais forcée à avaler un vomitif qu'elle avait recraché aussitôt, criant que je voulais l'empoisonner.

Je l'avais fait asseoir sur le bord de mon lit et l'avais sermonnée.

— Veuillez tenir ma réaction, lui dis-je, pour un dernier avertissement. En humiliant le prince Charles, vous avez passé les bornes. Je devrais vous faire reconduire à Aix. Promettez-moi de mettre un terme à vos humeurs.

Fastrade n'avait rien répondu à cette admonestation ; elle s'était endormie.

Fastrade mourut d'épuisement quelques mois plus tard. Certains murmurèrent, voyant dans cette mort ma volonté de me séparer de cette mégère. Je laissai cancaner. Dieu merci, je répugne à ces pratiques dignes de Byzance et de Cordoue. Le pire des châtiments que j'eusse envisagé était de lui faire prendre le voile.

Cette brutale disparition ne me surprit guère et me désola moins encore. La fatigue, l'abus des boissons fortes, la chaleur pesante de l'été, son état de santé précaire laissaient prévoir cette fin.

Après trois jours d'agonie, elle mourut à Francfort, à la suite d'une chute de cheval, incapable qu'elle était de tenir les brides. La chaleur risquant de gâter rapidement sa chair, je la fis inhumer au monastère de Saint-Alban, quelques heures après qu'elle eut rendu son âme à Dieu.

Cette deuxième campagne changeait peu de la précédente : même errance à travers forêts et marécages, embuscades vite enlevées, attaques de villages, massacres et incendies... Je laissai à l'essaim de moines qui m'accompagnaient le soin de détruire les idoles, d'abattre les arbres sacrés, de tenter conversions et baptêmes.

Les soirs de victoire, à la lumière des torches, c'était la même orgie de sang et de stupre que je ne me risquai pas à interdire pour ne pas provoquer une mutinerie.

Un seul événement digne d'intérêt endeuilla cette campagne. Un soir où le comte Théodoric, chef d'une colonne souabe, avait fait allumer les feux dans son camp, sur une rive de la Weser, sa troupe avait été assaillie par une multitude de Saxons et anéantie, comme l'avait été celle du général romain Varus, quelques siècles plus tôt.

Je m'apprêtais à envoyer Charles réprimer un soulèvement des Avars, humiliés mais non découragés par la prise et le pillage de leur *ring*, quand, surpris par les premières pluies d'automne, je fis demi-tour. Je ne tenais pas à passer l'hiver dans ces solitudes désolées.

Au printemps de l'année suivante, comme poussé par des pulsions mystérieuses, je mis de nouveau le cap à l'est. À part la défaite de Théodoric, mon armée avait été peu éprouvée. Il m'en eût coûté de rester, sinon sur un échec – nous avions pacifié d'immenses territoires – du moins sur une entreprise inachevée. D'autres peuplades se maintenaient sur le pied de guerre et nous attendaient en affûtant leurs armes.

Répondant à ma stratégie favorite, je divisai mon armée en deux corps. L'un, commandé par Charles, partit de Cologne pour traverser la Westphalie ; je pris le commandement de l'autre pour foncer sur la Thuringe. Ces deux unités devaient se rejoindre dans la plaine de Senfeld, près de Paderborn.

J'ignore comment cela se fit, mais nous étions attendus par une horde incommensurable qui comptait nous interdire le passage de la Lippe. La bataille s'engagea avant que nous ayons repéré un endroit favorable à l'installation de notre camp. Je l'avais attendue longtemps, en espérant qu'elle mettrait fin à ces interminables chevauchées.

La troupe massée sur une colline dominant le fleuve était dépourvue de chefs dignes d'égaler Widukind. Elle nous résista néanmoins une demi-journée avant de rompre le combat et de se disperser dans la nuit. Nos charges de cavalerie y avaient ouvert des sillons sanglants et notre piétaille, mieux armée que ces Barbares, avait transformé cet engagement en massacre. Nous leur tuâmes un millier de guerriers, et en capturâmes deux cents, parmi lesquels nombre de femmes. Nous perdîmes une centaine des nôtres et eûmes beaucoup de chevaux éventrés.

Je n'allais pas m'en tenir à ce succès.

Au printemps suivant, j'organisai une nouvelle campagne, avec les mêmes troupes auxquelles s'ajoutèrent quelques contingents d'Aquitaine fournis par mon fils Louis et de Burgondes. Décidées à mettre fin à la rébellion, nos colonnes fondirent sur le sud de la Saxe, en direction de l'Elbe, terme de notre campagne.

La colère s'empara de moi lorsque j'appris que des tribus saxonnes avaient envahi les territoires des Obodrites, nos alliés du nord de la Germanie, capturé et supplicié leur chef Widzin et quelques religieux. Ma réaction fut immédiate et sanglante. : je fis massacrer plusieurs centaines de Saxons et en fit conduire un millier d'autres en Francie pour les réduire en esclavage.

Une troisième campagne me fut nécessaire pour achever la pacification des dernières peuplades rebelles. Elle dura tout un été, sans bataille digne de ce nom, mais nous permit d'envoyer d'autres prisonniers œuvrer dans mes domaines et ceux de mes vassaux.

Je croyais y avoir mis un coup d'arrêt à ces guerres interminables qui faisaient de moi un Sardanapale plus qu'un roi David.

Il restait dans la Wihmodie, entre Weser et Elbe, une contrée de landes et de marécages, dernier sanctuaire de la résistance. Ce pays n'était pas un désert facile à traverser ; il était défendu par un réseau de forteresses de bois entourées de forts retranchements. Il nous fallut des semaines pour en venir à bout, avec des pertes sensibles occasionnées par l'efficacité des défenses et surtout en raison des fièvres suintant des marais, qui me privèrent de centaines de soldats, malades ou morts faute de soins appropriés.

Je restai moi-même une semaine à suer sang et eau, agité de frissons, torturé par des vomissements, et crus ma dernière heure arrivée. Étaient-ce les prières de mes moines, ma robuste constitution ou la volonté de Dieu ? Toujours est-il que j'en réchappai.

Je profitai de ma présence en ces lieux pour poser les jalons d'une ville destinée à prendre la place du village d'Herstel qui, me dit-on, signifiait en langue saxonne « repos de l'armée ». Lorsque j'y retournai, quelques mois plus tard, avant de revenir en Francie, je constatai qu'une vingtaine de maisons de pierre étaient sorties de terre en mon absence, avec des amorces de rues, de places, ainsi que les fondements d'une église et d'un bâtiment monastique. Nous célébrâmes là les fêtes de Pâques.

Avant de repartir, j'envoyai en Nordalbingie, petite nation entre l'Elbe et l'Eider, quelques officiers chargés de rendre la justice en mon nom. Cette initiative audacieuse allait connaître une fin tragique.

À peine mes officiers avaient-ils franchi l'Elbe, ils avaient été pris à partie par une population xénophobe, molestés puis emprisonnés dans le but d'en tirer rançon. Ceux qui avaient résisté furent massacrés.

Ma riposte allait être foudroyante. Je fis avancer mon armée jusqu'à Minden, ville proche de la frontière, et alertai mes amis obodrites. Ils répondirent à mon appel mais, peu préparés à une guerre, furent exterminés au premier engagement.

Écœuré par ces expéditions qui m'apportaient quelques satisfactions pour de nombreuses désillusions, je laissai Charles poursuivre la pacification de ces territoires en me jurant de ne plus jamais m'y risquer. C'est un cadeau que je lui faisais, car il aimait la guerre plus que moi ; si je l'avais écouté, il n'aurait jamais quitté son destrier ni laissé son épée au fourreau.

J'appris à mon retour à Aix une nouvelle qui me peina : le pape Adrien venait de quitter ce monde qui lui avait causé beaucoup de misères pour quelques satisfactions aléatoires.

Il était mort le matin de Noël de l'an 795. Dans le ciel de Rome, les cloches de la Nativité avaient fait écho aux glas funèbres. Je ne pouvais oublier qu'il avait été pour moi, malgré ses sempiternelles lamentations, un allié fidèle et presque, si j'ose dire, un ami.

Avec le secours d'Éginhard, je fis graver une épitaphe en latin, sur une dalle de marbre noir des Alpes, ornée d'un décor de pampres et de grappes : « En pleurant le Père, moi, Charles, j'écris ce poème : Doux ami, je me lamente. Je joins nos noms illustres à nos titres : Hadrien et Charles, moi Roi et toi Père. »

Au retour d'une campagne, je lui avais offert le présent le plus agréable qui fût pour lui : la création d'évêchés à Paderborn, Bremen, Münster, Minden et Verden, avec une condition expresse à l'adresse des évêques : qu'ils interdisent les conversions obtenues le couteau sur la gorge et veillent à la bonne discipline du clergé et des moines.

J'avais acquis la certitude qu'un jour une bonne entente règnerait dans nos rapports avec les nations de l'Est et que nous constituerions le grand Empire germano-franc d'Occident dont j'ai toujours rêvé.

Restait aux populations soumises à oublier que j'avais été pour elles un tyran et un bourreau, pour ne se souvenir que du guide leur ouvrant les voies de la civilisation et de la vraie religion.

4

Sang et soleil

Palais d'Aix : été 800

Il ne se passe par une journée que je ne rende visite à un hôte illustre, mais encombrant de mon palais : mon ami Aboul-Abbas.

Lorsque je l'ai vu surgir, un soir de neige, à la tête d'une caravane, je me suis cru transporté par magie dans un village d'Afrique ou d'Asie. Ses énormes oreilles battaient dans la bourrasque et sa trompe paraissait faire la chasse aux papillons blancs qui tournoyaient autour de lui. On avait pris soin de le caparaçonner de grosses couvertures de laine, si bien qu'il ne paraissait pas souffrir du froid.

Je venais de prendre livraison d'Aboul-Abbas et de faire sa connaissance avec, de sa part, quelques barrissements. Cadeau de mon lointain ami, le calife de Bagdad Haroun al-Rachid, cet éléphant allait, sans trop en pâtir, s'accommoder de nos climats et devenir en quelques semaines le prince de ma ménagerie.

Capturé, me dit son conducteur, dans la brousse africaine, ce mastodonte avait attendu des mois la venue d'un navire franc pour être conduit en Francie. Ce n'est qu'au début de l'automne que l'on avait pu procéder à l'embarquement, traverser la Méditerranée, puis, en remontant la vallée du Rhône, le mener jusqu'au terme d'un voyage qui relevait de l'épopée. À chaque approche d'un village ou d'une ville, la population s'enfermait en faisant des signes de croix, les enfants jetaient des pierres au monstre et l'on faisait sonner le tocsin. Suivi d'une escorte d'Arabes armés, ce pachyderme pouvait laisser croire à une invasion ou au retour du fantôme d'Hannibal talonné par les légions romaines.

Moi-même je n'en crus pas mes yeux, quand, des cris m'ayant jeté hors de mon cabinet, je me rendis au-devant de la caravane. Cet animal ne m'était pas inconnu ; j'en avait vu, dans des enluminures, des images traitées avec un tel mépris de la réalité que je l'assimilais à une créature mythique.

Aboul-Abbas avait, au moment de franchir la porte principale de mon palais, tout juste assez large pour sa corpulence, répandu la panique dans mon petit monde. Mes gardes s'étaient jetés dans la cour, lance au poing, comme pour s'opposer à une attaque surprise. Je les avais rassurés et avais fait conduire le monstre et les chariots chargés de sa provende dans le parc entourant ma ménagerie, où je fis préparer à son intention une cabane proche de l'écurie du zèbre.

J'appréciais fort les cadeaux du calife, mais là, il passait les bornes. S'était-il demandé ce que j'allais faire de cet animal, comment j'allais le nourrir, en quoi il pourrait bien m'être utile ? À part distraire mes visiteurs, me promener sur son dos, le faire marcher à la tête de mon armée comme les Carthaginois, qu'en faire ?

Ce qui me rassura, c'est son humeur paisible. Il mangeait dans ma main et me suivait comme un chien dans les allées de mes jardins, le printemps venu, ce qui le ravissait. Il goûtait de toutes les plantes, de toutes les eaux, fouillait l'herbe pour y retrouver des fruits gâtés, barrissait de joie lorsque je lui permettais de se baigner dans un étang et de se vautrer dans la vase.

Un autre cadeau du calife, qui me manifestait de plus en plus de générosité, me parvint quelques mois après l'arrivée d'Aboul-Abbas.

Au milieu d'un fatras de livres enluminés, d'armes damasquinées, de petits meubles en bois de rose et de bijoux, de paquets d'aromates et de vêtements précieux, je découvris un objet merveilleusement insolite : une horloge hydraulique. Habillée de bronze doré, finement ornée, elle sonnait les heures par la chute de petites billes métalliques et par des portes qui s'ouvraient pour libérer des miniatures représentant des cavaliers maures.

Ce fut, à une autre occasion, un jeu d'échecs aux figurines d'ivoire et d'or. Je n'en finirais pas d'énumérer ses bienfaits, tant la source de ses trésors paraissait inépuisable. J'y répondais, avec plus de modestie, par des offrandes pour ses pèlerins et l'envoi de quelques esclaves blondes de Germanie, dont il goûtait fort les services, à ce qu'on m'a rapporté.

Cette année a été endeuillée, je l'ai dit, par la mort de mon épouse, la reine Liutgarde, après six ans d'une existence commune sans nuages.

Cette fille d'Alamanie, la quatrième de mes épouses et ma préférée, avec Hildegarde, a fait de ma vie intime un tapis tissé d'une haute laine de bonheur. Mon seul regret est qu'elle n'ait pu procréer, j'ignore pourquoi. Mes médecins et les matrones du palais, qui l'ont examinée, n'ont pu se prononcer.

Autour de moi on s'active pour préparer les cérémonies de mon couronnement. J'ai longtemps repoussé cette perspective et n'y ai cédé que sur les instances du pape Léon et de mes proches. Empereur, ne le suis-je pas déjà, en fait sinon en titre ?

À plusieurs reprises, j'ai dû repousser les offres de mariage que me faisait l'impératrice Irène, cette momie folle, acariâtre et cruelle. De quelle utilité eût été une union, à notre âge ? Autre question capitale : lequel serait allé demeurer à la cour de l'autre ? Je n'eusse pas supporté sa présence à Aix et serais mort d'ennui ou d'un attentat à Constantinople !

D'ailleurs, ne me suis-je pas fait le serment de rester veuf jusqu'à ma mort, dans la seule compagnie de mes petites maîtresses, en dépit des acrimonies de quelques bonnes âmes ?

Le bel été allonge ses journées, tire à sa fin, me baigne d'une suavité plus sensible avec l'âge et donne parfois à mes siestes prolongées l'illusion que, ma tâche terminée, je puis disparaître comme se dissipe un nuage.

Charles se trouve à Rome. Le pape Léon, troisième du nom, successeur d'Adrien, a requis sa présence pour l'aider à faire litière des accusations contre les mauvaises mœurs qu'on lui impute. Louis se trouve en Septimanie et dans les marches d'Espagne où les Maures de Cordoue poursuivent leurs méfaits. Il a pris souci de son âme en faisant édifier, dans une vallée sauvage, la basilique de Conques…

Sans être plus superstitieux qu'il ne convient de l'être – ne le sommes-nous pas tous plus ou moins ? –, je suis sensible aux clins d'œil que me font certains signes. Matière à réflexion plus qu'à décision, ils ne pèsent pas sur mes projets.

Un matin d'été, il y a quelques années, lors d'un séjour à Rome, je visitais à cheval les thermes de Dioclétien, à travers des champs de ruines. Je laissai à ma suite le soin de disperser les mendiants et les bancroches qui, à notre approche, sortaient de leur trou comme des rats en chantant leurs litanies de la misère, pour poursuivre seul ma visite.

J'arrêtai mon cheval sous un portique et m'assis à l'ombre pour boire à ma gourde une eau tiède quand, au ras du sol, entre moellons et pissenlits géants, une étincelle m'accrocha l'œil. Je me penchai et extirpai du sol une pièce d'argent à demi enterrée, dont je grattai les deux faces. Elles représentaient l'image d'un empereur dont je ne pus lire le nom tant elle était usée.

Je glissai ma découverte dans mon gousset et, à mon retour en Francie, la montrai à Alcuin.

— Sire, me dit-il, il s'agit d'une monnaie de Byzance. Je reconnais l'image de l'impératrice Irène à ses lourds pendentifs et à la croix qui figure sur le revers.

Il ajouta avec un sourire :

— Les âmes naïves pourraient y voir un signe du destin. Peut-être est-ce l'annonce d'un mariage…

Peu de temps après, un de mes officiers, Walla, retour d'une tournée d'inspection à la cour de Pavie, me rapporta un buste romain auquel ne manquait qu'une aile du nez.

— J'ignore, me dit-il, de quel personnage il peut s'agir. Si j'en crois le marchand qui me l'a vendu, ce buste serait celui de l'empereur Auguste, qui passait en son temps pour le maître de l'Occident. Ne trouvez-vous pas qu'il vous ressemble ?

J'aurais pu déceler dans ce présent une nouvelle manifestation du destin. Il ne manquait plus que les prophéties des pythies de ma cour pour me convaincre de la fiabilité de ces signes et confirmer l'imminence de ma dignité impériale !

Je fis cadeau de la pièce d'argent à l'une de mes plus expertes maîtresses, Régina, et plaçai le buste sur une console, dans mon cabinet de travail, où j'avais tout loisir de l'interroger muettement.

C'était une belle œuvre, comme on en trouvait beaucoup à Rome et dans toute la Péninsule. Son marbre devenu grisâtre avait été gratté pour effacer les scories du temps. Malgré le nez privé d'une narine, il imposait par sa majesté mélancolique et troublait par l'interrogation qui naissait de son regard vide, comme s'il appréhendait une horde de Barbares déferlant des forêts de Germanie. Je caressais parfois cette carapace lisse et froide comme si je cherchais sous elle la tiédeur vivante de la chair.

Des sommités étrangères se montraient parfois surprises de ne pas voir autour de moi des représentations de ma personne. J'éclatais de rire et leur répondais qu'outre que cela m'importait peu, je n'avais pas le culte de la personnalité poussé à ce point, et que Dieu jugerait seul de mes mérites.

Si j'accepte, non sans quelque réserve, la vénération des

images saintes, je ne tolérerais pas de me trouver constamment sous le regard de mes effigies, comme dans un jeu de miroirs. À ma mort, on ne trouvera dans mon palais d'Aix ni peintures ni bustes ni mosaïques à ma gloire. Les monnaies seront seules à témoigner de mon règne.

Sur la fin de ce siècle, une image vivante d'un héros légendaire a surgi dans ma vie. Nos chemins ne s'étaient jamais croisés, mais sa renommée avait à maintes reprises retenti à mes oreilles, mêlée aux rumeurs des batailles et à la couleur du sang.

Guillaume, comte de Toulouse, vassal de mon fils Louis, avait reçu le surnom de « Court-Nez », soit qu'il fût né avec cette difformité, soit qu'une épée eût tranché une partie de cet organe. Mon père était « bref », ma mère « au long pied », Pépin « le Bossu ». Quant à moi, à ce jour, nul sobriquet n'est venu mettre en lumière quelque aspect que ce soit de ma personne. Le futur ne retient souvent que les singularités physiques d'un personnage, en oubliant ses vertus et ses mérites. Guillaume était « au Court-Nez ». C'est ainsi.

Ceux qui avaient connu ce héros des guerres d'Aquitaine me l'avaient décrit comme un colosse au verbe coruscant, fortement marqué par l'accent de sa province et d'une éclatante vulgarité, avec une haleine chargée d'ail, un condiment qu'il vénérait comme un dieu païen et auquel il faisait de quotidiennes dévotions. Avec sa carrure d'athlète, son visage carré barré d'une lourde moustache rousse, puissant et laid à faire peur, il me rappelait le cyclope Polyphème dont parle Homère.

Il allait devenir le champion de la lutte contre l'émir omeyyade de Cordoue, qu'il exécrait.

J'aurais dû faire sa connaissance depuis des lustres, car, né de Thierry, frère de mon père, il était mon cousin. Il avait, dans sa jeunesse, reçu le titre de duc d'Aquitaine, et avait dû livrer d'âpres batailles au côté de mon père contre Hunald et Waïfre.

Les sempiternelles guerres à l'Est avaient fait passer au second plan de mes préoccupations celles, d'autre nature, qui se livraient sur les marches d'Espagne, mais j'avais trop présents à la mémoire les exploits de Charles Martel et le désastre de Roncevaux pour que ce front me laissât indifférent. Je suis conscient que de simples opérations de pillage mal évaluées peuvent dégénérer en guerre ouverte.

Mon fils, Louis, avait sous son autorité ces contrées dangereuses. Au contraire de Guillaume, il passait pour être un chef de guerre timoré et un piètre meneur d'hommes, plus soucieux d'invoquer Dieu que de faire confiance à ses troupes. Sans le soutien de Guillaume, il aurait dû faire appel à moi pour le sauver de situations délicates.

Guillaume était de toutes les batailles et il y prenait un plaisir fou.

Au début de chaque année, Louis lui confiait le soin de franchir les Pyrénées et d'aller « chatouiller les Maures ». L'écho de ses faits d'armes éclatants me parvenait sans me convaincre que la situation avait changé. À peine avait-il tourné le dos, les cavaliers maures reprenaient leur manège.

Décidé à en finir, j'imposai à Louis la convocation à Toulouse d'une assemblée de ses vassaux dans l'intention de préparer un projet de grande ampleur.

L'année 788, l'émir de Cordoue, Abd al-Rhaman ben Mouayia, fondateur de l'émirat d'Espagne, avait quitté ce monde pour le paradis d'Allah. Oppresseur des minorités chrétiennes et juives, terreur des musulmans abbassides auxquels l'opposait son appartenance à la secte des Omeyyades, sa mort ne suscita aucun regret, si ce n'est, paradoxalement, pour nos intérêts.

D'un âge avancé, il avait répugné aux opérations d'envergure contre les marches des Pyrénées, laissant ses officiers campés à Saragosse et à Barcelone mener contre nos postes une guerre larvée.

En revanche, nous allions avoir maille à partir avec son jeune héritier, Hescham. Intelligent, dévoré d'ambition et d'une autre trempe, il allait changer radicalement les perspectives du conflit en rassemblant autour de lui tous les musulmans, de quelque confession qu'ils fussent, pour décréter la guerre sainte contre « ces chiens de chrétiens ».

Il rassembla une armée de trois mille hommes, essentiellement des cavaliers, pour la diriger vers les Pyrénées et le sud de la Gaule, avec l'intention de conquérir la Septimanie et de s'installer à Narbonne.

C'est naturellement Guillaume de Toulouse que Louis chargea de faire barrage à cette armée qui, commandée par Abd el-Malek, progressait à marches forcées, sous l'étendard vert du Prophète.

Guillaume était, je le répète, un redoutable meneur d'hommes mais, des hommes, il en manquait. Le temps de rassembler des contingents aquitains, burgondes et provençaux, les Maures avaient franchi les cols des Pyrénées sans guère trouver de résistance et avaient déferlé dans les radieuses campagnes de Septimanie. À leur grande stupeur, les Narbonnais les virent se pavaner sous leurs murailles et s'attendirent à devoir subir un siège. Plutôt que de piétiner devant cette ville fortement défendue, les Maures se contentèrent de ravager les campagnes, d'incendier les faubourgs avant de foncer sur Carcassonne.

Campé sur une rive de l'Orbieu, Guillaume les attendait.

La bataille qu'il allait leur livrer était inégale. Malgré des prouesses dignes de passer dans la légende, son armée inférieure en nombre fut submergée et dut faire retraite en désordre, laissant ses chariots aux mains de l'ennemi. Les Maures compensèrent leurs pertes par le butin et la capture de centaines de prisonniers qu'ils allaient employer à l'achèvement des travaux de la grande mosquée de Cordoue.

Mince consolation pour Guillaume : l'ennemi, ayant

perdu dans la bataille un de ses chefs les plus éminents, avait reflué en Espagne plutôt que de s'attacher à sa conquête.

Persuadé que Guillaume allait donner un coup d'arrêt à l'invasion, je n'avais pas attaché à cette affaire l'intérêt qu'elle méritait et le regrettai amèrement. Il est vrai que j'étais alors retenu en pays avar et que Pépin devait faire face à une insurrection générale dans le duché de Bénévent.

La peine et l'humiliation qui m'accablèrent n'avaient d'égales que celles que j'avais éprouvées en apprenant le désastre de Roncevaux et la mort de Roland. J'en perdis le sommeil durant une semaine avant de me décider, pour prendre ma revanche, à envoyer des colonnes franques ravager les territoires ennemis autour de Saragosse. Si cette opération n'eut rien de glorieux, en revanche elle me rapporta un butin qui compensait largement celui que nous avions perdu à Carcassonne, et qui contribua aux travaux de mon palais.

Quelques mois plus tard, une nouvelle me fit fondre de joie : le jeune émir Hescham venait de disparaître à la suite, j'imagine, d'une révolution de palais; il cédait la place à el-Hakem, qui allait avoir la tâche difficile de ramener l'ordre à Cordoue.

À peu de temps de ces événements, je reçus la visite à Aix d'une ambassade mauresque menée par un officier du palais, Zeid, qui se prétendait adversaire du nouvel émir. Surprise : il venait me remettre les clés de Barcelone ! Cette ville avait, pour nous comme pour nos ennemis, une importance stratégique capitale : elle était un nid de pirates qui écumaient nos ports de Septimanie et de Provence. C'est dire quelles perspectives favorables nous ouvrait ce cadeau symbolique.

En vérité, j'aurais dû, connaissant la nature versatile des Maures, m'assurer que ce présent ne cachait pas un piège.

Je confiai à Louis la mission de partir aussitôt pour prendre possession de ce port de mer. Lorsqu'il y arriva, il trouva portes closes et décida d'en faire le siège, après une procession, cierge en main et litanies aux lèvres, le long des remparts. Le siège dura trois mois et ne fut interrompu que par la famine qui accablait la population. Louis ne parvint pas à capturer le traître Zeid, mais le butin qu'il récolta compensait largement sa déception. Il m'adressa, avec un bulletin de victoire plein d'emphase, les bannières vertes ravies à l'ennemi, dont je décorai une de mes chapelles.

Je m'attendais à ce que Louis, mettant à profit cette victoire, fît descendre son armée vers le sud. Il préféra rester sur place, soit que cette ville lui plût, que le climat lui fût favorable, ou (c'est le prétexte qu'il me fournit) pour relever quelques défenses et en construire d'autres.

C'est dans sa nature d'être porté sur la défensive plus que sur l'offensive, peut-être pour ne pas heurter ses convictions religieuses. Ce ne sont pas les moines de son entourage qui auraient pu faire évoluer son comportement.

Je dois convenir que, durant le temps qu'il occupa cette ville et cette province, il en fit un bastion et une marche capables de résister à l'assaut des Maures. D'autre part, et c'est tout à son honneur, il avait ouvert ses portes à des milliers de chrétiens et à des juifs excédés par les mauvais traitements et la pression fiscale que les officiers de l'émir faisaient peser sur eux. Il les avait répartis dans les autres villes et ports du nord de la Péninsule : Gérone, Ampurias, Rosas, et avait confié aux paysans des terres à mettre en valeur, jusqu'aux portes de Carcassonne et de Narbonne.

À défaut d'être un grand chef d'armée comparable à Guillaume de Toulouse, mon fils révélait une nature de gérant de ses biens et de ses États.

Le pape Léon III allait me donner autant sinon plus de soucis que son prédécesseur, mais de nature différente.

Né à Rome, comme Adrien, d'un milieu plus modeste, il avait grimpé à pas mesurés et sans éclat les échelons de la hiérarchie, peu motivé semblait-il par les honneurs. C'est pourtant le siège pontifical qui l'attendait. Il était favorisé, semble-t-il, par une sorte de charisme dont rien, en apparence, ne témoignait.

L'un de mes conseillers, le comte Walla, m'avait dit de lui :

— Je ne comprends pas quelle puissance occulte l'a poussé au sommet de la hiérarchie romaine. Si vous le voyiez, sire... Il n'impose en rien : de petite taille, presque un nabot, l'allure hésitante, le verbe chevrotant... Il semble que vous n'ayez rien de bon à attendre de cet étrange personnage.

Le tableau n'avait pas de quoi me réjouir. Néanmoins, dans les débuts de son pontificat, je n'eus pas à me plaindre de lui, ni lui de moi. Il m'avait fait parvenir les clés symboliques de Saint-Pierre et l'étendard aux six roses de ses États. Il avait confié aux membres de la délégation qui accompagnaient ces présents la mission de s'informer de mes dispositions à son égard.

Je les rassurai. Ces cadeaux de bienvenue me comblaient. Bien que dotées, disait-on, de vertus miraculeuses, les clés de la confession de Pierre, sans valeur politique, ne concernaient que la foi ; en revanche, l'étendard confirmait mon titre de patrice et donc de protecteur de Rome.

Ma réponse ne se fit pas attendre. J'adressai à Léon une délégation de mes proches, conduite par un clerc en qui j'avais placé ma confiance : Angilbert, abbé de Saint-Riquier, ancien membre de mon académie Palatine, où il avait pris, comme le voulait la coutume instaurée par Alcuin, un nom d'emprunt : *Homère*. Jeune encore et laïc, émule de l'illustre Pierre de Pise, il s'était vite fondu dans mon entourage.

Bel homme, poète et esprit porté à la littérature antique, il avait attiré l'attention de Berthe, la fille que j'avais eue de la reine Hildegarde, et n'avait pas fait de difficultés pour y répondre.

J'avais suivi leur idylle d'un œil complaisant, certain qu'Angilbert se bornerait à glisser ses poèmes d'amour dans la ceinture de Berthe. En revanche, que l'on juge de ma confusion lorsque, le rouge au front, *Homère* était venu me demander la main de l'innocente. Me séparer de cette jeune et jolie princesse pour la confier à ce personnage, aussi savant fût-il, me répugnait, autant que me peinait l'idée d'imposer un terme à leur amour.

J'avais décidé de temporiser quand j'appris sans surprise et sans m'en formaliser qu'ils avaient anticipé leur union. J'aurais eu tort de m'opposer à leur mariage : leurs relations intimes avaient duré quelques saisons avant de péricliter, *Homère* ayant pris son chemin de Damas et revêtu la bure. Il me confia qu'il avait épousé Berthe sans daigner m'en informer. Déçu par la nature autoritaire et les caprices de son épouse, il avait décidé de rompre.

J'avais confié à Angilbert la direction de cette ambassade, du fait qu'il connaissait l'Italie, et Rome notamment, pour y avoir passé une partie de sa jeunesse et en avoir rapporté des liasses de poèmes.

La lettre qu'il devait remettre au pape Léon contenait des conseils dignes de ceux qu'un père aurait pu donner à son fils sur le point d'aborder une carrière, de quelque nature qu'elle fût. Je m'attardai sur le chapitre des bonnes mœurs et lui rappelai avec fermeté que, si je lui laissais le soin de gouverner ses ouailles, je me réservais celui de la politique et demeurais le bras armé de la religion.

Dans sa réponse, Léon me nommait avec emphase « le grand roi Charles, *son fils resplendissant* » !

Si Léon nourrissait des ambitions, c'était surtout, semblait-il, pour sa ville et ses résidences. À peine sur le trône pontifical, il entreprit des travaux pour son palais de Latran : installation des mosaïques du Triclinium, salle consacrée aux repas des anciens Romains, revêtements de marbre, encadrement des portes par des colonnes de porphyre et de marbre blanc… Il fit figurer sur la voûte de l'abside l'effigie d'un Christ debout sur un rocher d'où s'écoulaient les quatre fleuves du Paradis, et, au même endroit, sur les murs de mosaïques, ma propre image encadrée par celles de Léon me remettant les bannières de Rome, et de l'empereur Constantin, tous deux agenouillés, comme pour une adoration…

Loin de me réjouir, la description qu'Éginhard me fit de cette œuvre due, me dit-il, aux meilleurs mosaïstes d'Italie me plongea dans la confusion. Cela semblait relever de la plus basse flagornerie. Je supportais mal l'attitude que l'on m'avait assignée : assis sur un trône, pareil à un Christ en majesté, la tête auréolée et, ce qui est un comble, doté d'une barbe que je n'allais adopter que plus tard !

Un événement dramatique allait me révéler que les conseils prodigués au Saint-Père étaient restés lettre morte. Ses mauvaises mœurs et son autoritarisme avaient suscité une révolte de son entourage.

Au mois d'avril de l'année 799, alors que le pontife se rendait à cheval, entouré d'une faible escorte, de Latran à Saint-Laurent in Lucina, il trouva sur son chemin un groupe armé commandé par des officiers de son palais, Pascal et Campulus. Ils l'obligèrent à descendre de sa selle et, alors que la foule qui acclamait Léon se dispersait avec des protestations et des cris d'effroi, ils le rouèrent de coups et le traînèrent jusqu'à l'église la plus proche, Saint-Erasme. Là, devant l'autel, ils se mirent en devoir de lui crever les yeux et de lui arracher la langue. Robuste qu'il était malgré sa petite taille, et grâce au secours de son escorte et des prêtres du sanctuaire, il parvint à se dégager et à prendre la fuite. Vite rattrapé, il fut jeté, visage et habits en sang, dans une chapelle latérale.

Au cours de la nuit qui suivit, des ecclésiastiques et des officiers fidèles vinrent le délivrer pour le ramener à Latran, plus mort que vif, mais ayant échappé au supplice qui lui était réservé. Éginhard et ses compagnons de route le conduisirent en lieu sûr pour assurer sa protection.

De retour à Aix, Angilbert m'ayant informé de cet événement qui relevait d'un coup d'État plus que d'un attentat crapuleux, je lui demandai des détails sur ce scandale.

— Sire, me dit-il, l'aristocratie romaine n'a pu supporter de voir un personnage de basse extraction, élu « par hasard », sur le trône de saint Pierre. De plus le pape a suscité des récriminations en raison de ses mœurs douteuses. Il se conduit, dit-on, comme un satrape et un despote, s'entoure de personnages à la moralité suspecte et de concubines.

— Ne s'agit-il pas plutôt de commérages destinés à le perdre ?

— Il se peut, sire, mais il n'y a pas de fumée sans feu. Un acte aussi barbare, unique à ma connaissance dans les annales de Rome, doit avoir des raisons sérieuses.

Alors que je séjournais dans la forteresse de Paderborn, sur la Lippe, pour préparer une opération contre des Avars rebelles, le pape Léon se fit annoncer.

Je le reçus avec les marques habituelles de courtoisie, le traitai selon son rang et le menai à la chapelle palatine pour un office solennel donné en son honneur. Il m'en remercia avec effusion.

Au cours d'une promenade dans le parc arboré qui entoure la forteresse, il me raconta l'attentat dont il avait été victime, en s'abstenant de m'en révéler les motifs.

Le lendemain, je reçus la visite d'une délégation de l'aristocratie romaine qui se proposait de me révéler les dessous de cette affaire. Ils me mirent en garde contre ce « pontife usurpateur et indigne », l'accusèrent d'immoralité, de scélératesse, de parjure et, pour comble, d'« adultère ». Était-il donc marié ? Ils ne purent me l'affirmer. En revanche ils se répandirent en détails si sordides qu'ils me parurent suspects. Qui veut tuer son chien…

Léon ne resta que trois jours à Paderborn, incommodé, semble-t-il, par la présence de ses détracteurs. Je le fis assister pour son retour d'une forte escorte de cavaliers. Dans les brumes de novembre, il pénétra dans sa ville par le pont Milvius, accueilli par une foule populaire qui le conduisit, dans un concert d'alléluias, à son palais de Latran.

Il me déplaisait de laisser le doute planer sur cette affaire. Cet attentat, aussi justifié fût-il, était inconcevable. Il fallait que j'en eusse le cœur net.

L'idée de figurer dans les mosaïques de Latran au côté

d'un pape indigne m'était insupportable. Les religieux de ma cour me suggérèrent de provoquer son abdication et sa retraite dans un monastère. Éginhard m'en dissuada, disant que je manquais d'éléments irréfutables pour en venir là. Il ajouta :

— Peut-être Léon a-t-il cédé à quelques faiblesses de sa nature, mais que ceux qui n'ont jamais péché lui jettent la première pierre ! Le détrôner serait jeter l'opprobre universel sur l'Église et sur vous-même. On ne traite pas un pontife comme un simple abbé. Vous avez, sire, envisagé son procès. Je ne saurais trop vous le déconseiller…

Ce n'était pas mon avis. Je le lui fis sèchement comprendre et m'apprêtai à partir pour l'Italie.

Ce voyage allait me donner une fois de plus, mais avec davantage d'intensité, la mesure de ma popularité dans la Ville éternelle. Les raisons en étaient simples : j'avais délivré la Péninsule de l'hégémonie des Lombards, fait souffler sur elle un vent de liberté, ramené la paix et confirmé le caractère inviolable des États de la papauté… Je devenais la réplique du Dieu vivant de la mosaïque de Latran et avais déjà l'auréole des saints…

Léon vint m'attendre à Montana, à douze milles de Rome, distance étudiée pour marquer l'importance qu'il attachait à ma visite, un souverain ordinaire n'étant accueilli qu'à six milles.

Alors que mon âge et la fatigue auraient dû m'interdire cette interminable chevauchée, je n'avais pas non plus traversé les Alpes pour entendre des moines chanter mes louanges et le peuple brandir des rameaux d'olivier. Je me présentais avec une ferme intention : tenter de faire la lumière sur ces scandales et punir les coupables.

Lors de ma première visite au Saint-Père, l'année 774, je n'avais pas eu droit à un tel déferlement d'enthousiasme. Selon la coutume, j'étais entré dans Rome à pied ; j'eus cette fois l'honneur d'y pénétrer à cheval.

J'allongeai ma route en passant par Ravenne pour me faire accompagner jusqu'à Rome par mon fils, Pépin, et ne le regrettai pas. Je restai quelques jours dans cette ville afin d'y retrouver mes émotions passées. Malgré les mauvaises routes et la pluie qui tombait à seaux, je tins à faire halte à Mantoue, à Vérone et surtout à Trévise, qu'un tremblement de terre avait dévastée l'année précédente.

Le procès allait débuter à Rome au début de décembre.

J'employai les quelques jours qui m'en séparaient à visiter les colonies de Frisons, Lombards et Vénitiens qui occupaient rues et ruelles entre Saint-Pierre et le pont Saint-Ange. Il régnait dans ces quartiers une ambiance industrieuse intense et une saine émulation. Autour, la splendeur glacée des Césars faisait contraste : une colonne à chapiteaux corinthiens par-ci, un arc de triomphe par-là, des temples païens un peu partout et des dallages intacts avec les sillons laissés par les charrois.

La nostalgie que je gardais de mon séjour en compagnie de la dame Amalia m'incita à frapper à sa porte. On me répondit qu'elle avait renoncé aux brumes méphitiques du Tibre pour passer l'hiver dans l'île d'Ischia, près de Naples, où elle possédait un petit domaine dominant la mer violette. J'aurais volontiers tenté de la retrouver, si le temps ne m'avait été mesuré.

Réuni en la basilique Saint-Pierre, le tribunal se composait de prêtres, de sommités religieuses, de membres de l'aristocratie et de la noblesse romaines. J'aurais aimé qu'Alcuin ou Éginhard fussent présents, mais le premier se trouvait à Tours et le second était souffrant.

Les débats de ce premier jour ne risquaient pas de me décevoir ou de me combler : il n'y en eut pas. Le tribunal resta figé dans son mutisme, bien décidé, semblait-il, à ne pas soulever la moindre controverse. On se contenta, en échangeant des regards gênés, d'écouter un moine lire des textes sacrés et des chantres chanter des psaumes. Un membre de l'assemblée me fit comprendre que ce complot du silence se justifiait par le souci de ce sanhédrin de ne pas avoir à témoigner contre le Saint-Père.

Le lendemain, un évêque dont j'ai oublié le nom prit la parole pour déclarer que « ni lui ni ses pairs ne pouvaient s'arroger le droit de juger le siège apostolique, qui, étant à la tête de toutes les Églises, ne pouvait être jugé par personne » ! Frémissant de colère, je déclarai la séance close et les débats, si l'on s'y hasardait, remis au lendemain.

Au cours de la troisième journée, Léon sortit de sa réserve avec fermeté. Il se dit « prêt à se purifier par serment (se sentait-il souillé ?) des fausses accusations qui l'accablaient ». D'un pas lent et majestueux, il monta en chaire en pressant les saints Évangiles sur sa poitrine, et lança d'une voix brisée par l'émotion :

— Je jure devant Dieu n'avoir pas commis les péchés et les crimes que l'on m'impute. Je m'en remets à sa Sainte Justice. C'est de Lui que doit venir la lumière, et seulement de Lui…

Allait-on le soumettre à une ordalie au feu ou à l'huile bouillante, ou remettre ces assises *sine die* ? Des murmures montèrent de la nef, couverts par le chœur des chantres entonnant le *Te Deum*. J'avais un caillot d'amertume dans la gorge en levant la séance, avec l'impression d'avoir été frustré de ma justice. Éginhard m'en avait averti : l'Église de Rome se montrerait solidaire contre ma volonté. J'étais furieux et humilié.

Une dernière séance allait être appelée à juger les auteurs de l'attentat, au premier chef Pascal et Campulus, et leurs sicaires. Le jury se montra moins réticent et bien décidé à faire justice. Leurs arguments réfutés, leur demande de pardon balayée, ils furent condamnés à la peine capitale, à charge pour moi, le bras armé de l'Église, de la faire exécuter.

Je suscitai un tollé lorsque, prenant ma revanche, je décidai de leur accorder ma grâce. La sanction que je leur imposai était bénigne comparée à leur faute : un exil en Francie et l'enfermement dans un monastère de mon choix.

Les protestations violentes qui accueillirent ma décision me firent l'effet d'un dictame. J'allais sans doute perdre l'affection, véritable ou simulée, de Léon, mais il avait plus à perdre que moi à une rupture.

Je ne m'attardai pas dans ce marécage grouillant de batraciens et de reptiles et revins en Francie d'un cœur léger. J'avais éprouvé une défaite en n'ayant pas fait éclater la vérité, mais j'avais pris ma revanche. Léon n'allait pas l'oublier.

Quatrième partie

1

Carolus Magnus

Palais d'Aix : printemps 804

En toutes saisons, même au plus fort de l'hiver, quand mes serviteurs luttent contre l'engourdissement, j'aime les bruits du matin.

L'activité du jour débute par un murmure venu des cuisines où l'on ranime le feu, des claquements de portes, des psaumes des moines venant de la chapelle palatine, et, dans la cour, des abois de chiens qui réclament leur pâtée. Viennent peu à peu les sons de trompe, les saluts tonitruants, les jurons qui accompagnent l'entrée par la porte principale des chariots de paysans apportant notre subsistance.

Tandis que l'on déverse dans mes cuisines et mes entrepôts des sacs de farine, des panières de poissons de la Meuse ou du Rhin, des futailles de vins de Burgondie ou de bière de Mayence, Aboul-Abbas, affamé, rappelle son gardien à ses devoirs par de longs barrissements.

Le premier personnage à être admis à pénétrer dans ma chambre sans frapper à ma porte est ma servante favorite, Gerswinde. Ombre dans la pénombre, elle glisse sur mes tapis, écarte les rideaux à demi pour m'éviter un contact trop brutal avec la lumière. Un service réglé comme l'horloge du calife… Elle reste un court moment à supputer le temps de la journée puis me délivre ses conclusions.

— Sire, la matinée est encore fraîche, mais la journée sera belle, avec un peu de vent du ponant…

Le mois de mai, ce matin, chante de tous ses oiseaux dans mes jardins, et des cris des enfants qui se baignent dans le bassin ou jouent sur les pelouses. Des effluves de lait chaud et de pain grillé montent de l'office avec des éclats de voix et les chansons des servantes. Je reconnais celle de Régina, autoritaire ; elle se donne des allures d'intendante et en abuse parfois, forte de sa condition de concubine.

Gérald, le domestique chargé de ma toilette et de ma vêture, s'avance à pas de loup, mains croisées sur la poitrine, et s'informe de ma nuit. Je le rassure : elle a été paisible, mes douleurs ayant marqué une trêve. Il fait glisser jusqu'à mon lit la grande cuvette posée sur une tablette, procède à une toilette sommaire, peigne ma barbe abondante et ma chevelure devenue rare. Il prend un soin particulier à mon habillement : le caleçon, la chemise de lin, la robe de soie rouge à franges brodées, la culotte et, pour mes jambes, des bandelettes. C'est la même tenue que j'avais n'étant *que roi ;* devenu empereur, je n'en ai pas changé ; l'habitude est ma seconde nature.

— Sire, dit Gérald, prendrez-vous votre manteau ? La matinée est fraîche et humide.

— Je m'en passerai, lui ai-je répondu. Un bain suffira à me réchauffer.

Après mon léger repas du matin et une plongée dans la vapeur du bassin, je fais appeler Éginhard. Il semble être de bonne humeur, certain qu'il aura sa journée libre, la mienne étant occupée par la chasse.

— Sire, bredouille-t-il, dois-je vous rappeler que vous avez promis une chasse au cerf aux envoyés du calife et qu'on vient de rassembler la meute ?

— Pas de chasse au cerf, Éginhard, mais à l'auroch ! Non, je ne l'ai pas oublié, mais il est un peu tard pour se mettre en train. Nous allons reporter cette équipée à demain.

— Ils seront furieux, sire ! Regardez donc de votre fenêtre : ils vous attendent dans la cour.

— Eh bien, ils attendront ! Dis-leur... dis-leur que j'ai

passé une mauvaise nuit et que je suis incapable de monter à cheval.

Éginhard m'inspire de la pitié. De petite taille qu'il était, il est devenu minuscule et translucide comme un fantôme, à croire que le travail quasi quotidien que je lui impose l'a vidé de sa substance. Pourtant, il lui arrive rarement de se plaindre ; aux dires de mes médecins, il est de ces faux valétudinaires qui survivent à tous leurs maux malgré les décrets impératifs de l'âge, encore qu'il soit plus jeune que moi.

— Sire, ajoute-t-il, puisque vous renoncez à cette chasse, allez-vous reprendre votre dictée ? Vous comptiez, m'avez-vous dit hier, relater les cérémonies de votre couronnement. Vous n'y avez pas renoncé, je suppose ?

— Pourquoi y aurais-je renoncé, mon ami ? Cours chercher ton calame et ton encrier. J'ai beaucoup à dire et la journée sera longue…

Les rideaux tombés sur les procès de Rome, je m'apprêtais à retourner en Francie quand Léon m'avait retenu, si je puis dire, par le bas de ma tunique, alors que je souhaitais me trouver assez tôt dans mon palais pour fêter la Nativité en famille. Le pape en avait décidé autrement.

— Sire, me dit-il d'une voix grave, nous sommes, vous et moi, dans une ville qui fut dans un lointain passé la capitale des Césars. Le temps est venu d'accéder vous-même à la dignité impériale. Le peuple de cette ville et de toute l'Italie vous porte aux nues. Il fallait en venir là, et cela ne pouvait se faire qu'au cœur de la chrétienté, ici même, dans la maison de saint Pierre.

Je restai perplexe, à me demander d'où venait cette idée. Je doutais que Léon, vindicatif qu'il était, ait pu prendre cette initiative après l'humiliation que je lui avais infligée. Il m'avoua qu'elle venait de mon fidèle Alcuin qui, de son cabinet de Tours, gardait les yeux ouverts sur le monde. De bonne ou de mauvaise grâce Léon avait donné son accord à cette proposition. Je le lui refusai.

Devoir ma couronne impériale à ce personnage suspect, trouver mon nom associé au sien dans les actes m'indisposait. Il fallut une délégation implorante pour m'ébranler et, en fin de compte, me faire céder. J'aurais dû, de toute manière, en passer par là un jour ou l'autre. Autant que ce fût à Rome.

J'envoyai une estafette à Aix prévenir de mon absence pour les fêtes et me préparai à l'événement le plus important de toute mon existence.

Que cette cérémonie eût lieu le jour de la Nativité me rappelait qu'à l'aube de la chrétienté, dans un modeste village de Palestine, était né un enfant investi par Dieu le Père pour faire régner la paix et la justice sur le monde. Je me considérais comme son premier serviteur et le gardien de son œuvre.

Le pape Léon voulait que cette cérémonie étonnât le monde, mais son organisation comme sa liturgie posaient des problèmes : il n'y a pas eu d'empereur d'Occident depuis Constantin le Grand, il y a cinq siècles, et il reste peu de documents relatifs à ce rite, sur quoi s'appuyer plutôt que d'innover.

Je n'eus pas à me préoccuper de ces préparatifs et n'y aurais été d'aucun secours. Dépourvue de tout document, l'Église romaine choisit de s'inspirer de Byzance. On passa jours et nuits, durant une semaine, à réajuster la cérémonie de manière à gommer ce qu'il y avait de particularisme dans le rite de Constantinople.

Le choix du lieu s'imposa d'emblée : ce serait la basilique Saint-Pierre, lieu sacré par excellence, plutôt que quelque autre église de Rome, comme Sainte-Marie-Majeure, dont le nom, je ne sais pourquoi, avait été avancé.

— La confession de saint Pierre, me dit Léon, est le seul autel digne de recevoir votre serment. Cet apôtre du Christ est vénéré dans tout l'Occident.

J'avais exigé la présence de mon fils aîné, Charles. Il se trouvait dans les parages de Bénévent, occupé à mater les derniers soubresauts des rébellions indépendantistes. En quelques jours, il avait franchi les Apennins, s'était agenouillé devant son père et m'avait baisé la main, comme je lui avais appris à le faire.

À près de trente ans, il était dans la pleine possession de ses capacités physiques et mentales. Quand je lui reprochais dans mes lettres de trop aimer les guerres et pas assez les hommes, il me répondait qu'il ne faisait que répondre aux exigences de sa nature et ne pouvait rien y changer, mais que peut-être, avec l'âge…

Il avait l'allure majestueuse des conquérants. Je retrouvais en lui les traits d'Hildegarde, la préférée de mes reines : carrure puissante, visage clair, regard d'un bleu embué de violet, rigueur morale… Toutes les qualités requises pour me succéder. C'est pourquoi sa présence me paraissait nécessaire.

La grande nef de Saint-Pierre était illuminée *a giorno* dans ce sombre jour d'hiver.

Les bourrasques de neige venues des lointaines Abruzzes avaient transformé certains endroits de la ville en villages des steppes qui me rappelaient mes campagnes hivernales.

En progressant à pas lents dans la nef, vers le tombeau de Pierre, Charles, hiératique, se tenait à mon côté, me tenant le bras. Mon regard parcourait les alignements d'objets d'art que j'avais offerts aux pontifes les années précédentes. Les bannières ravies à mes ennemis, suspendues dans les espaces entre les colonnes, tremblotaient dans la chaleur des cierges. Parmi la foule qui se pressait de part et d'autre de la nef et jusque dans les chapelles latérales, je n'eus guère de peine à reconnaître quelques hauts dignitaires religieux, militaires et civils ; j'aurais pu, tant ma mémoire est bonne, mettre un nom sur chacun d'eux.

L'odeur âcre des centaines de gros cierges qui balisaient ma progression, s'ajoutant au froid, m'indisposait ; je grelottais dans ma chlamyde de soie, façon byzantine, bordée de fourrure.

Après que mon fils et moi nous fûmes agenouillés devant la confession pour une brève séance de prière, Charles m'aida à me relever pour me guider jusqu'à l'autel.

Je dois dire que, quelques heures avant la cérémonie,

j'avais, par humilité, fait déposer ma couronne franque sur le tombeau de Pierre par un officier de Latran. Le pape s'en saisit et, devant l'autel, la remit sur ma tête, « au nom du Père, du Fils et du Saint-Esprit », geste suivi d'une prière générale.

Vint ensuite le moment le plus émouvant : l'onction par le Saint-Père, sur toutes les parties de notre corps, de la tête aux pieds, avec l'huile de la sainte ampoule. C'est alors que montèrent de la foule des ovations préparées et répétées à trois reprises : « À Charles Auguste, couronné par Dieu, grand et pacifique Empereur des Romains, vie et victoire ! » Je vis avec surprise le pape s'agenouiller devant moi pour baiser le bas de ma chlamyde, tandis que l'assistance entonnait les acclamations chantées des laudes.

Les fêtes traditionnelles de Noël allaient occuper ce qui restait de cette journée : offices religieux dans toutes les églises, prières collectives du peuple romain sur les parvis, malgré la neige et le vent. Nous reçûmes, mon fils et moi, des cadeaux et des témoignages de fidélité de l'aristocratie romaine. Je renouvelai à cette occasion mon serment de faire régner la paix et la justice à Rome, en Italie et dans tout l'Occident.

Alors que Charles paraissait au comble du bonheur, j'étais fourbu, sans voix et regrettais les humbles et brèves cérémonies de Noël dans ma chapelle palatine, parmi les miens. Tout ce cérémonial pesant et inutile, ces simagrées, la présence du pape, m'avaient incommodé au point que je coupai au festin et me retirai dans ma chambre, où je dormis d'une traite jusqu'au milieu de la matinée.

Il m'était en revanche agréable de voir Charles se plier avec plaisir, sinon avec obligeance, à ces rituels lourds et complexes. Ce jeune guerrier, qui avait toujours vu le cul en selle et l'épée au côté, avait pénétré sans la moindre gêne dans une société qu'il connaissait mal et qui l'éblouissait par sa nouveauté et son faste.

J'avais quant à moi l'impression d'avoir été le complice

involontaire d'une comédie qui, ayant débuté par un drame, s'achevait en apothéose. J'avais compris que Léon s'était servi de moi pour donner des assises plus fermes à sa mission apostolique. Ses sourires étaient biseautés et ses hommages suspects.

Il me tardait de partir, mais je dus prolonger mon séjour pour arbitrer des conflits entre ses églises et des établissements monastiques d'Italie, alors que l'on aurait fort bien pu se passer de ma présence. Au cours de ces audiences, il m'arrivait de m'endormir ; un de mes officiers posté près de moi me réveillait lorsque je ronflotais.

J'aurais aimé recevoir un billet de la dame Amalia, mais elle n'avait pas daigné assister à mon couronnement et prolongeait son séjour dans son domaine d'Ischia. C'est avec regret que je tirai un trait sur son nom.

De retour à Aix, au début du printemps, j'écoutai d'une oreille distraite Éginhard me révéler, puisés dans des gloses absconses, des détails concernant ma dignité impériale. Étais-je le maître de l'*Empire des Romains* ou de l'*Empire romain* ? Grave question ! Il passait des heures à démêler l'écheveau de mes nouveaux droits et devoirs, alors que ma nouvelle dignité, en apparence du moins, n'avait rien changé dans mon règne.

Le seul problème capable de retenir mon attention était de connaître la réaction de Byzance, réputée pour sa susceptibilité en matière de politique. Pour l'impératrice Irène, je n'avais été à ce jour que le roi des Francs, mais assez puissant – et inquiétant – pour qu'elle sollicitât mon alliance par un mariage, ce qu'à Dieu ne plût !

Je me méfiais de ses caprices de femme. N'allait-elle pas, humiliée par mon accession au titre d'empereur, jeter ses flottes sur mes côtes de Provence et de Septimanie ?

Charles ayant regagné ses résidences italiennes, j'étais resté quelques jours de plus à Rome avant de reprendre la route pour prospecter une dernière fois les ruines romaines qui me fascinaient et témoignaient de la précarité des gloires terrestres. J'entretenais des dialogues muets avec les statues et les bustes recueillis par des familles patriciennes pour en meubler galeries et jardins. Certains des personnages cachés sous le marbre m'étaient connus, soit qu'Alcuin ou Éginhard m'en eussent parlé, soit que j'en eusse pris connaissance par leurs livres ou leurs exploits. J'éprouvais parfois l'illusion qu'ils allaient retrouver la parole et accepter le dialogue, comme avec un égal.

J'avais poussé jusqu'à Spolète, ville de l'Ombrie, dont un récent séisme avait fait une ruine, comme de Trévise. J'assistai au spectacle affligeant de ces maisons et de ces monuments qui avaient paru devoir durer une éternité et n'étaient plus que gravats et poussière. Seuls étaient encore debout, mais lézardés, l'arc de triomphe et la cathédrale San Salvatore. Des habitants éplorés, privés de vivres et de logis, s'accrochaient à ma selle pour implorer un secours que je ne leur ménageai pas. L'odeur des cadavres flottait partout, mêlée à celle des amandiers en fleur.

De retour à Rome, j'avais appris que le séisme s'y était fait sentir et avait menacé d'ajouter des ruines aux ruines. Une partie de la toiture de Saint-Paul s'était effondrée et de nombreuses demeures s'étaient lézardées.

J'avais bientôt quitté Rome en y laissant quelques présents : une table d'argent, des vases, une patène, trois calices en métaux précieux, une croix de procession incrustée de perles rares et un évangéliaire réalisé dans mon *scriptorium.*

Une agréable nouvelle m'attendait à Aix.

Une de mes concubines, Régina, avait donné naissance à un mâle né de mon sang, qu'elle avait prénommé Drogon. J'éprouvai moins de plaisir en apprenant que ma petite Rothilde, fille de Maltegarde, devenue nubile, avait été demandée en mariage par le maître de mon chenil, Garin. Je refusai d'accorder mon consentement à ce que je considérais comme une mésalliance. Je consolai ma fille en lui offrant une monnaie d'or de l'empereur Julien, enchâssée dans une grosse agate.

Je trouvai dans mon courrier une lettre de l'impératrice Irène. Il me fut agréable qu'elle me félicitât de mon accession à la dignité impériale, mais beaucoup moins que cette vieille guenon renouvelât ses projets d'union matrimoniale. Elle réitérait cette utopie : voir nos deux empires, réunis sous une même couronne, dominer le monde ! J'approchais soixante ans et elle avait passé la cinquantaine. Je lui répondis qu'à notre âge on ne construit plus, mais que l'on se contente de consolider.

Une autre missive, venue d'Afrique, me réconforta.

J'avais sollicité de l'émir Ibrahim la restitution des restes de quelques martyrs de la foi, notamment Cyprien, suppliciés dans les environs de Carthage, pour les faire inhumer en terre chrétienne. Non seulement l'émir accéda à ma requête, mais il sollicita mon amitié et mon alliance. Des présents étaient joints à son ambassade : un lion de Libye, un ours de Numidie, des coupons de pourpre de Tyr, des parfums...

À quelque temps de là, partagé entre soulagement et tristesse, j'appris qu'Irène, destituée, avait été reléguée dans l'île grecque de Lesbos. Le nouveau basileus, Nicéphore Ier, manifesta de bonnes dispositions à mon égard en me proposant un traité de paix entre nos deux empires. J'étais rassuré du côté de l'Orient.

En revanche, les affaires d'Espagne me créaient des soucis.

En dépit de la prudence de Louis et de la fougue de Guillaume de Toulouse, la situation périclitait du fait des attaques incessantes des Maures de Cordoue. Ils avaient repris Barcelone et menaçaient la Narbonnaise d'une nouvelle invasion. À chacune de leurs incursions sur nos marches, c'était le même spectacle désolant : moissons incendiées, vignes déracinées, villages rasés, population emmenées en esclavage dans de vastes domaines d'Andalousie...

L'année qui suivit mon couronnement, au mois de juin, je convoquai à Toulouse une assemblée de mes vassaux d'Aquitaine et de Provence, afin de solliciter leur aide dans une opération de grande envergure destinée à mettre fin aux méfaits des Maures.

L'objectif principal portait sur la reprise de Barcelone, avec comme corollaire la capture de ce traître, Zeid, qui persistait à nous narguer.

J'adjoignis à notre armée des contingents de Burgondes et de Gascons. Guillaume, qui en prit la tête, s'entoura de chefs prestigieux : Loup-Sanche le Basque, Rostain de Gérone, Béra de Narbonne... Louis veillerait aux frontières de la Septimanie à la tête des troupes de réserve.

Neuf mois allaient être nécessaires avant que Barcelone, réduite à la famine et à la soif, nous ouvrît ses portes. Restait à prendre une autre place, d'un grand intérêt stratégique : Tortose, une cité du sud de Barcelone, dans le delta de l'Ebre. Une importante expédition serait mise sur pied pour la soumettre, des années plus tard.

Mon âge avancé ne m'interdisait pas ce plaisir suprême : la chasse. J'avais renoncé à traquer le menu gibier, que je laissais aux dames de ma maison, lesquelles en usaient sans modération.

Je marquais une prédilection pour le gros gibier : sanglier, ours, auroch, malgré les dangers que cela comporte. Quelques-uns de mes compagnons y avaient laissé leur vie par manque de prudence ou par forfanterie.

Cela va sans dire, c'était moins pour procurer de la venaison à l'office que pour l'âpre plaisir que je tirais de ces expéditions. J'aimais me sentir environné de solitudes sauvages, sentir la présence des fauves, devoir affronter ces monstres à armes égales ou peu s'en faut. J'avais une forte lance et un coutelas, mais eux leurs griffes, leurs cornes et leurs mâchoires puissantes. Je devinais une sorte de communion, sous le signe du sang, venue du fond des âges, entre cette faune et moi. Il y avait de ma part un défi qui répondait à leur instinct de survie face à un prédateur.

J'avais promis aux envoyés du calife de Bagdad une chasse aux aurochs qui hantaient les forêts ardennaises.

Mes piqueux avaient repéré une harde d'une dizaine de têtes dans une profonde vallée du sud de Liège, autour d'un lac. Je montai une expédition digne par son importance et son armement d'une attaque de position saxonne, au temps des guerres de pacification. Rien n'y manquait : chariots de vivres, matériel de couchage, fanfare de cuivres... J'avais même embarqué dans nos véhicules quelques accortes esclaves pour donner aux nuits de mes compagnons un avant-goût du paradis d'Allah.

Il nous fallut une journée pour arriver dans les parages du troupeau, étudier l'environnement, dresser nos tentes, préparer les feux pour cuire notre repas... Le temps de ce jour de mai était radieux. L'orage qui avait éclaté dans la matinée faisait étinceler la forêt et monter de la vallée des brumes irisées.

Non sans peine, j'étais parvenu à convaincre mes compagnons de se défaire de leur tenue de parade pour en revêtir une plus propice à la chasse : broigne de cuir, culottes de peau, jambières à bandelettes... Ils avaient l'habitude de la chasse dans le désert ; celle que je leur proposais risquait de les déconcerter.

À la pointe du jour, aidé par mes piqueux à qui cette chasse était familière, je répartis les groupes au bas des dernières pentes et, avec deux de mes aides, j'effectuai une reconnaissance jusqu'au bord du lac.

Immobiles comme des statues, les aurochs semblaient nous attendre. Nous nous approchâmes d'une cinquantaine de pas pour dénombrer leur harde et fixer notre choix. Il y avait, outre des mâles de taille impressionnante, quelques femelles aux pis lourds, entourées de leurs petits. Le vent nous était favorable, si bien qu'ils ne nous repérèrent pas sur-le-champ. Nous pouvions déjà, quant à nous, respirer leur odeur mêlée à celle de la bouse et des eaux mortes. J'éprouvais l'impression récurrente de me trouver à la lisière d'une forêt de Saxe, avant l'attaque d'un village ennemi.

Handicapés par leur vision défaillante, ces monstres sont néanmoins difficiles à approcher du fait qu'ils ont l'ouïe et l'odorat sensibles. Malgré les précautions que nous avions prises pour cette approche, je craignais pour mes compagnons une de ces charges brutales qui, l'année passée, m'avait enlevé un de mes officiers et en avait blessé grièvement deux autres.

Nous étions, mes deux piqueux et moi, à une dizaine de pas du bord marécageux, envahi par une roselière, dissimulés derrière des genêts, quand nous vîmes une jeune femelle suivie de son bouvillon s'avancer vers le ruisseau qui servait de déversoir naturel au lac. Ils étaient passés si près de nous que leur odeur, de même que leur souffle puissant, nous étaient sensibles. Nous ne fîmes pas usage de nos armes. J'avais porté mon dévolu sur un mâle d'environ cinq ans, qui les suivait de quelques pas.

Malgré mes consignes, un homme du groupe posté à quelques pas de nous ne put résister au plaisir de montrer son talent de tireur et de faire la première victime. Je vis avec colère le jeune mâle, une flèche plantée dans l'épaule, se mettre à tourner sur lui-même en beuglant comme pour s'en débarrasser, avant de nous charger.

Mes deux piqueux prirent le large, me laissant seul pour recevoir la charge et l'éviter aux maladroits qui avaient eux-mêmes décampé.

Je me dressai hors de ma cachette et tirai mon épée. Le monstre marqua un arrêt. Je crus qu'il allait se retirer, mais il gratta furieusement le sable avec ses sabots de devant, avec un rauque mugissement dans la gorge, puis se rua sur moi.

Je l'évitai d'un saut sur le côté et lui entaillai le garrot, ce qui, au lieu de le faire reculer, ne fit que l'exaspérer. Nous restâmes un court moment à nous mesurer du regard, lui grattant toujours le sol et donnant des coups de tête pour arracher la flèche. À une dizaine de pas, le long de la pente, mes piqueux me conjuraient de renoncer et faisaient des gestes dérisoires pour effrayer la bête.

Un bref coup d'œil derrière moi allait me convaincre que j'avais des spectateurs. Debout sur un tertre de bruyère, mes Arabes m'encourageaient dans leur langue en brandissant leurs armes. Une javeline partie de leur groupe glissa sur l'échine de la bête et alla se ficher dans le sable. Je leur criai de ne pas intervenir et de me laisser seul affronter le jeune auroch.

Je n'éprouvais aucun sentiment de peur, mais une sorte de crispation de toute mon énergie et une détermination farouche de poursuivre ce combat, quitte à y laisser ma vie. Une courte prière me vint aux lèvres ; je n'eus pas le temps de l'achever.

Je comptais sur la pente pour dissuader le jeune mâle de m'attaquer. J'avais tort. En deux bonds, il était face à moi. Je tentai de l'éviter, mais une corne acérée arracha le bas de ma robe, laboura les jambières jusqu'au sang et fit voler mon brodequin. Des clameurs d'épouvante retentirent sur le tertre. Quelques téméraires tentèrent de se porter à mon secours, mais j'interrompit leur élan généreux.

Dans ma chute, j'avais laissé tomber mon épée. Le monstre la renifla et la piétina. Tandis que je me relevais après avoir roulé sur le côté, il se jeta de nouveau sur moi. Je tirai mon coutelas et le lui plantai à travers les naseaux. La douleur lui arracha un mugissement lamentable, dans un jet de sang mêlé de bave.

Il me fut difficile de retrouver mon épée, la seule arme qui pouvait mettre mon adversaire à ma merci. Quand je l'eus de nouveau en main, je profitai de ce qu'il secouât son mufle pour m'approcher, comme pour le narguer. Nous restâmes quelques instants à nous observer, conscients l'un et l'autre, semblait-il, que la fin de cet affrontement était venue.

Je profitai de ce qu'il avait la tête au ras du sol pour m'avancer d'un pas et lui plonger mon épée dans ses flancs jusqu'à la garde. Il fit un saut et retomba lourdement sur ses pattes. Je croyais en avoir fini quand, avec un beuglement rauque, il tenta une ultime charge. Je parvins à lui planter mon coutelas dans le garrot. Il sursauta, plia ses genoux avant et se renversa avec une plainte déchirante.

Un concert de louanges retentit à mes oreilles. Mes compagnons m'entourèrent et me complimentèrent dans leur charabia, disant que c'était un exploit digne d'Hercule, comme si je venais de vaincre l'hydre de Lerne ! Le médecin dont j'avais pris soin de nous faire accompagner s'empressa de libérer ma jambe blessée, de nettoyer la plaie et de l'oindre d'un onguent.

Je laissai à mes piqueux le soin de débiter sur place des monceaux de viande fraîche et de les remonter pièce à pièce jusqu'à notre camp. Ils furent accueillis par des clameurs joyeuses. Je me réservai la tête, dans l'intention de faire naturaliser ce trophée pour l'accrocher dans la grande salle de mon palais. Ce jeune bœuf sauvage, qui avait courageusement défendu sa vie, méritait cet honneur.

Je laissai mes compagnons de chasse se distraire avec un gibier moins dangereux. Ils rapportèrent au camp, à la tombée de la nuit, deux oursons d'un an, un sanglier et quelques marmottes.

Ce soir-là, nous fîmes bombance. J'avais apporté dans mes chariots quelques barillets de vins du Rhin et de la Moselle, dans l'intention provocatrice de faire renoncer mes mahométans, pour une nuit, aux interdits absurdes de leurs Écritures de consommer des boissons fortes. Ils manifestèrent quelque réserve, mais je leur fis comprendre qu'ils trahiraient nos bons rapports s'ils refusaient de trinquer avec moi. Après avoir trempé les lèvres dans leur coupe, ils renoncèrent à leurs préventions. Une partie de la nuit se passa à mêler chansons franques et mélopées de l'Islam. Ils s'accompagnaient, pour chanter et danser, d'instruments bizarres et, dans leurs ballets lents et majestueux, restaient accrochés les uns aux autres. Le reste de la nuit, il semblait qu'une tempête intérieure agitât leurs tentes...

Les envoyés du calife n'allaient pas repartir sans que je leur eusse témoigné ma reconnaissance. Je leur offris, à l'intention de leur maître, quelques cavales de mes élevages, dix molosses de chasse, et fis entasser dans leurs chariots des barriques de vin de la Burgondie, en précisant qu'il s'agissait d'« un remède contre la mélancolie » auquel ce prince était sujet.

Ma dignité impériale se serait mal accommodée d'une inertie qui n'était pas dans ma nature. J'allais renouer avec les affaires, replonger dans les problèmes, avec ni plus ni moins de conviction que du temps où je n'étais « que roi des Francs ».

Un calme relatif régnait dans mes États. J'avais traité avec un faste inaccoutumé le khan des Avars, successeur de Tudun, venu faire sa soumission dans mon palais d'Aix. Les chefs des territoires du nord de la Germanie, Nordalbingie et Wihmodie, m'avaient confirmé la leur. Du côté de Byzance, ciel sans nuages. En revanche, je n'en avais pas fini avec les Maures de Cordoue et les Danois.

Le prestige que m'avait valu ma dignité impériale semblait s'être dissipé dans le temps et l'espace. Peu de choses avaient changé dans mes habitudes de gouvernement et dans le comportement de mes vassaux.

L'année 804 allait m'apporter de rudes épreuves.

Mon cher Alcuin, créateur de l'académie Palatine et administrateur de mes écoles, le plus grand savant et lettré de son siècle, la « gloire des poètes », venait d'expirer, à soixante-dix ans, dans son abbatiale de Saint-Martin de Tours.

Il m'avait souvent parlé de l'Italie et de la fondation à Parme, avec Paul Diacre et Pierre de Pise, d'un cénacle qui avait rassemblé toutes les têtes pensantes d'Occident.

J'étais parvenu à l'attirer et à le retenir à ma cour. Quel plaisir je tirais des lectures qu'il me faisait des auteurs de l'Antiquité et de ses propres œuvres, malgré parfois leur aridité ! En me parlant des origines du monde, des mystères des religions, des constellations qui étaient, disait-il, « le manteau pailleté de Dieu », il avait introduit dans ma conscience des notions dont je faisais mon profit. J'avais l'impression de suivre ce Prince des Connaissances comme un canard boiteux suit un cygne !

Il avait attaché un soin tout particulier à faire enseigner dans mes écoles des rudiments de lecture et d'écriture qui pouvaient extraire de leur condition misérable d'humbles fils de paysans et d'artisans.

Je ne puis oublier qu'aux premiers jours de son installation à ma cour, un soir d'hiver, en faisant griller des châtaignes, il m'avait parlé de la Création, des espaces infinis où le navire Terre vogue à l'aveuglette dans un océan sans fin, à travers des forêts de constellations, de continents mystérieux où hommes et femmes vivent nus, se nourrissent de chair crue, de racines et de fruits, et attendent que la main de Dieu vienne les extraire de leur état bestial…

Il avait le don de donner à ses conceptions de l'univers une forme imagée qui en faisait des poèmes. Il sema l'angoisse en moi en me révélant que le temps et l'espace étaient infinis, ce que ma foi pouvait difficilement admettre, mais dont ma raison s'accommodait.

Il était resté des années auprès de moi sans qu'à aucun moment j'eusse à me plaindre de ses services. Il nourrissait des nostalgies de sa ville d'York, en Angleterre, et de l'Italie où il avait fait ses universités, mais se plaisait tant dans mes lieux de résidence qu'à aucun moment il ne songea à me quitter, jusqu'à ce que le doigt de Dieu lui eût montré la direction de Tours.

Il partit, laissant en jachère une partie de mon esprit et de mon cœur. Pour le remercier de sa constance en amitié, je lui offris une copie issue de mes *scriptoria* de l'*Histoire naturelle* de Pline l'Ancien. Il laissa dans ma bibliothèque des traités de théologie, des commentaires sur les Écritures et des poèmes, ainsi que des chants de route pour mes armées.

Ses reproches sévères m'affligeaient. Il supportait mal que mes mœurs dissolues me fissent oublier mes devoirs de chrétien, que je témoigne trop d'indulgence envers les exactions dont se rendaient coupables certains de mes proches qui, selon lui, auraient mérité la corde ou la hache.

Parenthèse :

Éginhard :

— Sire, je ne puis oublier quant à moi nos rapports difficiles. Je ne saurais contester ses talents, mais il en faisait étalage avec un orgueil exaspérant. Sa mémoire tenait du prodige, mais faisait office d'intelligence. Ayant beaucoup lu et quelque peu voyagé, il avait beaucoup retenu. Quant à sa science, il la tenait des auteurs anciens dont il faisait sa pâture sans discernement. Pour le dire en quelques mots, il se parait des plumes du paon !

— Pense ce que tu voudras, mon bon ami, mais je vénérerai sa mémoire. Il a fait du Barbare franc que j'étais un souverain éclairé.

L'année 805 allait de nouveau me tenir l'arme au pied. De nouvelles rébellions agitaient l'Est, à croire que Dieu me refusait sa caution.

Contraint, malgré mon âge, à entreprendre une nouvelle campagne, je pris un soin tout particulier à mon armée, notamment à la cavalerie, sa force principale. Je créai des corps de *milites* dotés de nouvelles cuirasses, de casques à nasal, de boucliers à la fois légers et solides, de lances dont la base reposait sur un arçon… Je tenais à ce que ce corps d'élite, par sa belle allure et sa puissance, fût capable d'impressionner l'ennemi.

Pour une campagne ordinaire, les destriers et les bêtes qui tirent nos chariots, bœufs ou percherons, se contentent de brouter l'herbe le long des chemins et au cours des haltes. Pour celle que je préparais et qui allait mener cette armée bien au-delà du Rhin, je négligeai de faire provision de fourrage et allais le regretter.

J'étais sur le point de me mettre à la tête de cette armée quand une attaque de rhumatismes me l'interdit. J'en laissai le soin à Charles.

Il allait prendre la direction de la Bohême dont les Tchèques menaçaient la frontière orientale. Je l'accompagnai en chariot durant quelques milles et regardai avec amertume cette belle armée défiler devant moi avec des saluts à la romaine qui embuaient mes yeux.

Ce fut une campagne déconcertante. Charles n'eut pas à faire étalage de ses talents de chef d'armée. Il n'avait trouvé en face de lui, entre la vallée de l'Eger et les montagnes tchèques, que des déserts, à croire que la population s'était dissoute dans la terre. Il dut se contenter de brûler des villages dépeuplés, de ravager des cultures, d'enlever du bétail et de détruire des sanctuaires. Piètre victoire…

Après plus d'un mois d'errances infructueuses, le manque de fourrage s'était fait sentir et avait provoqué un retour prématuré, sans le moindre butin. Une retraite ? Pas vraiment, mais une campagne pour rien. Je me gardai de tenir rigueur à Charles de cet échec. Je n'eusse pas fait mieux. La race belliqueuse des Saxons donnait souvent lieu à de beaux faits d'armes et nous en ramenions des esclaves ; celle-ci ne rapportait que du vent.

L'année 806, je décidai de dicter mon testament : mon *Divisio regnorum.*

Les maux consécutifs à l'âge m'avaient relativement

épargné. Je me livrais encore, bien que de moins en moins, à des chasses banales, prenais des bains quotidiens en toute saison, fréquentais la salle d'armes pour relancer ce qui restait en moi d'énergie et de souplesse. Deux ou trois fois par semaine, je confiais à des servantes le soin d'agrémenter mes nuits. Je satisfaisais, en évitant les abus, aux plaisirs de la table et ne dédaignais pas le vin ou la bière.

Le revers de la médaille avait de quoi m'inquiéter. J'étais assailli fréquemment par l'impression d'une irrémédiable solitude, d'un *à quoi bon,* comme disait Éginhard. Je n'aspirais pas à quitter ce monde de mon plein gré, certain de n'avoir pas épuisé la réserve de bonheur que Dieu m'avait consentie, mais je me détachais de plus en plus des affaires de l'Empire. Ma correspondance et mes relations en pâtissaient. Il m'arriva à diverses reprises de renoncer à recevoir des visites et des ambassades, puis de regretter cette désinvolture.

C'est sans illusions que je me penchais sur mon avenir. Le temps se réduisait comme une peau de chagrin, les journées perdant de leur durée et de leur consistance.

En février, je choisis Thionville pour y tenir les assises en vue du partage de l'Empire entre mes fils. J'avais décidé de ne tenir aucun compte des protestations de mon entourage : « Votre testament, déjà, alors qu'ingambe comme vous l'êtes, vous pouvez espérer vivre aussi vieux que Mathusalem ! » Et cætera.

J'avais la chance d'avoir encore quatre fils vivants : Charles, Louis et Pépin, fils d'Hildegarde. Quant à cet autre Pépin, le pauvre bossu, il se morfondait dans le monastère de Prüm, en Rhénanie, où l'avait conduit son goût des complots.

Je n'avais aucun grief envers les trois premiers de mes fils : ils administraient leurs domaines aussi bien que je l'aurais fait moi-même.

Charles était mon lieutenant général pour l'ensemble de l'Empire, Pépin régnait sagement en Italie et Louis mieux encore, dans le sud de la Francie. J'ai la fierté de n'avoir jamais eu à les morigéner et le plaisir de constater qu'ils s'entendaient bien, ce qui me rassurait quant à ma succession. Ils étaient ma fierté et tous avaient une envergure et des capacités aptes à leur faire tenir ferme les rênes de l'Empire.

Je dois pourtant avouer que les conséquences du partage que j'envisageais, fondé sur d'anciennes coutumes franques, troublaient mon sommeil. Je me souvenais des partages du même ordre qui avaient eu lieu en Gaule, dans les siècles passés, et, plus récemment, des querelles avec mon frère Carloman à la mort du roi Pépin. Je repoussais l'envie qui me pressait de faire appel à une de ces pythies crasseuses et échevelées qui se présentaient parfois au palais et que Fastrade hébergeait pour se concilier les puissances occultes.

Le pire que j'eusse à redouter venant de mes fils était la jalousie. De Louis, bonne pâte, qui respirait plus volontiers l'encens que les fumées d'herbes empoisonnées des sorcières, je ne craignais rien. Pour Charles et Pépin, c'était une autre affaire. Rien n'aurait pu laisser supposer une mauvaise entente, mais ils étaient de même nature, ardents et querelleurs. Une étincelle jaillie d'un simple heurt pouvait embraser à tout moment leurs ambitions.

De mon vivant, je faillis décréter que Charles, en vertu de ses qualités et de son droit d'aînesse, était mon successeur préféré. Éginhard, Walla et quelques proches m'en dissuadèrent : c'eût été susciter la rancœur de ses frères et peut-être des guerres intestines.

Bref : il fallait en finir et procéder au dépeçage. Opération délicate : on ne partage pas un empire comme un gâteau d'anniversaire.

Je tenais à cette condition draconienne : « S'il naît à l'un ou l'autre de mes fils un enfant mâle que le peuple souhaite voir succéder à son père décédé, il faudra que ses frères s'inclinent... » Suivait une multitude de conseils relevant de l'administration de l'ensemble des apanages et de détails manifestant ma volonté. J'étais rassuré quant à l'avenir de la Francie.

Je confiai à Charles l'Austrasie, la Neustrie, la Saxe, la Thuringe et une partie de la Bavière : le Nordgau. Pépin héritait de l'Italie, de l'autre partie de la Bavière, de la Rhétie, de la Thurgovie et du sud de l'Alamanie. Louis allait régner sur la Gaule méridionale : l'immense Aquitaine, avec Toulouse comme capitale, la Gascogne, la Septimanie, la Provence avec les provinces alpines et une partie de la Burgondie.

Je ressentis une forte émotion lorsque, ayant réuni mes trois héritiers, je leur fis part de mes choix. Je leur fis jurer sur les saintes Écritures de ne pas se livrer une guerre fratricide et de se porter mutuellement secours au besoin. En cas de décès de l'un d'eux, les deux autres, si sa succession n'était pas assurée par un enfant mâle, se partageraient ses possessions.

Soulagé, je quittai Thionville à la fin de l'hiver.

Mes fils n'avaient rien trouvé à redire à ce partage et avaient même rendu hommage à mon équité. Je fis prendre copie de leur serment et la leur présentai « scellée de l'or le plus pur » pour reprendre l'expression d'Éginhard. Aucun murmure de réprobation ne monta de l'assemblée de mes vassaux.

Fidèle, pour mes filles, légitimes ou non, à la coutume franque du partage, je décrétai qu'elles seraient sous la protection de leurs frères et pourraient choisir entre le célibat, le mariage ou le couvent, sans que l'on pût rien leur imposer.

Le sort de mes petits-fils ne m'avait pas laissé indifférent. J'interdis qu'ils fussent, sans leur consentement, tonsurés et envoyés dans un monastère, sauf en cas de faute grave laissée à l'appréciation d'un tribunal.

Walla se chargea de faire tenir au pape Léon un exemplaire de ces décrets. Malgré les soupçons qu'il m'inspirait, je tenais ce pontife pour le représentant de Dieu sur cette terre. Il m'avait manifesté sa confiance en s'invitant, l'année précédente, à fêter Noël en présence de la famille impériale ; il était resté mon hôte jusqu'à l'Épiphanie.

Depuis mon couronnement, Léon datait ses actes et ses courriers de la première année de son pontificat et de mon règne, et avait fait frapper des monnaies à son effigie et à la mienne. Ces égards, auxquels je fus sensible, scellaient une alliance spirituelle et temporelle qu'aucune querelle entre nous ne semblait devoir compromettre.

Avec ma candeur, un des traits de ma nature dont j'ai le moins à me flatter, j'avais fait confiance aux bons sentiments que m'avait témoignés le nouvel empereur d'Orient, Nicéphore Ier.

Il avait agréé avec complaisance mon expansion vers l'est, menée au nom de la Croix, bien que ces conquêtes eussent créé entre nous des frontières communes. Il ne s'offusqua pas de mes relations amicales avec le calife Haroun al-Rachid, son redoutable voisin. Il semblait voir, dans l'équilibre que j'avais instauré entre l'Occident et l'Orient, une promesse de paix, dans la mesure où cela créait un front commun chrétien contre l'hégémonie musulmane.

Néanmoins les cérémonies de mon couronnement à Rome, en confirmant mon titre de patrice des Romains et de soldat du Christ, lui étaient restées en travers de la gorge.

L'annexion de la Péninsule italienne, bien que ces territoires eussent, depuis des temps lointains, échappé à l'autorité de Byzance, lui fit froncer les sourcils. Il avait le droit pour lui, j'avais la logique pour moi : je n'avais fait que profiter d'une vacance de pouvoir pour annexer ces provinces qui étaient à prendre. En revanche, je n'avais pas poussé mon souci d'hégémonie jusqu'à mettre la main sur Naples, Otrente, la Calabre, la Sicile et surtout l'Istrie où

Byzance entretenait des comptoirs, ce qui eût entraîné un conflit auquel je répugnais.

Il m'aurait été agréable et utile de rencontrer ce personnage dont mes *missi* louaient l'esprit de justice et de conciliation. J'aurais aimé le persuader que je ne devais ma dignité impériale qu'au piège tendu par le pape Léon, auquel je n'avais cédé qu'à contrecœur, quitte à ne pas le regretter par la suite. J'aurais pu, en l'hébergeant dans mon palais d'Aix, au cours de promenades dans mes jardins, tenter de le convaincre que nos intérêts étaient liés et que Dieu s'offenserait d'une discorde.

Nicéphore aurait-il été sensible à mes avances et y aurait-il répondu ? J'en doute. Ne dit-on pas couramment en parlant d'un imbroglio oiseux : une *querelle byzantine* ? De simples désaccords peuvent mal tourner. J'en avais fait l'expérience…

Ah ! si j'avais écouté mon entourage…

Mes officiers et quelques-uns de mes vassaux me suggéraient de profiter des ennuis du basileus au sein de sa cour de Constantinople pour lui déclarer la guerre et tenter de s'emparer de l'Empire d'Orient. Rien de moins ! Je les écoutais d'une oreille distraite. Outre que cette entreprise était risquée, elle ne s'imposait pas. Ce n'est pas quelques comptoirs accrochés aux côtes de l'Italie qui pouvaient me contrarier au point de prendre les armes. D'une part, ils mésestimaient la puissance maritime de Byzance et la faiblesse de notre flotte. D'autre part, quel intérêt aurait pu justifier la mainmise sur cet immense empire aux marches de l'Asie, ce continent qui pouvait à tout moment faire souffler ses tempêtes sur l'Occident ?

Alors que je séjournais à Salz, en Thuringe, je reçus la visite de deux émissaires de Nicéphore, venus m'entretenir de la situation créée par mon couronnement. Je les persuadai que mes intentions envers le basileus étaient dénuées de toute velléité d'agression, au point que j'aurais envisagé favorablement un mariage pour sceller notre entente.

Je les fis raccompagner à nos frontières par une escorte, chargée de présents, à laquelle j'avais confié une missive destinée au basileus pour lui exprimer mon refus de renoncer à mon titre de patrice des Romains ; je me disais successeur de l'empereur Constantin, aussi fidèle à la religion et protecteur de la paix qu'il l'avait été. Je ne lui ménageai pas le miel et lui proposai un mariage avec l'une de mes filles.

J'adressai une copie de cette lettre au pape Léon ; il se montra d'accord avec mes arguments.

J'attendis la réponse du basileus durant un mois ; il me fit remettre un courrier fort sec, me menaçant d'une réplique sévère en cas d'agression et repoussant l'idée d'un mariage.

Un conflit avec Byzance allait éclater, mais sur un terrain – la théologie – où les armes n'eurent pas à intervenir.

Une assemblée était appelée à débattre d'un problème crucial pour le salut du monde : savoir si le Saint-Esprit procédait du Père et du Fils ou des deux à la fois ? Je me gardai de prendre parti dans cette controverse savante et absconse, dont l'intérêt d'ailleurs m'échappait. On avait débattu de cette question durant des siècles sans parvenir à faire éclater la vérité, ce qui n'avait altéré en rien la puissance de l'Église.

Les débats allaient durer des mois et auraient pu se poursuivre encore une année sans troubler mes nuits. « Continuez, m'écrivit le pape, à formuler votre prière suivant la coutume : “Au nom du Père, du Fils et du Saint-Esprit, et n'écoutez pas les sirènes de Constantinople”... » Je respectai son conseil.

D'une autre importance étaient les événements qui allaient avoir pour théâtre le nord de la Péninsule italienne, l'année 804. J'avais naguère annexé l'Istrie sans provoquer de résistance dans la population. Les provinces voisines, Dalmatie et Vénétie, en principe sous l'administration de Byzance, jouissaient d'une indépendance de fait.

Ces deux provinces étaient connues pour leur prospérité, malgré les constantes querelles entre clans et familles pour des affaires relevant surtout du commerce : elles exportaient des poissons et du sel et importaient du vin, du blé et des étoffes de Byzance et d'Orient. Chaque ville était un port fréquenté par des flottes cosmopolites.

La sérénité engendrée par ces transactions allait être compromise par un événement dramatique.

Une conjuration byzantine avait décidé, pour des raisons obscures, de faire disparaître le patriarche Jean, l'un des grands personnages religieux de l'Empire d'Orient, qui résidait dans l'île de Grado, entre Istrie et Vénétie. On avait retrouvé son cadavre au bas d'une tour de sa résidence.

Alors que je me trouvais à Salz, j'appris la nouvelle de ce drame par une visite du nouveau patriarche, Fortunat, porteur de deux portes d'ivoire merveilleusement sculptées. Il me pressa d'intervenir dans cette affaire navrante, mais dont l'importance m'échappait.

J'écrivis à Nicéphore pour lui demander raison de cet acte d'une extrême brutalité ; il ne daigna pas répondre. En revanche, les populations réclamaient mon aide à cor et à cri.

Je fis connaître cette situation délicate à mon fils Pépin, roi d'Italie, qui se trouvait dans sa capitale, Pavie, et lui demandai ce qu'il convenait de faire, ce drame ayant eu lieu au nord de son pays. Il me répondit qu'il pouvait, en une semaine, réunir une armée pour remettre de l'ordre dans ces territoires ; il n'attendait qu'un signe de ma part pour intervenir.

Quelques semaines plus tard, il marchait vers le nord de la Péninsule, dispersait les quelques garnisons byzantines qui se trouvaient sur son chemin, ramenait l'ordre dans la population révoltée et occupait ces territoires avec la ferme intention de les annexer.

C'était la guerre.

Quelques mois plus tard, riposte de Byzance : une flotte conduite par le patrice Nicétas se présenta sur les côtes de

Dalmatie pour y débarquer une armée. L'arme au pied, Pépin attendait cette réaction. Excellents marins mais soldats de pacotille, les Byzantins n'opposèrent à Pépin qu'une résistance dérisoire et furent balayés. Vénétie et Dalmatie avaient changé de maître.

Le basileus n'allait pas rester sur cette humiliation. L'année suivante, nouvelle expédition, conduite cette fois par une sommité militaire, le préfet Paul. Cette fois, Pépin allait avoir affaire à forte partie. Après une bataille indécise aux portes de Commachio, dans l'exarchat de Ravenne, il parvint à repousser l'ennemi et à le forcer à rembarquer, mais le préfet Paul porta son armée, renforcée par des contingents de Sicile, sur la ville portuaire de Populonia, sur les côtes de Toscane, qu'elle prit et pilla.

La situation, qui, dans cette partie de la Péninsule, avait périclité avec la guerre, était devenue d'une telle complexité que mon fils y perdait son latin et ne savait où donner de la tête. Il lui était vite apparu dangereux de se fier à la sincérité de ces peuples, des Vénitiens notamment, réputés cauteleux. Selon les fortunes de la guerre, ils prenaient partie pour l'un ou l'autre belligérant, dans le seul but de ne pas compromettre leur commerce et de préserver leur indépendance.

Irrité d'une telle inconstance, Pépin envahit leur territoire et leur ôta leurs illusions.

Devant une situation à ce point inextricable, qui risquait de dégénérer en conflit général, la seule solution était de proposer sinon la paix, du moins une trêve. Pépin s'y attacha. Les négociations paraissaient sur le point d'aboutir quand une nouvelle me frappa comme d'un trait de foudre : la mort de Pépin, dans la lagune de Venise, victime des fièvres à ce que l'on m'a dit.

Quelques mois plus tard, autre nouvelle dramatique : le basileus Nicéphore Ier disparut à son tour au cours d'une campagne contre les peuplades bulgares soumises à un khan nommé Krum, qui agressaient ses postes frontaliers. Il avait été massacré au cours d'une bataille.

Je n'eus, en apparence du moins, qu'à me louer des dispositions favorables que me témoignait son gendre, Michel Rangabé, qui lui avait succédé. Il était, me dit le pape Léon, pieux, et surtout pacifique ce qui me rassurait plus encore.

À peine avait-il coiffé la couronne, il m'adressa une ambassade porteuse de propositions de paix, qui me trouva tout disposé à mettre fin à ce dangereux imbroglio. Que l'on juge de ma confusion quand ils me saluèrent du titre de *basileus* et non d'empereur, en me couvrant de dithyrambes, comme si j'étais à la fois le maître de l'Occident et de l'Orient !

Michel Rangabé n'allait pas longtemps jouir de ses pouvoirs, une révolution de palais l'emporta comme un fétu de paille, après une autre défaite contre les Bulgares.

De son successeur, Léon V, dit l'Arménien, je n'appris que peu de chose, cloué au lit par une maladie.

Je ne puis que me réjouir que mon gouvernement eût échappé aux meurtres et aux dépositions intempestives qui étaient devenues, à Constantinople, une sorte de tradition. Si j'excepte le complot mené contre moi par mon fils Pépin le Bossu, aucune lame de fond n'est venue troubler la relative sérénité de mon règne.

2

Les derniers feux

Palais d'Aix : printemps 812

Depuis quelques années, je vis avec en moi une sorte d'embryon qui manifeste sa présence par des irruptions dans mon sommeil de nuit et celui de ma sieste. Discret mais redoutable, il ne cesse de me harceler par des signes. Cet élément étranger, ce double de ma personne, porte un nom : la mort.

Ce matin, au saut du lit, j'avais l'impression que mon sommeil aurait pu ne pas avoir de fin, et j'éprouvais le regret qu'il n'en eût pas été ainsi. À la réflexion, que m'apporte le surcroît de vie que Dieu m'accorde, quelle compensation à mes angoisses ? Que fais-je là, assis au bord de ma couche, jadis réceptacle de mes rêves fous et de mes ambitions raisonnables ? À quoi bon, une fois de plus, respirer l'air frais du matin, regarder la flaque de soleil où baignent mes pieds nus, savourer le lait chaud et les tartines grillées de mon premier repas, laisser mon serviteur faire ma toilette ?

Autour de moi, la faucheuse fait sa moisson.

De mes trois fils, il ne reste qu'un vivant : Louis. Pépin est mort en Italie. Charles, mon aîné, mon préféré, celui sur lequel je comptais pour coiffer la couronne impériale, l'a suivi de peu dans la tombe. Il a été terrassé par une mort subite, au cap de Lippenheim, sur le Rhin, alors qu'il approchait de la quarantaine.

Ma petite Rothilde m'a quitté pour une autre sorte de

mort : le cloître, et par ma faute. Je m'étais opposé à sa mésalliance avec le maître des chiens, Garin. Inconsolable, elle m'avait supplié de la laisser prendre le voile. À l'heure qu'il est, elle chante laudes et psaumes chez les nonnes de Thionville avec un vœu formel : renoncer à tout contact avec le monde, ce qui m'interdit à jamais de la revoir.

Une autre disparition m'a cruellement frappé : celle de mon éléphant Aboul-Abbas, à la suite d'une diarrhée persistante, peut-être aussi en raison de son âge : le mien à peu d'années près. Je lui rendais visite chaque jour, avec chaque fois quelque friandise ; il me saluait et me remerciait par des barrissements joyeux.

Il m'arrivait de l'emmener dans mes déplacements, caparaçonné à la mode arabe et le front couronné d'un diadème. Lorsque nous pénétrions dans un village, les habitants s'enfermaient dans leur masure avec des cris d'effroi, comme s'ils avaient vu surgir un monstre de l'Apocalypse. À la belle saison, je prenais plaisir à le voir se vautrer dans la vase des étangs et des marécages, en faisant des jeux d'eau avec sa trompe, ses défenses ruisselantes d'herbes aquatiques. Mes officiers m'avaient suggéré de l'amener dans mes campagnes, comme Hannibal, mais je m'y suis toujours refusé pour lui épargner des blessures et peut-être la mort.

J'ai fait inhumer Aboul-Abbas dans une prairie proche du palais, plutôt que de le faire dépecer pour notre charnier. Ses défenses ont trouvé place dans la grande salle, vis-à-vis de la tête de l'auroch et de quelques autres trophées.

Rester en vie alors que la mort moissonne autour de moi n'est pas un privilège mais une suite de blessures qui font de mes derniers jours un calvaire.

Il est, parmi nos servantes, une vieille esclave ramenée de l'Est, qui passe pour être douée de dons occultes. Ma dernière épouse, Liutgarde, à qui elle avait annoncé, en lisant dans sa main, « une brève existence », a failli la renvoyer ; je m'y suis opposé, malgré le scepticisme que m'inspirent de telles pratiques. Outre que cette sorcière prétend lire dans le cosmos ou dans les entrailles d'un lapin les destinées humaines, elle possède une pharmacopée riche en herbes, champignons et autres remèdes dont l'efficacité est éprouvée et à laquelle il m'arrive fréquemment de faire appel.

Un jour d'orage, je l'ai surprise dans la cour à danser en brandissant au bout d'une perche un morceau de parchemin où étaient griffonnés des signes cabalistiques destinés à conjurer la foudre.

Dans mon âge mûr, alors que je faisais la guerre au paganisme, j'aurais puni de mort ces pratiques et ces croyances ; aujourd'hui, elles me laissent perplexe et tolérant. Peut-être Dieu, dans sa grande mansuétude, devrait-il faire de même...

Je dois à cette sorcière de m'avoir, par son souffle, ses pressions et ses prières, guéri d'une foulure à la suite d'une chute de cheval, et d'avoir vaincu mes insomnies.

De mes trois fils, Louis me semble le moins apte à tenir les rênes d'un empire. À trente-trois ans, avec ses airs de gros adolescent attardé qui aurait manqué sa vocation de moine, il me donne des inquiétudes. Son précepteur, Arnold, en a fait un fin lettré ; son conseiller en matière de foi, Benoît d'Aniane, l'a nourri des saintes Écritures. Pour ma part, je me suis attaché à en faire un chef d'État et un soldat, mais sans grand succès.

Sa première épouse, Hermengarde, lui a donné trois fils : Lothaire, Pépin et Louis, ce qui me rassure quant à l'avenir de ma dynastie.

Si je l'avais écouté, il aurait fait de Rome sa capitale après son couronnement, par conviction religieuse plus que politique. Il éprouve pour cette ville une fascination que je ne puis lui reprocher, y ayant moi même été pris.

Il s'est accommodé sans peine du gouvernement de ses nouvelles possessions, l'Aquitaine notamment, dont il a adopté les mœurs, la langue et, pour son quotidien, la tenue vestimentaire : chemise à manches longues, petit manteau rond, chausses bouffantes, bottes courtes... Il se mêle volontiers à la population, partage ses fêtes et ses jeux et, s'il se méfie des femmes, il ne méprise pas ses vins généreux.

Après la mort de Pépin, c'est un de ses fils, Bernard, qui lui a succédé à Pavie. C'est un homme déjà et un souverain conscient de ses devoirs. Parmi les fils de Charles, il s'en trouvera bien un pour lui succéder, l'âge venu.

La restauration et les travaux de mon palais, qui ont duré environ dix ans, arrivent enfin à leur terme. Je suis loin d'en avoir fait la *Nouvelle Rome* dont parlent les poètes, mais je suis fier de cette réalisation que je dois à mon architecte, Eudes, et aux centaines d'artistes et d'ouvriers qui se sont succédé sur ce gigantesque chantier.

J'ai voulu que ma chapelle palatine fût somptueuse ; je n'ai pas été déçu.

Pour sa conception, Eudes s'est inspiré, outre de la basilique de Saint-Vital de Ravenne, du célèbre Chrysotriclinos de Constantinople. Revêt-elle l'aspect d'un reliquaire grandiose destiné à abriter mes restes ou du mausolée d'un héros ? Les avis divergent. C'est en tout cas le plus riche édifice religieux qui soit.

Dédié à la Vierge Marie, ce monument figure dans le périmètre de mon palais, à l'extrémité d'une longue galerie. Sa forme est celle d'un polygone couvert d'une haute coupole ornée à son sommet par un globe doré. Eudes a apporté le plus grand soin à la décoration intérieure : portes de bronze massif, colonnes ramenées de Rome et mosaïques de Ravenne. La voûte du collatéral s'orne d'une fresque représentant les quatre fleuves du paradis. Un lion de bronze garde le bassin.

Je n'ai ménagé ni l'or, ni l'argent, ni les matériaux rares. Pour assister aux offices, je m'installe sur un fauteuil de marbre blanc. Une inscription gravée dans la pierre stipule que Dieu « préservera de la destruction ce temple par moi fondé »…

À chacune de mes promenades à travers la ville d'Aix, je me sens envahi d'un sentiment de fierté.

Lorsque l'idée m'est venue de choisir ce site pour en

faire ma résidence principale et ma capitale, ce n'était qu'une bourgade qui sentait le fumier. Elle est devenue, d'année en année, une vraie ville. J'ai vu sortir du sol, à la place des masures puantes, des maisons de pierre. J'y ai fait construire les premiers établissements religieux dotés d'une infirmerie, les logements de mes officiers palatins et de mes conseillers : Éginhard, Angilbert, Walla... Pour faciliter l'accès aux foires et aux marchés, j'ai fait construire un pont sur la Würm.

La population a crû à un rythme effréné.

J'ai vu arriver des familles juives, lombardes, espagnoles, pour la plupart vouées au commerce et à l'artisanat. Il me plaît de voir naître et prospérer ces activités, d'assister, dans les jardins, aux jeux des enfants.

Lors de fêtes religieuses ou de foires, qui durent plusieurs jours, nous voyons affluer des caravanes de marchands et d'acheteurs venus de la Frise, de la Saxe ou de la Burgondie. De mon cabinet, je perçois la rumeur de cette foule, les musiques, les chants et le débit des vendeurs d'orviétan...

Parenthèse :

— Après ma mort, Éginhard, qui prendra soin de mon palais et de ma chapelle ? Qui aura conscience des sacrifices que j'ai consentis pour en faire un des plus riches édifices de la chrétienté ? Qui viendra se baigner dans mon bassin, prendre soin de mes jardins et de ma ménagerie ?

— Cessez donc de vous tourmenter, sire. Vous avez encore bien des années à vivre. Souvenez-vous du conseil que je vous ai donné de prendre une épouse pour vous assister et veiller sur votre patrimoine...

— Et si j'étais tombé sur une mégère comme Fastrade ! Et si elle était morte avant moi...

— ... et si, et si... Contentez-vous, sire, de jouir du présent. Quant à l'avenir, il appartient à Dieu.

Il y a quelques semaines, dans une aube de printemps, le ciel nous a gratifiés d'un spectacle étrange : de gigantesques draperies multicolores se mouvaient au nord d'un bord à l'autre de l'horizon. Une vague sombre a fait disparaître cette féerie. Quelques semaines plus tard, nous avons assisté à une pluie d'étoiles. À peu de temps de là, une lueur diffuse s'est répandue dans le ciel, au-dessus des lointains de la Frise, et une énorme traînée de feu a traversé le ciel comme une torche avant de s'éteindre au-dessus de la forêt Charbonnière.

À en croire notre vieille sorcière, ces signes ne présagent rien de bon. Elle n'a pu m'en dire davantage, et Alcuin n'est plus là pour me fournir une explication savante de ces phénomènes.

Mon fils, le roi Louis, a fort à faire : nouvelles rébellions en Saxe contre mes garnisons, menaces d'insurrection de la Frise, provocations des Bretons, incursions des Danois sur nos côtes et des Maures sur nos marches d'Espagne. Il peut, par chance, compter sur la fidélité de nos vassaux, de nos officiers et de nos armées.

Le doigt de Dieu s'est posé sur Guillaume de Toulouse : il a rangé sa cuirasse, son destrier et ses armes pour accomplir un nouveau destin sous la bure des moines. Louis a crié à une désertion ; c'en était une, mais pour une si sainte cause que ses ressentiments n'ont été qu'un feu de paille. Il a perdu en lui le meilleur de ses chefs de guerre.

Après avoir pris congé de l'armée et du monde, Guillaume a choisi de se retirer dans une gorge sauvage de la rivière Hérault et d'employer sa fortune à construire un monastère affilié à la puissante abbaye bénédictine d'Aniane.

L'année 809, Louis, enfin maître de Barcelone, a entrepris une grande opération militaire afin de prendre le contrôle de la bande littorale incluant la cité de Tortose, dans le delta de l'Èbre, l'un des grands fleuves de la Péninsule.

Ce projet s'est ouvert sous des auspices favorables. L'armée franque a tout balayé sur son passage et enlevé Tarragone, sans négliger de piller villages et châteaux.

Après quelques semaines de cette chevauchée sauvage, l'armée a dressé son camp sous les murs de Tortose pour en faire le siège, comme jadis devant Barcelone. Tenter de prendre d'assaut ces puissantes murailles étant une dangereuse illusion, un siège s'imposait.

Une nuit, sans daigner en informer Louis, quelques centaines de soldats avaient remonté en barque un bras de l'Èbre pour tenter un coup de main sur un point faible de l'enceinte. Prématurée, préparée en dépit du bon sens, cette initiative allait au désastre.

À peine le détachement eut-il débarqué, les taillis s'étaient animés de mouvements inquiétants, d'éclats métalliques puis de voix hurlant le nom d'Allah. Des centaines de Maures attendaient, l'arme au poing. Cernés de toutes parts, quelques assaillants étaient parvenus à remonter dans les barques, d'autres avaient combattu jusqu'à la mort et d'autres enfin s'étaient noyés en voulant traverser le fleuve.

Durant des jours, des têtes de soldats francs étaient restées exposées sur les créneaux de Tortose.

Ce désastre me rappelait celui de Roncevaux et me fut presque aussi sensible. Il préludait au renoncement à un siège, pour ne pas dire à une débâcle. Louis avait été impuissant à retenir ses troupes sur le chemin du retour.

Je tançai vertement mon fils. Il se justifia de cette défaite en m'expliquant que cette attaque nocturne manquée s'était faite à son insu, et qu'il avait été victime de l'indiscipline de certains de ses officiers qui espéraient tirer gloire et fortune de cet exploit pitoyable. La véritable raison était que, Guillaume absent, Louis n'avait plus la maîtrise de son armée.

Je reçus de lui une lettre affligeante. « Père, m'écrivait-il, je ne vais pas rester sur cet échec. Je ne me sentirai digne de poursuivre votre œuvre que lorsque j'aurai pris cette maudite Tortose. Je vais organiser une nouvelle campagne. Elle sera victorieuse et nous permettra de faire un grand pas dans la victoire définitive contre les Maures… »

Pauvre Louis, tête creuse hantée de chimères… Alors qu'il m'écrivait cette lettre, une flotte mauresque partie des côtes orientales de l'Espagne avait pris pied en Corse, l'avait envahie et ramené à Cordoue non du butin, car il y avait peu à glaner dans cette île misérable, mais des centaines d'habitants destinés à l'esclavage.

J'accordais si peu de confiance aux compétences militaires de mon fils, qu'informé de son projet, je lui conseillai de ne pas y prendre part et de rester dans sa capitale, Toulouse. Je lui proposai pour le remplacer un de mes vassaux, Ingobert, qui s'était distingué sur d'autres champs de bataille, en Frise notamment, sans que l'on pût le comparer à Guillaume au Court-Nez.

Je convoquai Ingobert et lui conseillai de mener l'affaire rondement mais avec précaution. Assisté du comte Béra, gouverneur depuis peu de la cité, il rassembla son armée dans la campagne autour de Toulouse. Comme il n'y avait plus de butin à attendre sur le chemin de Tortose, l'armée franque mit seulement trois semaines avant d'arriver à pied d'œuvre.

Elle allait trouver les Maures massés devant la grande porte, précédés d'un fort contingent de cavaliers. Ils n'attendirent pas que l'armée franque eût dressé son camp pour fondre sur elle.

Harassés par une longue marche sous un soleil ardent, nos premiers rangs plièrent sous la tornade, mais reprirent vite l'offensive. Nos hommes de pied avaient fait du bon travail, éventrant les chevaux, leur tranchant les jarrets, égorgeant les cavaliers étourdis par leur chute, si bien que la fortune changea de camp. Après moins d'une heure d'un combat féroce, les Maures retournèrent dans la ville et firent fermer la grande porte

Tortose allait-elle capituler ? Ingobert, son camp installé, espéra la prompte venue des émissaires. Ils ne se montrèrent pas, signe que la ville s'attendait à être assiégée. Après plus d'un mois d'attente vaine, les officiers avaient décidé de renoncer à poursuivre ce siège, les notables tortosiens ayant pourvu leur ville de subsistances en vue de tenir des mois, à en croire des prisonniers.

Cette fois, ce n'est pas contre mon fils que je tournai mes foudres mais contre Ingobert.

Faudrait-il que j'enfourche de nouveau mon destrier et que je me rende en Espagne, en dépit de mon âge et de ma santé ? J'étais sur le point d'adopter cette résolution quand j'eus la surprise de voir arriver des représentants du nouvel émir de Cordoue, el-Hakem. Mon premier réflexe avait été de les faire enfermer dans ma prison avant de leur raccourcir le cou. Je maîtrisai mes humeurs et me contentai de les écouter. Ils me proposaient des négociations, non en vue de la paix mais d'une trêve. J'acceptai le dialogue. Ils me remirent un des prisonniers faits devant Tortose, le comte Henri. Aucun présent n'accompagnant cette démarche, je les laissai repartir les mains vides.

Cette trêve me laissait sceptique. Ni les émissaires de l'émir, en dépit de leurs salamalecs, ni moi par mes grincements de dents n'avions envie de laisser cette affaire en suspens. Une idée m'obsédait : *il me fallait Tortose.*

Au printemps de l'année suivante, j'adressai une lettre à Louis pour lui demander de rassembler une nouvelle armée sans lésiner sur les moyens, à commencer par les machines de siège, dont les précédentes campagnes, par excès de confiance ou par négligence, avaient été fâcheusement dépourvues.

Il fit construire à la hâte, dans les chantiers de Toulouse, catapultes, béliers, balistes, et façonner des centaines de boulets de pierre. Il entraîna ses hommes de pied à une approche des remparts avec leurs boucliers rassemblés sur leur tête en carapace de tortue à la manière des légions romaines, pour les protéger des projectiles.

Il semble que le Ciel nous eût cette fois accordé ses faveurs.

Après un mois de siège et nombre d'assauts infructueux, malgré une atroce canicule et une épidémie de fièvre des marais qui avait décimé notre armée, Tortose fit sa reddition. La pluie n'étant pas tombée depuis des mois, les citernes étaient vides et les berges du fleuve trop bien gardées pour que la population puisse s'approvisionner en eau.

Pour l'exemple, Louis fit tomber quelques têtes de notables, entassa un énorme butin dans ses chariots, à la place des machines de siège, et laissa une importante garnison dans la ville. Quelques semaines plus tard, je recevais une part du butin, des bannières ornées d'un croissant de lune, une centaine de prisonniers et les clés de la cité.

Fier d'une victoire due aux éléments plus qu'à sa valeur militaire, Louis m'informa de son intention de ne pas s'en tenir à cet exploit et de foncer sur la ville de Huesca, entre les rivières Cinca et Gallegon, sur les contreforts méridionaux des Pyrénées. Il espérait pouvoir y trouver un personnage qui, l'année précédente, avait trahi sa confiance. Je le fis renoncer à cette entreprise qui relevait d'une vindicte personnelle plus que d'une logique de conquête. Entraîner l'armée lourdement affectée par le siège de Tortose dans une nouvelle aventure à travers des montagnes et des déserts calcinés était une dangereuse aventure. Il finit par en convenir, disant que ce n'était que partie remise.

Les affaires d'Espagne ne devaient pas laisser Louis en repos.

L'été suivant, les Basques, peuple farouchement indocile, reprirent les chemins de l'indépendance, l'obligeant à remonter en selle. Ces peuplades barbares n'ayant pas d'armée digne de ce nom, il n'y eut pas de vraie bataille au cours de cette campagne, mais une suite d'embuscades et d'escarmouches qui me rappelaient le drame de Roncevaux. Cette guerre étant sans issue pour Louis comme pour les Basques, ces derniers firent amende honorable et se soumirent au cours d'une assemblée qui se tint dans la ville de Dax.

Ces diverses opérations avaient consolidé notre situation en Espagne, au prix de lourdes pertes en hommes et en chevaux, souvent pour des résultats décevants.

Au terme de ces campagnes qui en laissaient présager d'autres, comment se présentait le bilan ? Nous avions soumis Tortose et pris possession de sa bande de terre littorale, occupé la haute vallée de l'Èbre et soumis la Navarre où les Maures avaient pris pied. Nous pouvions opposer aux cavaliers cordouans, entre Atlantique et Pyrénées, un vaste espace où Louis avait installé une légion de moines et quelques garnisons.

Pour autant, tout n'était pas réglé.

L'Émirat avait fait de quelques ports, comme Almeria ou Carthagène, des repaires de pirates qui se livraient à des attaques contre les grandes îles de la Méditerranée. Outre la Corse, ils semaient la désolation en Sardaigne et en Sicile, possessions relevant de Byzance. Je redoutais qu'ils s'en prissent à l'archipel des Baléares que j'avais placé sous ma protection, la foi chrétienne y étant fortement implantée.

J'aurais eu tort de négliger les affaires d'Espagne, qui constituaient pour les population des marches pyrénéennes un objet permanent d'insécurité. Derrière les conflits larvés que les Maures menaient contre nos positions, je flairais le signe d'une guerre d'invasion. Ils n'attendaient, semble-t-il, qu'un signe du Prophète ou une occasion favorable pour faire appel à leurs coreligionnaires d'Afrique du Nord et lancer ces hordes à l'assaut.

Je décidai de rester sur mes gardes.

Alors que je me trouvais à Mayence, j'eus la surprise d'y recevoir une sorte de squelette vivant accompagné de quelques moines, eux-mêmes maigres à faire peur et qui avaient du mal à tenir sur leurs jambes.

Chassés de Jérusalem, où ils assuraient la garde et l'entretien des lieux saints sous la protection de soldats francs et italiens, par des musulmans fanatisés, ils avaient été recueillis, alors qu'ils erraient affamés sur une grève déserte de la Palestine, par une nef portant les couleurs de Byzance. Débarqués en Sicile dans un état de dénuement total, ils avaient emprunté un nouveau navire qui les avait déposés sur la côte méridionale.

À pied et chaussés de mauvaises sandales, ils étaient parvenus, en passant d'un monastère à un couvent, à gagner Mayence où ils savaient me trouver.

Ce qu'ils me dirent des événements de Jérusalem et de leur odyssée avait de quoi susciter ma pitié et mon inquiétude. Les Sarrasins, me dirent-ils, était fréquemment sujets à ces accès de fanatisme qui leur faisaient prendre les armes. Ils s'étaient contentés de chasser les moines, mais avaient massacré les soldats. On les voyait traverser par groupes la ville sainte, récitant à haute voix des versets du Coran, et lançant des flèches vers le ciel.

— Cette situation, me dit le « squelette vivant », est devenue insupportable. Que fait donc le calife Haroun ? Il se dit ami des chrétiens mais ne le montre guère. On ne compte plus le nombre de pèlerins qui, dépouillés, tués ou amenés en esclavage par des chefs de tribu, n'arrivent jamais sur le Saint-Sépulcre.

Ces questions, je me les posai moi-même à la suite de cet entretien. Les démonstrations d'amitié, les cadeaux somptueux d'Haroun n'auraient-ils d'autre but que d'endormir ma méfiance ? Peut-être était-il mal informé des mauvais traitements infligés par ses coreligionnaires aux chrétiens, ou alors était-il incapable, depuis ses palais de Bagdad, d'imposer le respect des lieux saints auxquels il était autant attaché que moi ?

Si j'avais écouté ces pauvres moines, je n'aurais pas hésité à conduire, à travers les sables des déserts, une armée en Palestine. Je me gardai bien de leur en faire la promesse et leur donnai congé en leur offrant des robes neuves et mes montures pour aller trouver à Rome le pape Léon.

Mes alarmes redoublèrent lorsque j'appris qu'un chef maure, Ibrahim ben Aglab, après avoir jugulé l'anarchie endémique qui sévissait parmi les tribus du désert, se proposait d'embarquer ses guerriers pour l'Espagne. Dans quel but si ce n'était pour tenter une invasion de la Gaule ?

J'envoyai mon cousin, le fidèle Walla, à Toulouse recueillir quelques détails sur ces rumeurs. Les nouvelles qu'il m'en rapporta étaient moins graves que je ne l'avais craint. Ibrahim n'était pas, me dit-il, l'ennemi potentiel que j'avais redouté ; il se disait ami d'Haroun, et donc le mien. S'il avait fondé la secte des Aglabites et rassemblé une armée en Afrique, c'était pour attaquer ses ennemis religieux occupant le califat de Cordoue.

La pensée qu'une guerre entre Abbassides de Bagdad et Omeyyades de Cordoue, entre le calife et l'émir, allait me délivrer de celle que je redoutais me combla de joie. Je n'allais pas m'en mêler, cela va de soi, mais je souhaitais ardemment la victoire de mon ami Haroun, allié d'Ibrahim. Quant à savoir quelles convictions religieuses ou idéologiques, quelles querelles de clans ou de familles avaient généré ce conflit, j'avoue mon ignorance. Alcuin, dont le savoir était rarement pris en défaut, n'était plus là pour m'éclairer. L'essentiel est que cette tempête allait nous être bénéfique.

Dans les semaines qui suivirent le retour de Walla, j'appris par mes *missi* que la guerre avait embrasé les rivages de la Méditerranée, des Colonnes d'Hercule à Carthage, et que le monde musulman sombrait dans la confusion, d'autant que Byzance était entrée dans la mêlée. Dans la crainte que cette tempête n'atteignît ses côtes, le pape Léon avait fait renforcer ses défenses sur la mer Tyrrhénienne. Les grandes îles virent s'abattre sur elles, comme des nuées de sauterelles, des guerriers des deux clans qui ne rembarquaient qu'après avoir tout picoré. Seul l'archipel des Baléares résista à l'invasion ; j'avais pris soin de le mettre en défense.

L'année suivante, Ibrahim ben Aglab subit une lourde défaite navale devant un ennemi inattendu et implacable, qui allait mettre fin à cette guerre. Alors que sa flotte avait abordé sur les côtes de Sicile et s'apprêtait à l'envahir, une tempête l'avait précipitée sur les récifs et avait envoyé par le fond une centaine de navires, avec soldats, équipages et chevaux.

Quelques semaines plus tard, Walla me rapporta une autre nouvelle d'importance : le comte d'Ampurias, Irmingar, avait capturé dans les parages de Minorque, une des îles Baléares, une nef omeyyade ramenant à Cordoue une centaine de prisonniers corses, hommes et femmes. Les Maures s'étaient vengés en pillant Nice et Civita Vecchia.

Ce conflit, qui n'était pas une vraie guerre, n'avait fait qu'effleurer la Francie, mais, encore obsédé par les craintes d'une invasion, par terre ou par mer, je fis renforcer les défenses de nos côtes méridionales et confiai cette mission à Walla.

Cet officier de mon palais et son frère Adalhard, ancien précepteur de mon fils Pépin, roi d'Italie, étaient mes cousins. Au cours de ces derniers événements, ils étaient devenus pour moi de précieux auxiliaires. Il ne se passait pas de semaine qu'une de leurs estafettes ne me tînt au courant de la situation. Ils excellaient dans leurs fonctions qui équivalaient à celles des *missi*. J'avais décidé, le calme revenu en Méditerranée, de confier à Walla, l'aîné des deux frères, d'autres missions dans la Saxe et la Frise ; il me supplia de le garder au palais.

La cinquantaine venue, doué d'une sagesse qui faisait de lui, disait-on, « un nouveau Joseph », il souhaitait renoncer aux longues chevauchées et aux guerres incertaines. Il allait se contenter, avec Adalhard, de suivre ces affaires de près, notamment pour surveiller les comtes qui se comportaient souvent comme des satrapes dans les territoires soumis.

C'est alors que j'envisageai de les associer à mon pouvoir.

Parenthèse :

— Que marmonnes-tu, mon bon Éginhard ?

— Je crains, sire, une maladresse de votre part, qui pourrait être lourde de conséquences.

— Ce qui signifie ?

— Dois-je vous rappeler qu'en faisant d'eux des maires du palais, comme ceux dont s'entouraient les rois de la race de Mérovée, vous courez le risque de les voir prendre une importance exagérée ? Votre vénéré père, le roi Pépin, n'a-t-il pas fait tonsurer et jeter dans un monastère le roi Childéric ? Qui vous dit qu'ils ne nourriront pas la même ambition contre vous ?

— Tu as tort de t'inquiéter. Walla et Adalhard me sont fidèles. Fais en sorte de ne pas divulguer ces absurdes soupçons. Tu pourrais le regretter… Reprenons…

Ce n'est pas de gaieté de cœur, je dois en convenir, que j'envisageais de partager mon pouvoir avec mes deux cousins, cette mesure pouvant être jugée comme une faiblesse ou une impuissance de ma part. Les soupçons d'Éginhard ne me paraissaient nullement fondés, du moins dans les circonstances présentes, mais l'éventualité d'une révolution de palais ne pouvait être exclue, mes fils étant loin de moi et fort occupés. Je me promis, après les avoir installés dans leurs nouvelles fonctions, de les avoir à l'œil.

Sans ces deux officiers, les affaires intérieures seraient allées en se détériorant. J'avais songé à imposer à Louis de renoncer à sa chère Aquitaine pour réintégrer sa famille et sa vraie capitale, mais il avait manifesté de telles réticences que j'avais renoncé. Il m'était d'ailleurs précieux là où il se trouvait, et cette mesure aurait pu être prise pour l'annonce d'une abdication.

J'avais quelque raison de m'inquiéter de mes capacités à administrer mon empire. Je ne jouissais de mes facultés physiques et mentales qu'en apparence. Le mystérieux embryon qui me grignotait de l'intérieur me mettait en garde contre un excès de confiance en mon avenir.

C'est pourquoi j'ai procédé à la rédaction d'un nouveau testament destiné à la dévolution de mes biens mobiliers et immobiliers : mes domaines épars dans la Francie du Nord et un trésor inestimable. Les objets précieux figurant dans la chapelle palatine échappent à cet inventaire ; ils appartiennent à l'Église et à Dieu. Quant aux manuscrits de ma bibliothèque, rassemblés par Alcuin et Éginhard, Écritures saintes, antiphonaires et hymnaires, ils seront dispersés aux enchères et le fruit de leur vente consacré aux indigents.

J'ai réservé aux basiliques de Rome et de Ravenne les deux plus belles pièces de mon trésor : des tables d'argent avec, gravées sur le plateau, des vues cavalières de ces deux cités.

Je n'ai pas oublié mes proches et mes plus humbles serviteurs, qui constituent en quelque sorte pour moi une famille d'adoption. J'ai pris des mesures draconiennes pour que mes concubines et leur progéniture de mon sang soient pourvues.

Le dernier de mes bâtards, né d'une fille d'origine saxonne, Adalinde, est venu au monde l'année 810. Je lui ai donné le nom de Thierry. Avec lui s'interrompt à jamais ce qu'Éginhard appelle mes « frasques ». C'est un gros garçon rieur et gourmand. Je le prends parfois sur mes genoux ou le mène par la main jusqu'à ma ménagerie.

Si j'invite parfois une servante à me consacrer une nuit, c'est pour le plaisir innocent de laisser mes mains courir sur sa chair souple, tiède et odorante ou, les nuits d'hiver, pour réchauffer mes vieux os.

Les ennuis que m'occasionnaient les incursions des Danois allaient croître après mon couronnement.

Si je faisais confiance à Louis pour monter la garde sur les frontières du Sud, le soin me revenait de faire de même sur celles du Nord où ces pillards venus des mers froides s'en donnaient à cœur joie.

Accompagné de Walla, je consacrai des semaines d'automne à inspecter nos défenses côtières sur l'Atlantique et la Manche. Que de longues et grises journées à chevaucher sur des rivages désolés, dans la pluie et la brume... J'arrêtais parfois mon cheval en haut d'une falaise et, sous les coups de fouet du vent, je passais de longs moments à regarder des volées d'oiseaux de mer planer sur cette immensité déserte qui faisait renaître en moi le vertige de cette infinitude du temps et de l'espace, dont Alcuin avait instillé mes méditations.

On les appelle indifféremment Danois ou Vikings. Leur pays d'origine est la péninsule du Danemark et les innombrables îles qui l'entourent, jusqu'aux marges du mystérieux royaume de Thulé. J'ai longtemps nourri l'ambition de prolonger mes conquêtes jusqu'à ces terres lointaines pour y faire rayonner la gloire du Seigneur, mais à chaque jour suffit sa peine.

Leur territoire ne se borne pas au royaume du Danemark

et à ses îles; il déborde sur les côtes de la Suède et de la Norvège. Alors que, dans sa jeunesse, il guerroyait dans le nord de la Westphalie, Walla avait pris l'initiative d'une incursion pacifique au-delà de l'Eider, frontière naturelle avec le Danemark.

Il avait passé, me dit-il, quelques jours à chevaucher, en tête d'une petite escorte, à travers ces plaines interminables couvertes de forêts et de marécages, sans se heurter au moindre détachement armé. Il n'avait rencontré que des villages de pêcheurs et de forestiers qui habitaient des masures de torchis couvertes de joncs. Il s'était abstenu de poursuivre sa randonnée jusqu'aux villes, ce qui eût risqué de provoquer des réactions dangereuses.

À ce jour, les navigateurs danois se sont bornés à remonter les fleuves et à envoyer leur lourde cavalerie au pillage des villages et des établissements religieux. Ils débarquent par surprise dans les estuaires et ne s'attardent guère, si bien que tout contact armé avec eux est impossible. Leur opposer une flotte serait risqué; outre que celle dont ils disposent est innombrable, leurs navires sont de petites forteresses flottantes quasiment inexpugnables.

Ces brigands ne partent jamais dans leurs expéditions sans emporter des effigies de leurs idoles : Odin, dieu de la guerre, de la sagesse et de la poésie, et Thor, celui des orages et des pluies généreuses. Avant d'entreprendre la remontée des cours d'eau, ils les jettent dans l'estuaire, en guise d'offrandes propitiatoires. On m'a rapporté quelques-uns de ces objets qui ont à peine forme humaine. Ils marquent le choix de leur campement par une hache fichée en terre.

Walla m'a raconté que ces navigateurs auraient poussé leurs incursions vers des terres inhospitalières, jusqu'alors ignorées des savants, qu'ils ont appelées Groenland. Plus loin encore, ils auraient découvert un continent où pousse la vigne et baptisé Vinland.

Vérité ? Légende ? Qu'en croire ? Walla, tient ces navigateurs pour « aussi vantards que les Provençaux » et doute de ces récits de navigateurs aventuriers, engeance portée aux excès de l'imagination après des libations de bière.

Ayant eu connaissance d'une épave de leurs nefs appelées *drakkars*, Walla m'en a fait la description.

Ces grandes barques sont dotées d'un faible tirant d'eau pour faciliter la remontée des fleuves. Naviguant à la voile et aux avirons, elles peuvent transporter jusqu'à une cinquantaine de guerriers casqués de fer, des chevaux, des chiens, du matériel de camp et des vivres, notamment des pommes, dont ils sont friands. Ils embarquent quelques femmes pour préparer leurs repas et jouir d'elles. Ils ne négligent pas de festonner les bordures de leurs embarcations de ciselures et de peintures de monstres marins. La proue sculptée représente des êtres étranges sortis des mers et des légendes scandinaves.

Alors qu'au cours de ses pérégrinations au Danemark il approchait de la petite ville d'Osberg, sur la côte occidentale de la péninsule, Walla avait assisté à la crémation d'un chef de tribu.

Revêtu d'une longue cape bordée d'or et d'argent, coiffé d'un bonnet de fourrure, le cadavre avait été allongé dans son navire, avec autour de lui ses armes et de quoi pallier, pour un dernier festin, sa faim et sa soif. Walla avait assisté au sacrifice d'un taureau, d'un chien, de quelques volailles et de sa concubine favorite qui, ayant choisi d'accompagner son maître dans son dernier voyage, avait été étranglée par une vieille femme appelée l'« ange de la mort ».

Durant tout ce rituel funèbre, quelques guerriers et des gens du peuple avaient mêlé leurs chants de guerre et leurs complaintes aux lamentations des femmes. Un enfant, fils du chef, avait été chargé de mettre le feu au navire.

— Sire, ajouta Walla, vous me connaissez suffisamment pour savoir que je répugne aux cérémonies païennes quand elles font injure à nos propres croyances. Et pourtant, dans ces circonstances, j'avoue avoir été bouleversé. J'ai vu des larmes rouler dans les grosses moustaches des guerriers…

J'ai eu moi aussi l'occasion de voir, à moitié enfoui dans la boue d'un estuaire – celui de la Seine, il me semble –, un drakkar victime d'une tempête. Paysans, pêcheurs et naufrageurs l'avaient presque entièrement dépouillé de sa coque pour alimenter leur foyer ou rafistoler leurs masures, si bien qu'il ressemblait au squelette d'une baleine.

Des victimes avaient été recueillies, encore revêtues de leur tenue guerrière. C'étaient, me dit-on, des hommes d'une taille peu commune, à peau claire, coiffés d'une abondante chevelure blonde ou rousse, armés d'une épée à double tranchant, d'une hache et d'un coutelas. Certains portaient des casques de cuir, d'autres de fer, tous réalisés de façon grossière. Les bijoux dont ils ornaient leurs chevilles et leurs bras étaient de bronze et finement ciselés.

Ces Danois avaient un roi : Godfried ou Godfred, qui a régné presque aussi longtemps que moi. Il vient de mourir assassiné par un inconnu, et a été remplacé par le jeune Hemming, son neveu, qui a dû disputer son trône aux fils du roi défunt. Que doit-on attendre de ce nouveau souverain ? Dieu en décidera.

Mon point faible était l'état sommaire de ma flotte. Au cours d'une bataille navale avec celle du basileus, elle eût été prise ou envoyée par le fond. Contre les Danois, la seule solution eût été de prendre la fuite. Je m'engageai dans un programme de chantiers navals que je chargeai Adalhard et Walla de prendre en main. Pour limiter les incursions danoises, j'imposai une amende aux paysans et pêcheurs proches des estuaires, qui, au lieu de prendre les armes, tenteraient de fuir vers l'intérieur des terres.

Je n'ai pas eu, à ce jour, à affronter le roi Hemming.

Au cours de ma dernière campagne en Saxe, j'avais établi mon camp près de la ville de Hollenstedt, à l'entrée de l'estuaire de l'Elbe, au nord de la Westphalie, quand j'avais reçu une délégation de notables et d'officiers danois venus me proposer un entretien avec le nouveau roi.

Que l'on juge de ma surprise lorsque je me présentai

pour répondre à sa requête : il avait levé l'ancre avec sa flotte, ne laissant sur place que la trace de quelques feux ! Un événement grave avait-il contraint Hemming à s'en retourner ? Auquel cas il aurait laissé quelques-uns de ses gens pour m'en tenir informé et s'en excuser. Je n'osais croire qu'il eût agi ainsi par provocation ou par mépris.

J'eus, peu de temps après, l'explication de ce comportement cavalier. Mes alliés, les Obodrites, d'ordinaire pacifiques, ayant dévasté des zones frontalières, il avait envahi leur territoire, massacré le chef Drosuk et ses proches et imposé un tribut à ce peuple.

La saison était trop avancée pour que je puisse envisager une riposte. Je tournai bride pour revenir en Francie.

Après avoir passé les fêtes de Pâques à Nimègue en compagnie de Walla et d'Adalhard, j'appris avec stupeur que, non content d'avoir écrasé les Obodrites, Hemming venait de violer les frontières de la Westphalie !

J'envoyai une armée commandée par mon fils Charles mettre un terme à cette invasion. Lorsqu'il arriva sur l'Eider, il chercha à établir le contact avec les Danois, mais en vain. Il apprit des moines d'Esselfeld qu'Hemming avait, au cours d'une embuscade, perdu un de ses parents, Reginald, et que son chagrin l'avait fait renoncer à poursuivre sa campagne.

Redoutant de voir mes armées franchir l'Eider, Hemming avait établi de gigantesques retranchements le long du fleuve, dans le but de protéger les limites méridionales de son royaume, avec une seule voie de passage, mais puissamment fortifiée. Je ripostai à cet acte d'hostilité en décidant de renforcer la forteresse d'Esselfeld, dont Charles confia la garde à l'un de ses comtes, Egbert, avec une centaine d'hommes.

Les affaires allaient en rester à ce point durant des mois, Francs et Danois s'observant par-dessus l'Eider et les provocations fusant de part et d'autre. Egbert, par la capture d'une patrouille danoise, avait appris qu'Hemming n'avait pas renoncé à son intention d'envahir la Germanie, et qu'il amassait des troupes en nombre suffisant dans l'intention de les conduire jusqu'à Aix me détrôner et coiffer la couronne impériale ! Je pris cette nouvelle comme une vantardise d'aventurier.

En revanche, je pris au sérieux le message d'un de mes envoyés opérant en Frise. Renonçant à des projets démesurés, Hemming avait décidé de s'attaquer à ce pays que j'avais eu tant de mal à soumettre, et avait jeté sur ses côtes deux cents drakkars et des milliers de guerriers.

Sortant de ma retraite, l'été 810, malgré mon âge, je pris la tête d'une armée, en me jurant que cette campagne serait pour moi la dernière.

Le rassemblement eut lieu à Lippenham, sur la rivière Lippe, aux confins de la Frise. J'avais sous mon commandement mon fils Charles, qui allait avoir une ultime occasion de montrer sa valeur guerrière.

À marches forcées nous avons pénétré dans les plaines frisonnes, piétinant dans des marécages s'étendant à l'infini où s'embourbaient nos chariots, quand je constatai que le principal ennemi que nous aurions à combattre allait être les fièvres des marais. Les sévices avaient débuté avec les bœufs attelés à nos chariots et ceux que nous destinions à notre subsistance, décimés par une mystérieuse épidémie. Nous perdîmes beaucoup de nos hommes, chaque nuit, nos tentes étant envahies par des nuées de moustiques.

Quant à l'armée danoise, elle avait disparu, à moins qu'elle ne se fût jamais montrée en ces lieux.

Hemming n'avait pas fini de me surprendre : il me proposa, un mois après cette affligeante campagne à la poursuite de fantômes, une entrevue sur l'Eider. Je faillis lui répondre que ma candeur avait ses limites et que je n'attendais de lui qu'une explication sur le terrain. Il me témoigna tant de bonnes résolutions que je finis par me laisser convaincre, bien décidé, au cas où il tenterait de me berner une nouvelle fois, à lui donner une sévère leçon.

Trop las pour faire moi-même ce long voyage, j'en confiai le soin à Charles et à Walla.

L'entrevue eut lieu par un beau jour de fin d'été, sur

une rive de l'Eider. Douze chefs danois se trouvèrent en présence d'un nombre égal des nôtres. Des promesses de paix furent échangées après force libations de bière et des festins de sangliers et de cerfs rôtis à la broche.

Il aurait fallu que je fusse bien sot ou naïf pour cautionner ces épanchements d'après boire, et bien imprudent pour ne pas m'en méfier. Je ne leur accordais pas plus de crédit qu'aux promesses du roi Didier et aux soumissions fallacieuses des chefs saxons.

L'automne qui suivit, malgré les douleurs que provoquaient en moi les longues chevauchées, je quittai Aix sous des pluies diluviennes pour inspecter une fois de plus, la dernière sans doute, les défenses côtières du nord de la Francie, en laissant à Louis le soin de s'occuper de celles de l'Atlantique.

À Boulogne, j'eus la satisfaction de constater que les chantiers navals connaissaient une belle activité. Quelques nefs et des navires de charge étaient prêts à prendre la mer. Je donnai des consignes pour faire restaurer le phare, y entretenir un feu permanent, et exigeai que mes comtes se tinssent sur pied de guerre pour pallier tout débarquement des Danois.

À mon grand dam, le roi Hemming montait en puissance, mais son règne allait être bref. Il allait être victime d'un personnage du palais royal, Harald, qui avait comploté contre lui et l'avait livré à ses sicaires : des méthodes qui rappellent singulièrement les mœurs byzantines. Il s'était ensuivi une guerre civile qui avait fait des milliers de victimes.

Je ne sais d'où venaient les vents violents qui soufflaient sur ces foyers de guerre et faisaient craindre un embrasement général. Les tribus entières, Obodrites, Wilzes, Linons, Sorabes quittaient leurs villages et partaient pour en découdre avec leurs voisins, sous l'œil perplexe de mes comtes qui se refusaient à prendre parti dans cette infernale danse guerrière.

J'envoyai Walla, à la tête d'une petite armée, tenter de ramener l'ordre dans ce tohu-bohu. Il fut satisfait de constater que nos garnisons étaient restées sur leur réserve, se contentant de renforcer leurs retranchements par des palissades de pieux et de construire de nouveaux fortins aux endroits névralgiques.

Avais-je demandé à Charles, au cours de ces dernières années, trop de sacrifices ? Il était robuste, soit, et fier, à n'en pas douter, de la confiance que je lui témoignais. Conscient d'avoir à coiffer un jour prochain la couronne impériale, il s'était donné avec une ardeur surhumaine aux missions que je lui avais confiées, et chacun de ses rapports me rassurait sur ses compétences et ses convictions.

Un soir de décembre de l'année 811, à Aix, j'étais occupé à dicter à Éginhard un courrier à l'intention de Louis quand des bruits de sabots et des hennissements retentirent dans la cour, alors que la nuit tombait et que la ville baignait dans le brouillard.

Deux officiers emmitouflés dans leur manteau gorgé de pluie firent irruption dans mon cabinet et, un genou à terre, d'une voix brisée, m'annoncèrent la mort de Charles. L'émotion faillit me faire perdre connaissance, mais je me repris vite pour leur demander des détails sur les circonstances de cet événement tragique.

De retour avec une escorte de cavaliers d'un voyage à Hambourg, sur l'estuaire de la Weser, pour des affaires relevant du commerce, Charles avait fait halte dans un village afin de se restaurer et faire prendre du repos aux chevaux. À peine était-il descendu de sa selle, il s'était affalé dans la boue. Transporté dans la maison d'un notable, il était mort moins d'une heure plus tard, son cœur s'étant arrêté de battre.

Abasourdi, je leur demandai ce qu'ils avaient fait du cadavre : il les suivait de peu, allongé dans un chariot, enveloppé dans des peaux de bœuf. Il n'arriva que le lendemain.

Pour le voir une dernière fois, je fis défaire son linceul. En raison du froid, la mort n'avait pas trop marqué son beau visage : il était d'un blanc jaunâtre de mauvaise cire ; ses paupières mi-closes laissaient percevoir un regard vitreux et le bleu de ses yeux, devenu terne. Je posai mes lèvres sur son front de pierre froide, pour un dernier baiser baigné de larmes, avant de faire refermer son linceul de peaux.

Je veillai à ce que ses funérailles fussent dignes d'un prince impérial. Elles eurent lieu en l'abbaye de Saint-Denis, proche de Lutèce, près des restes de notre famille, avec son casque, sa cuirasse, ses armes et ses bracelets d'argent, comme il convient à la mort d'un chef franc.

Le prince Charles aurait eu quarante ans l'année suivante. Alcuin, je m'en souviens, avait remarqué en lui la « sévère virginité des héros ». Le mot *virginité* n'est pas qu'une image : il a toujours refusé le mariage avec les princesses saxonnes que je lui proposais et je ne lui ai pas connu de maîtresse. Cela ne me causait guère de trouble quand il avait vingt ans ; à quarante, cela m'inquiétait. Avait-il été victime d'une maladie vénérienne ? Avait-il, au cours de ses missions en Italie, été initié à des mœurs dévoyées, que l'Église réprouve ? Je serais plutôt enclin à croire que la guerre prenait tout ce qu'il portait en lui de passion. Il est mort en emportant ce secret dans la tombe.

Sa mort m'affecta plus que celle de nos proches qui l'avaient précédé. En fait de crève-cœur, j'avais eu mon lot. C'est le triste privilège du grand âge que de voir, comme un vieil arbre, les saisons pourrir les branches avant le tronc et les fruits avant leur maturité. Ce qui restait en moi de sève me paraissait indécent et injuste, mais peut-on contester les décrets de la loi divine ? Sans aller jusqu'à souhaiter ma mort, je l'attendais et l'attends toujours avec sérénité.

Parfois, à la tombée du jour, assis, selon la saison, sur un banc du jardin ou au creux de l'âtre pour grignoter des châtaignes, je subis la résurgence des souvenirs heureux que Dieu a semés sur mon chemin : la voix grêle d'Alcuin lisant et commentant des poèmes de Virgile ou d'Horace, les accents pathétiques du plain-chant dans la basilique de Ravenne au temps de Pâques, la poursuite effrénée d'un auroch dans la forêt Charbonnière, la débâcle d'une armée ennemie et, par-dessus tout peut-être, que le Seigneur me le pardonne, les caresses d'une femme…

Le moment était venu de confirmer mon ardent désir de voir le prince Louis, dernier de mes fils vivants, coiffer la couronne impériale. Il vivait dans son palais de Toulouse, un œil sur les marches d'Espagne et le littoral de la Narbonnaise.

L'année 813, au début de l'automne, il répondit à mon invitation de me rejoindre à Aix pour une cérémonie d'intronisation. Il s'y présenta entouré d'une prestigieuse cavalerie aquitaine chevauchant sous les bannières du lion. J'avais pris cette décision à la suite d'un malaise au sortir du bain, ce qui m'avait paru, malgré l'avis de mes médecins, l'annonce de ma fin prochaine.

Pour donner plus d'importance et d'éclat à cette cérémonie, j'avais invité quelques grands vassaux et les sommités de l'Église franque. Je la voulais grandiose ; elle le fut, au-delà de mes espérances.

À trente-cinq ans, malgré le léger embonpoint qui contribue à sa majesté, Louis jouit d'une santé resplendissante qui contraste avec ma débilité. Père de quatre fils, Lothaire, Pépin, Louis et Charles, nés de sa première épouse, Hermengarde, il fait, semble-t-il, bon ménage avec la deuxième, Judith, fille du duc de Bavière, qui partage sa foi religieuse ardente et soutient ses ambitions de futur empereur. Ce n'est pas à lui qu'on pourrait reprocher mes dévergondages, objets d'indignation pour certains de mes proches.

J'avais choisi pour cette cérémonie, qui aurait comme théâtre ma chapelle palatine, le deuxième dimanche de septembre.

Je fis mon entrée dans la basilique au son du *Gloria* des chantres, revêtu de mes habits d'apparat et coiffé de la lourde couronne impériale, constellée de pierres précieuses, qui n'avait jamais autant pesé à ma tête chenue. Comme j'éprouvais quelque difficulté à marcher, Louis me soutint par le bras en évitant que je me prenne les pieds dans le tapis, si bien que je fis assez bonne figure, du porche de l'entrée à l'octogone.

Je m'agenouillai sur un coussinet devant l'autel du Seigneur où, dans une gerbe de soleil, étincelait une autre couronne : celle que je destinais à mon fils. Il s'agenouilla à mon côté et nous avons confondu nos prières.

Louis m'aida à me relever, ce qui me fut pénible. Au moindre mouvement, je sentais mes os craquer de toutes parts, comme si j'allais m'effriter.

D'une voix que je me forçai à rendre perceptible pour la foule qui avait envahi les moindres recoins de la basilique, je rappelai à Louis les devoirs qui attendaient le futur empereur d'Occident : continuer à aimer et craindre le Seigneur, honorer et protéger l'Église, se montrer clément envers sa famille, ses proches et ses vassaux, aimer ses peuples comme un père ses fils, ne faire la guerre qu'en toute extrémité...

Je l'invitai à me faire connaître de vive voix son intention de respecter mes préceptes. Quand il m'eut d'une voix retentissante donné son assentiment, je me saisis de sa couronne et, après qu'il se fut agenouillé, la plaçai sur sa tête.

Des clameurs de joie montèrent de l'assistance, avec, répétée à trois reprises, l'acclamation « Vive l'empereur ! », à l'adresse du père comme du fils.

Brisé d'émotion, de fatigue et pris d'un léger vertige, je

peinais à conserver mon équilibre au moment de descendre les marches de l'autel. Sans le soutien de mon fils, je me serais effondré sur place.

Côte à côte, moi assis et lui debout, nous avons assisté à l'office solennel. Avant de nous retirer, après avoir retrouvé quelque force, j'ai repris la parole pour lancer à l'assistance :

— Seigneur Dieu, toi qui m'as donné aujourd'hui de voir ce prince né de mon sang s'asseoir sur mon trône, sois béni, et que tes grâces...

Le reste de mon propos s'est perdu dans les vivats et les murmures montant de la foule qui se pressait sur le parvis.

Je n'avais rien négligé pour faire de ces agapes un moment de convivialité inoubliable.

Aucune salle du palais n'étant assez vaste pour abriter cette foule, c'est dans mes jardins qu'eut lieu ce repas, sous des tentes multicolores prévues en cas de pluie. Épuisé par la chaleur de cette fin d'été, je me retirai après les libations propitiatoires et les premières venaisons pour me livrer à ma sieste quotidienne. J'étais si las qu'elle dura jusqu'à la nuit, malgré le tumulte joyeux et les musiques montant des jardins. Avant de m'endormir, j'imaginais les enfants jetant des os aux animaux de la ménagerie, les dames s'apprêtant pour la danse, les vieilles moustaches racontant leurs exploits ou entonnant les chants guerriers écrits par Alcuin...

Quand je me suis réveillé, il faisait presque nuit, avec la grande aile rouge d'un nuage suspendue au-dessus de la ville. L'air encore tiède me venait par bouffées légères. Dans les jardins, la fête battait son plein. On avait allumé sur les pelouses ou accroché aux branches flambeaux et pots à feu, dont l'odeur âcre me venait par la fenêtre ouverte. Des musiciens jouaient des airs allègres d'Aquitaine et de Provence. Je maudissais ma fatigue et mes douleurs de m'avoir privé de ce festin et de cette fête.

Je me fis servir par Adaline une écuelle de lait chaud

sucré au miel, des beignets aux pommes, et lui ordonnai de faire l'obscurité pour me replonger aussitôt dans le sommeil.

Afin de jouir de la présence de mon fils, de ses enfants et de son épouse, je leur demandai de retarder de quelques jours leur retour à Toulouse. Judith, qu'il avait épousée suivant le rite des Francs germaniques, m'avait plu d'emblée. J'appréciais sa beauté un peu sévère de Bavaroise, mais moins l'ascendant qu'elle avait pris sur Louis. Ils paraissaient néanmoins s'accorder en perfection.

Nous avons eu, mon fils et moi, la veille de son départ, sous une charmille, une longue discussion relevant de la politique, de l'économie, de notre famille et de la foi que nous partagions sans réserve.

Je lui fis promettre de ne rien changer, après ma mort, aux institutions de l'Empire, qui avaient démontré leur efficacité. Il m'en donna l'assurance. Je le priai de m'entretenir de la situation, dans les provinces d'Aquitaine et de Narbonnaise notamment. Il s'en acquitterait régulièrement. Il avait fait acte de charité en rachetant des milliers d'esclaves raflés en Corse l'année passée par les Maures et avait échangé avec l'émir des promesses de paix, sans doute aussi peu fiables que celles avec les Saxons.

Je lui rappelai que le commerce avec les nations voisines est l'un des points faibles de l'Empire. Je n'ai enregistré, durant ces dernières années, ni régression ni essor, rien qu'une routine somnolente. Dans l'intérieur de la Francie, la circulation des denrées et des marchandises donne de bons résultats dans les domaines des transactions ou des échanges, mais sans la volonté de conquérir des marchés.

Nos foires jouissent d'une bonne renommée, celle du Lendit notamment qui, depuis plus d'un siècle, se tient durant plusieurs jours à Saint-Denis, près de Lutèce. J'y ai souvent fait acte de présence, seul ou en famille.

J'aime la compagnie des marchands plus que celle des gens de guerre. En une heure d'entretien, j'en apprends plus sur les affaires du monde avec un banquier vénitien ou lombard, qu'en une journée avec un de mes *milites*. Quand le commerce se greffe dans d'honnêtes conditions sur la politique, on peut s'attendre, sinon à des miracles, du moins à des initiatives heureuses. J'ai longtemps rêvé de partager l'existence de ces marchands venus en caravanes ou par la mer des confins de l'Afrique et de l'Asie. Ceux que j'ai eu l'occasion d'héberger m'ont laissé le souvenir de récits de voyages ou de contes fabuleux, dont Alcuin aurait pu faire des livres.

Nos ports s'ouvrent à tous les horizons, mais leur activité marque le pas. La Francie a beaucoup à apprendre de ses voisins, notamment de l'Angleterre. Dotée d'une flotte de commerce importante, elle nous achète nos vins, nous apporte son cuivre, va chercher l'ambre jusque dans les mers froides. Si une activité batelière intense anime nos rivières et nos fleuves, elle ne fait que suivre une habitude séculaire.

J'aspire à des relations commerciales plus étroites dans la Méditerranée, mais c'est une zone permanente d'insécurité, les pirates arabes nous contraignant à les limiter. Par la faute des Sarrasins qui infectent ces eaux, nous souffrons d'une pénurie d'épices, d'huiles fines et de soieries de Byzance. Éginhard se plaint fréquemment de manquer du papyrus d'Égypte qui l'oblige à poncer de vieux manuscrits dans le but d'obtenir assez de parchemin afin de recueillir ma confession.

Combattre ces brigands m'obligerait à construire des navires, or je manque d'ingénieurs, et ceux que j'emploie ont assez à faire avec les chantiers du Nord. Il n'est pas jusqu'à l'ivoire nécessaire à l'ornementation des manuscrits de mon *scriptorium* qui ne nous fasse défaut, et je ne peux plus compter sur le calife Haroun al-Rachid : quoique plus jeune que moi de vingt-quatre ans, il vient de mourir dans le Khorasan, au cours d'un combat contre des rebelles. Sa mémoire reste attachée à celle de mon éléphant Aboul-Abbas, mort peu avant lui, et à cette merveille : l'horloge hydraulique qui compte mes heures avec des billes d'argent.

Je n'ai pas caché à Louis, au cours de notre entretien, les inquiétudes que fait lever en moi la situation en Italie.

Il y a deux ans, à sa mort, Pépin, que j'avais fait roi, a laissé un fils de quatorze ans, Bernard, et quatre filles promises à des mariages politiques. Je les ai fait venir à Aix et les ai confiés à mes sœurs pour faire leur éducation religieuse et à des précepteurs pour leur faire découvrir le monde. Pépin avait maîtrisé la situation politique dans la Péninsule, mais son ancien précepteur, Adalhard, frère de Walla, n'a ni l'étoffe ni les compétences d'un souverain. Louis m'a promis de régler au plus vite et au mieux cette situation périlleuse.

Tandis que je m'accrochais, sans conviction à la vie la mort continuait à faire des places vides autour de moi.

Ma très chère sœur Gisèle, abbesse de Chelles, couvent proche de Lutèce, a quitté ce monde alors qu'elle allait avoir soixante ans. Cette créature éthérée, qui semblait vivre dans la compagnie des anges, avait toujours refusé le mariage et je n'avais pas osé le lui imposer. Une de mes filles, Rothrude, qui avait été sur le point d'épouser un fils de l'impératrice Irène, avait préféré, plutôt que la couronne impériale, un mariage secret avec le comte du Maine, Rorgon. Elle partageait avec son précepteur, Alcuin, une passion pour la théologie, de pair avec celle de l'équitation. Je considérais ma bâtarde, Rothilde, comme morte depuis qu'elle avait rompu avec sa famille pour entrer au couvent.

J'ai toujours éprouvé, pour les enfants issus de mes concubines, les mêmes attentions que pour les légitimes. Leur nombre ne les exclut pas de mon affection. Cette tendresse pour ma progéniture, que certains qualifient de *sénile*, est, en ce qui concerne ma famille, un des traits infaillibles de ma nature. J'estime que toute créature née de mes œuvres est sacrée. Si j'ai fait preuve de complaisance envers mes comportements souvent contraires à la morale et à la religion, je n'ai fait que suivre l'exemple de mon père, en veillant à ce qu'ils n'engendrent pas de désordre dans ma cour.

Que me reprochent encore les dévots ? De laisser des femmes de petite vertu exercer leur commerce charnel dans les maisons closes ou les rues de ma capitale ? Pragmatique, je considère que cette tolérance évite bien des attentats et des viols. D'abriter dans mon palais des officiers adultères ? Je n'allais pas leur faire la leçon et les faire surveiller par mes moines. Certains de mes proches nourrissaient-ils de la jalousie envers mes conseillers Walla et Adalhard, qui avaient pris une importance jugée insolite ? Je me refusais, pour étouffer leurs humeurs acariâtres, à me séparer de ces précieux auxiliaires...

Non sans regret et par nécessité, j'ai décidé de rompre avec la chasse.

Peu après les cérémonies d'intronisation de Louis, profitant d'une trêve dans mes souffrances physiques, je me suis fait conduire dans un char à deux roues capitonné, sous un baldaquin, dans une forêt des Ardennes, près de Duren.

Le temps de novembre tournait au gris et à l'aigre, avec de lourdes averses qui sentaient la neige. Nous avons passé trois jours à suivre par des sentiers forestiers les laisses du gros gibier, et avons rapporté deux chariots de venaison.

Mes compagnons m'ont laissé le soin de servir notre dernière victime, un cerf des marais de trois ans aux bois majestueux, qui se débattait au pied d'un chêne contre la meute. J'ai dû m'y prendre à trois fois, d'une main malhabile et avec répulsion, pour l'achever. Je n'oublierai jamais son dernier regard, ses larmes, la plainte sortant comme un reproche de sa gueule humide d'écume et de sang.

Au retour, transi de froid et tremblant de fièvre, j'ai renoncé au festin qui clôturait cette chasse, pour m'aliter.

Le lendemain, lorsque Éginhard est entré dans ma chambre pour assumer son pensum quotidien, je l'ai éconduit.

— Que pourrais-je ajouter ? lui ai-je dit. Nous en avons fait le tour. Je ne vais tout de même pas relater par le détail la pose des ventouses, mes saignées, mes diarrhées, mes vomissements... Je ne t'autorise désormais à me faire visite que pour t'informer de mon état. Tu peux ranger ton calame et ton encrier.

À peine avait-il fermé la porte, j'ai senti avec délice un bien-être crépusculaire descendre en moi.

3

Les anges noirs

Récit d'Éginhard. Aix, janvier 814

Ma main tremble et mes yeux s'embuent au moment de reprendre le calame, après des mois passés sans que Charles daigne poursuivre sa confession. Il est vrai, comme il me l'a dit, qu'il a « fait le tour de sa vie » et que plus rien, semble-t-il, ne lui importe.

Après son renoncement aux plaisirs de la chasse, il n'a pour ainsi dire rien changé à ses habitudes, comme s'il cherchait, en les figeant, à leur donner une telle consistance qu'il puisse encore, pour des années, ajourner sa fin. J'ai assisté, durant des semaines et des mois, à ce conflit entre lui et les anges noirs. Il faisait semblant, par forfanterie, de rester maître de sa destinée comme Jacob après s'être colleté par défi avec l'ange qui l'avait surnommé *Israël*, c'est-à-dire « fort contre Dieu », mais peut-on résister aux décrets de Dieu ?

D'un œil attendri, j'ai suivi ses promenades dans les jardins du palais, assisté en sa compagnie aux offices dans la chapelle et passé à son côté la revue de la garde palatine. Je l'ai accompagné à ses bains quotidiens en veillant à ce qu'il ne sombrât pas, trahi par ses vieux os… Chaque jour, parfois durant des heures, je lui ai fait la lecture de ses œuvres favorites, celles des auteurs latins ; il se montrait insatiable, comme s'il préparait son bagage pour l'éternité.

Il lui est venu au cours de ses dernières années un intérêt de plus en plus intense pour ses écoles. Il veillait à ce qu'elles fussent ouvertes aux enfants de toutes les classes de la société et réprimandait les moines qui négligeaient leur mission.

Il me disait :

— Éginhard, souviens-toi que l'éducation fait l'homme et qu'un serf intelligent et éduqué est plus utile à l'Empire qu'un prince sot et ignare.

Il avait décidé que chaque établissement religieux, chaque évêché, devrait être doté d'une école pour les humbles, dirigée par un « sage docteur ». Certaines, comme Corbie, Lutèce, Saint-Benoît, Auxerre, Fontenelle, sont devenues des foyers de culture. D'autres, de par sa volonté, ont été créées au-delà du Rhin, à Prüm, Fulda, Saint-Gall et, en Italie, au mont Cassin. On a enseigné la langue grecque à Osnabrück...

Il me disait encore :

— J'ai conscience de laisser mon œuvre inachevée, mais mon fils, Louis, la poursuivra.

Il faisait mine d'ignorer que la plupart de ses écoles avaient pour maîtres des moines incultes et dévergondés, qui maltraitaient leurs élèves, mais si, disait-il, un sur dix émergeait de ce marécage de cancres, il s'estimerait satisfait.

Charles, qu'on appelle « le Grand », ou « Charlemagne », nous a abandonnés le samedi 28 janvier de l'année 814, à l'âge de soixante-douze ans. J'aurais aimé lui fermer les yeux, mais c'est son cousin Walla qui a eu ce triste privilège.

Quelques jours avant, malgré la pluie mêlée de neige, il avait tenu, comme chaque jour, à prendre son bain. Lorsqu'il en est ressorti, soutenu par deux serviteurs, il a été pris de frissons, a dû s'aliter et ne s'est plus relevé. Ses médecins lui avaient prescrit une diète sévère, mais il en avait peu souffert car il avait perdu l'appétit, se contentant de manger du fromage, sa nourriture favorite, et de boire de l'eau.

Une pleurésie s'était déclarée, d'autant plus redoutable que le malade n'avait plus l'énergie nécessaire à la combattre. Il avait gardé sa conscience intacte et m'avait demandé de retrouver dans sa bibliothèque et de lui relire le poème d'Horace, dédié à Sestius, qui comporte cette strophe soulignée de sa main :

La pâle mort sans choix heurte et force l'entrée / De la pauvre chaumière ou du royal palais / Passagère est la vie, et sa courte durée...

Ma lecture terminée, il m'avait demandé de convoquer son chapelain et l'évêque de Mayence pour se délivrer de ses péchés et recevoir les sacrements suprêmes.

Plusieurs heures par jour, je restais à son chevet pour lui lire des passages des Évangiles et tenter de distraire son esprit par de menus événements glanés dans les couloirs et les galeries. J'évitais de lui donner des nouvelles de l'extérieur afin de ne pas troubler sa sérénité. Il m'écoutait sans manifester de lassitude ou d'ennui, s'endormait parfois, un sourire aux lèvres et un fil de salive dans sa barbe. Je l'assistais dans ses prières et obéissais quand il me demandait, chaque matin ou presque, d'aller faire l'aumône aux pauvres qui assaillaient les portes du palais.

Le samedi 28 janvier, peu après le lever du jour, une de ses servantes, Adalinde, pénétra dans ma chambre, m'éveilla et m'annonça que le moribond allait rendre son dernier soupir. Je me précipitai et trouvai Walla à son chevet. Charles était encore en vie, mais secoué de hoquets et de râles qui le mettaient à la torture. Il me fixa de son regard vitreux et, accrochant la manche de ma chemise, il me demanda qui j'étais. Quand je lui eus dit mon nom, il balbutia d'une voix à peine audible :

— Éginhard... mon bon Éginhard... Nous avons fait un long chemin ensemble, n'est-ce pas ? Me pardonnes-tu de t'avoir imposé cette interminable confession ? Promets-moi d'en faire bon usage. Il faudra...

Il s'interrompit dans un accès de toux, mais ce ne furent pas ses dernières paroles. Le chapelain s'était penché sur lui et les avait recueillies, l'oreille collée à la bouche de l'agonisant. Charles ouvrit grands ses yeux et sa bouche, tenta de se redresser, esquissa un signe de croix sur son front et sa poitrine et retomba sans vie.

Walla, penché sur le lit, embrassa son front et ferma ses paupières. Moi, son humble serviteur, j'avais eu le pénible honneur de recueillir quelques-uns de ses derniers propos. Lorsqu'il m'avait dit : « Il faudra... » j'avais cru comprendre qu'il exprimait sa volonté de voir le récit de sa vie, écrit de ma main, servir d'exemple aux générations futures.

Les plaintes légères des servantes, puis un concert de lamentations se répandirent dans la chambre et, d'écho en écho, gagnèrent toute la ville. Envahi par les domestiques, les officiers et les moines, le vaste logement prit l'aspect d'une ruche qui aurait perdu sa reine. On courait en tous sens, on s'étreignait en pleurant, on doutait encore que Charles fût mort, comme s'il eût été éternel.

Tandis que des matrones faisaient la dernière toilette du mort, je restai tassé dans mon fauteuil, dans l'embrasure de la fenêtre d'où Charles observait les mouvements de la cour. Je faillis m'insurger contre le maître-chien, Garin, qui, se souvenant des sacrifices qui accompagnaient la mort d'un chef saxon, avait entrepris d'égorger la meute avant de s'en prendre à la ménagerie. Walla fit interrompre cette réaction barbare.

Dans l'heure qui suivit, je priai le moine qui avait recueilli les derniers propos de Charles de m'en donner le contenu. Il les avait consignés sur un morceau de parchemin. Ils disaient : « Seigneur, je remets mon âme entre Tes mains. » Quand je lui demandai si, les jours précédents, Charles avait exprimé quelque volonté quant à ses funérailles, il haussa les épaules.

— Il ne m'en a rien dit. Quand je me suis hasardé à lui en parler, au cours d'une confession, il m'a répondu d'un ton sévère que les anges noirs ne lui avaient pas fait signe de les suivre. Qu'entendait-il par là ? Je n'ai pas osé le lui demander. Je crois que Sa Majesté n'avait plus tous ses esprits ou nourrissait des illusions quant à son temps de vie.

Je lui avouai que je n'étais pas mieux informé que lui sur les dernières volontés du défunt. Le problème, s'agissant du lieu de la sépulture, était plus complexe qu'il n'y paraissait.

Charles m'avait dit, quelques années auparavant, parlant de son père et de sa mère, qu'il souhaitait reposer auprès d'eux, à Saint-Denis.

— Voilà une indication intéressante, me dit le chapelain. L'ennui, c'est qu'il faut une bonne semaine pour arriver à Lutèce. D'autre part, on ne sait à quel endroit de sa basilique reposent ces dépouilles.

Walla nous tira d'embarras. Charles lui avait confié qu'il n'envisageait pas d'autre lieu pour sa sépulture que sa chapelle palatine. Au cours d'un colloque entre les officiers palatins, c'est cette dernière solution qui fut retenue.

Un autre embarras surgit pour le choix du sarcophage. Il était trop tard pour en faire fabriquer un, et il paraissait inconcevable d'enfermer le cadavre dans un simple coffre de pierre, sans le moindre ornement.

Notre choix se porta sur un sarcophage que Charles avait rapporté d'Italie et avait placé dans ses jardins. Il suffirait de gratter la mousse qui l'avait attaqué pour lui redonner son éclat originel. C'était une véritable œuvre d'art. Sur ses flancs courait un enchevêtrement de personnages mythiques nus : dieux, demi-dieux, ménades, héros, chevaux attelés à des chars. Une bataille ? Une bacchanale ? Le style était de belle facture. Seuls le chapelain et quelques moines regimbèrent, trouvant le sujet trop imprégné du paganisme de l'ancienne Rome pour abriter les restes d'un empereur très chrétien.

Des controverses surgirent au sujet de la posture à donner au cadavre. Certains souhaitaient qu'il fût allongé, d'autres qu'il fût assis, comme sur son trône. Cette dernière position m'indigna par son absurdité, mais je dus m'incliner. La raideur cadavérique était si sensible qu'il fallut briser les membres du cadavre pour lui donner la position assise dans cette cuve heureusement assez profonde.

On l'avait revêtu de ses habits d'apparat et coiffé de la couronne impériale ; on avait placé son sceptre entre ses mains et posé sur sa poitrine une croix et le talisman contenant un cheveu de la Vierge, dont il ne s'était jamais séparé. Sur ses genoux, le chapelain plaça l'évangéliaire que Charles avait dans ses bagages lors de son couronnement, à Rome. On fit édifier au-dessus du tombeau un dais de marbre orné de mosaïques.

Des visiteurs venus d'Italie me révélèrent, après avoir prié dans la chapelle, que les fresques de ce sarcophage, dit « de Proserpine », déesse romaine, fille de Jupiter, racontaient son enlèvement par Pluton, dieu des Enfers. Sa réalisation remontait à l'empereur Marc Aurèle. Ces fresques avaient rappelé à Charles, patrice des Romains, la gloire des anciens empereurs.

Le sarcophage descendu dans une fosse creusée sous les dalles, Louis fit inscrire sur une arcade de bois doré ces quelques mots en guise d'épitaphe : « Dans cette sépulture repose le corps de Charles, grand et orthodoxe empereur, qui étendit avec gloire le royaume des Francs, gouverna avec bonheur durant quarante-sept années et mourut septuagénaire, l'an du Seigneur 814, le 5 des calendes de février. »

Je préfère à ce bref et sec résumé de l'existence de Charles l'oraison funèbre d'un moine irlandais, dont les dernières phrases sonnent comme un glas :

« La Gaule, qui a souffert de tant de cruelles épreuves, n'a jamais éprouvé pareille douleur. Depuis que l'auguste Charles repose dans sa terre d'Aix, la nuit me refuse le sommeil et le jour la lumière. Je sèche mes larmes et offre pour lui ma prière au Seigneur. Que le Christ reçoive le pieux Charles en sa demeure, au milieu de ses apôtres. »

Les ambitions de Charles sont, hélas, restées inabouties.

Il a donné à la Francie d'immenses territoires ouverts à la civilisation et à l'évangélisation, mais cet empire était et reste un brouillon. Les marches de la Germanie et d'Espagne n'offrent qu'un rempart précaire à l'invasion. À l'intérieur, la situation est loin d'être sereine. La mort de Charles a libéré les instincts brutaux des comtes, la rapacité des religieux et les ambitions des *missi*. Les relents de vengeance qui agitent les territoires soumis pénètrent peu à peu la Francie. Nous sommes loin de la «Jérusalem céleste» dont rêvait Charles. Les anges noirs, en l'emportant, ont brisé cette ambition, à jamais peut-être.

Ce n'est qu'un mois plus tard, à la fin de février, que Louis, notre nouvel empereur, a daigné venir s'incliner sur la sépulture de son père. Sa douleur faisait peine à voir. Il est resté près d'une heure en prière dans la chapelle, le front contre la pierre, à se battre la coulpe et à gémir.

Après de brefs séjours à Doué, au sud de la Loire, et à Saint-Denis, il est arrivé à Aix sous un déluge de pluie glacée, entouré d'une escorte aquitaine. Au cours d'un repas, il m'a parlé de la chapelle palatine, dont il admire l'architecture, mais réprouve le luxe, « attentatoire, me dit-il, aux préceptes de pauvreté des Évangiles », son livre de chevet. Il a sacrifié une journée en entretiens avec Walla et les officiers palatins pour examiner les comptes du royaume qui lui ont paru sinon suspects, du moins inextricables, son père manifestant peu de goût pour les finances et se livrant volontiers à des opérations dispendieuses. La chapelle en était l'exemple.

En revanche, il s'est montré satisfait des services du palais, qu'il a tenu à visiter de fond en comble, à commencer par les cuisines.

Je l'ai informé du dépôt sacré dont j'ai la garde : l'énorme liasse de la confession impériale. Il m'en a félicité et a manifesté le désir d'en prendre connaissance.

— Ce n'est, ai-je objecté, qu'un brouillon que Votre Majesté aurait du mal à déchiffrer. Je compte le recopier en *caroline*. Dès que j'en aurai terminé, ce qui demandera quelques mois, Votre Majesté en sera informée et je lui en ferai tenir une copie… si la pénurie de papyrus ne m'interdit pas de poursuivre ma tâche.

Il me promit de m'en faire envoyer en suffisance, son palais de Toulouse en étant bien pourvu.

Avant de quitter Aix, il me surprit en me demandant des nouvelles de mon épouse Emma, sa sœur, qui avait son âge à un an près. Elle mène une existence si discrète que Charles, qui n'avait pas vu d'un bon œil cette union et dédaignait de s'en informer, la recevait rarement. Comme tous les grands personnages, il s'intéressait peu à la vie de couple de ses subalternes. Emma partage d'ailleurs son existence entre le palais où elle séjourne peu, et notre domaine proche de Mayence.

En revanche, Louis a daigné s'informer de mes origines et de la vie que j'avais menée au plus près de son père.

Je lui ai parlé de ma jeunesse dans une famille aisée du Manigau, dans le duché germanique de la Hesse, de mon éducation au monastère de Fulda, de mon entrée à la cour du roi Charles, à l'âge de vingt-six ans. Je n'ai pas omis de lui parler des sarcasmes et des brimades que m'ont valus, dans les débuts, ma taille fluette, mais certains disaient en parlant de moi : « Petit corps mais grand cœur. » Je lui ai raconté mes rapports, souvent difficiles, avec Alcuin, mes séjours en Italie, mes goûts pour l'architecture, les arts et les lettres…

Je m'interrompais de temps à autre pour laisser Louis se purger les narines d'un rhume qui refusait de le laisser en paix et le privait de chanter à la messe.

— Fort bien, m'a dit-il mais que comptes-tu faire : rester au palais, retourner auprès de ton épouse à Mayence, ou accepterais-tu de me suivre à Toulouse ? Je pourrais faire de toi un auxiliaire précieux.

— Votre Majesté, lui ai-je répondu, je n'ai d'autre désir que de finir mes jours au palais. Tant de souvenirs m'y retiennent.

— Je n'attendais pas de toi une autre réponse. Je vais te

confier l'éducation de mon fils Lothaire, mais je t'en préviens : ce ne sera pas une sinécure. Il n'a de goût que pour la chasse et les armes. Je t'autorise à faire usage du jeûne ou même du fouet en cas d'indiscipline.

Lothaire, fils aîné du roi Louis et de la reine Hermengarde, était une brute indocile et sournoise, un jeune fauve qui se faisait les griffes sur son entourage, à commencer par moi. Lorsque je lui lisais et lui commentais des ouvrages anciens ou modernes, mes écrits notamment, il bâillait et faisait mine de dormir. Il trouvait toujours un prétexte fallacieux pour éviter la messe. En revanche, il ne manquait aucune partie de chasse. Pire encore, il terrorisait les servantes et, en cas de résistance, n'hésitait pas à les violenter. J'ai vite dû renoncer au jeûne et au fouet, car il menaçait de me tuer ! Si je ne faisais pas de ce barbare un être civilisé, peut-être, me disais-je, deviendrait-il un bon chef de guerre, car, à la salle d'armes, il imposait à ses maîtres.

Devenu adulte et aussi inculte que lorsque Louis me l'avait confié, il a été placé par son père sur le trône d'Italie. C'était introduire le loup dans la bergerie. Il allait donner libre cours à sa perversité, au point d'inciter ses frères à se rebeller contre leur père qu'il jugeait trop timide dans son gouvernement, et à le forcer à abdiquer. Il donnait une image récurrente des mœurs des cours royales d'après le roi Mérovée.

Le règne de Louis ne se signale pas par son éclat. Vertueux et d'un naturel aimable, sa flamme tient davantage du cierge que de la torche. Il est préoccupé du salut de son âme plus que de la politique et de la guerre.

Je lui reproche une faute lourde de conséquences : avoir laissé les chefs saxons, exilés en Francie par son père, regagner leurs tribus, au risque de les voir de nouveau brandir l'étendard de l'indépendance et restaurer les sanctuaires païens.

Il a manifesté une apparence d'autorité en intervenant dans les querelles de sa progéniture, mais, trois ans après la mort de l'empereur Charles, accablé par ses responsabilités, il a décidé de partager son Empire entre ses fils, tous en âge de gouverner. Quand il a décidé de donner un royaume à Charles, le fils qu'il a eu de sa deuxième épouse, Judith de Bavière, les deux autres se sont rebellés, l'ont capturé et enfermé dans un couvent, ainsi que son épouse.

Il allait s'ensuivre une guerre fratricide, sur laquelle je ne saurais m'attarder, par respect pour l'empereur Louis, sinon pour dire que, libéré du couvent par des affidés, Charles était entré en campagne contre ses frères. Au moment de leur livrer bataille dans la plaine de Rotfeld, en Germanie, abandonné par son armée, il avait été capturé, conduit à Compiègne pour y être détrôné et condamné à la réclusion perpétuelle. De nouveau libéré, il a pris le parti de Pépin et de Louis contre Lothaire. Un an plus tard, il est mort d'épuisement dans une île du Rhin.

À peine libre des soins dont j'avais entouré l'empereur Louis durant son séjour à Aix, je me suis consacré à la réécriture, dans ma plus belle *caroline*, de la confession impériale. En avançant dans ce travail, au *scriptorium* du palais, je me disais que jamais la Francie et l'Occident ne retrouveraient un souverain de cette taille et de cette qualité. Je voyais peu à peu, à travers les mots et les phrases, se dessiner un personnage tenant à la fois de la légende et de l'histoire, dont les dimensions allaient s'épanouir au cours des siècles pour en faire un mythe.

Quelques années après la mort de Charles, las des intrigues et des violences de la cour, couvertes sinon approuvées par Louis, ma décision était prise : je quittai le palais pour me retirer, malgré les protestations de mon épouse, au monastère de Saint-Wandrille, proche de Rouen, dont j'ai assumé le gouvernement durant sept ans.

L'âge venu, pris par le mal du pays qui dormait en moi depuis mon exil en Gaule, j'ai choisi une retraite plus sévère au monastère de Seligenstadt, dans les montagnes de la Hesse, ma terre natale. J'y mène un existence rude mais paisible, loin du tumulte d'un monde agité par les passions, les révolutions et les guerres. Mon occupation essentielle est de classer et d'annoter une correspondance accumulée depuis des années, et d'écrire sur mon époque et sur celui qui demeure sinon mon Dieu, du moins mon maître. Le *scriptorium* que j'y ai créé m'y aidera.

Certains soirs, alors que la neige envahit nos jardins et nos forêts, mon cœur bat plus fort au souvenir des séances de dictée en vue de la confession de Charles. Je me souviens qu'il soupirait, assis dans son fauteuil placé dans l'embrasure de la fenêtre :

— Pas de chasse aujourd'hui, mon bon ami, et pas de bain non plus. Le temps ne s'y prête pas. Alors, au travail ! Où en étions-nous ?

Les vieilles chroniques du temps de Charles abondent en présages de nature et d'origine diverses, relatifs à l'annonce de sa mort.

Il avait fait construire sur le Rhin, dans les parages immédiats de Mayence, un gigantesque ouvrage d'art en bois, dont il tirait orgueil à juste titre, disant qu'il n'avait pas son pareil, par ses dimensions, dans tout l'Occident. Ce pont, à la suite d'un orage, a été détruit en une nuit, alors que l'on avait mis trois ans à l'édifier.

On a amené à Charles une femme du Morvan, sorte de sorcière dépenaillée, échevelée, à demi folle mais dotée, disait-on, d'un pouvoir de visionnaire. Il avait consenti à la recevoir et à l'écouter. Elle s'exprimait dans une langue inconnue qui rappelait celle des Gaulois et dont j'avais une connaissance sommaire. Je traduisis tant bien que mal son délire. À l'en croire, des voix descendues du ciel annonçaient la mort prochaine du plus puissant souverain que la Gaule eût jamais connu. La prédiction de cette pythie rustique se révéla juste : Charles était mort une semaine plus tard, dans les circonstances que j'ai relatées.

Nous fûmes témoins, au temps de Noël, avant la mort de Charles, d'un étrange phénomène : un combat en plein ciel entre des oiseaux de proie, qui ne fut interrompu que par la tombée de la nuit.

Autre phénomène insolite : le jeu d'échecs en ivoire,

présent du calife Haroun, que Charles gardait à l'abri d'un placard vitré dont il avait seul la clé, avait été bouleversé, toutes les pièces gisant à terre, comme balayées par un coup de vent, sans que la porte eût été forcée.

La veille de la mort de Charles, c'est le ciel qui nous envoya un autre présage, tout aussi singulier et inexplicable par la raison que les précédents. Poussé par des vents de Germanie, un lourd nuage chargé de neige et de pluie avait envahi le firmament d'un bord à l'autre de l'horizon, faisant peser sur la ville et les campagnes une nuit de cendre. Soudain, une brèche s'était ouverte dans ce magma pour laisser filtrer une coulée de soleil où certains reconnurent la forme d'une croix, et d'autres celle d'une épée flamboyante...

Table

Première partie

Deuxième partie

Troisième partie

Quatrième partie

Pour en savoir plus...

Il existe, sur Charlemagne et son temps, une foule de documents que nous ne saurions recenser. Nous nous contenterons de citer quelques ouvrages essentiels.

Parmi les auteurs des VIIIe et IXe siècles :

ALCUIN, *Livre des sept arts.*
ÉGINHARD, *Vita et gesta Caroli Magni* et *Annales regni Francorum.*

Anonyme : *La Chanson de Roland.*
Maurice BEDEL, *Berthe au Grand Pied, femme de Pépin le Bref, mère de Charlemagne,* les Éditions de Paris.
Joseph BÉDIER, *Légendes épiques,* Honoré Champion.
Georges BORDONOVE, *Charlemagne,* Pygmalion/Gérard Watelet, collection « Les rois qui ont fait la France ».
Lucien DOUBLE, *L'Empereur Charlemagne,* Fischbacher.
Jean FAVIER, *Charlemagne,* Fayard.
Robert FOLZ, *Le Couronnement impérial de Charlemagne,* Gallimard, collection « Les journées qui ont fait la France ».
Arthur KLEINCLAUCZ, *Charlemagne,* Tallandier.
Ferdinand LOT, *Naissance de la France,* Fayard.
J.-J.E. ROY, *Histoire de Charlemagne et de son siècle,* Mame.

3. *Les Roses de fer*, Paris, Robert Laffont, prix de la ville de Bordeaux ; Le livre de Poche.

L'Orange de Noël, Paris, Robert Laffont, prix du Salon du livre de Beauchamp ; Le Livre de Poche ; France Loisirs : Presses Pocket.

Le Printemps des pierres, Paris, Robert Laffont ; Le Livre de Poche.

Les Montagnes du jour, Les Monédières. Préface de Daniel Borzeix.

Sentiers du Limousin, Paris, Fayard.

Les Empires de cendre :

1. *Les Portes de Gergovie*, Paris, Robert Laffont ; Presses Pocket ; France Loisirs.
2. *La Chair et le Bronze*, Paris, Robert Laffont.
3. *La Porte noire*, Paris, Robert Laffont.

La Division maudite, Paris, Robert Laffont.

La Passion Béatrice, Paris, Robert Laffont ; France Loisirs ; Presses Pocket.

Les Dames de Marsanges :

1. *Les Dames de Marsanges*, Paris, Robert Laffont.
2. *La Montagne terrible*, Paris, Robert Laffont.
3. *Demain après l'orage*, Paris, Robert Laffont.

Napoléon :

1. *L'Étoile Bonaparte*, Paris, Robert Laffont.
2. *L'Aigle et la Foudre*, Paris, Robert Laffont.

Les Flammes du Paradis, Paris, Robert Laffont ; Presses Pocket ; France Loisirs.

Les Tambours sauvages, Paris, Presses de la Cité ; France Loisirs ; Presses Pocket.

Le Beau Monde, Paris, Robert Laffont ; France Loisirs ; Presses Pocket.

Pacifique-Sud, Paris, Presses de la Cité ; France Loisirs ; Presses Pocket.

Martial Chabannes, gardien des ruines, Paris, Robert Laffont, prix du Printemps du livre de Montaigu ; France Loisirs.

Les Demoiselles des écoles, Paris, Robert Laffont ; France Loisirs, Presses Pocket.
Louisiana, Paris, Presses de la Cité ; France Loisirs ; Presses Pocket.
Un monde à sauver, Paris, Bartillat, prix Jules-Sandeau.
Henri IV :
1. *L'Enfant roi de Navarre*, Paris, Robert Laffont.
2. *Ralliez-vous à mon panache blanc !*, Paris, Robert Laffont.
3. *Les Amours, les passions et la gloire*, Paris, Robert Laffont.

Lavalette grenadier d'Égypte, Paris, Robert Laffont ; France Loisirs.
La Tour des anges, Paris, Robert Laffont ; France Loisirs.
Suzanne Valadon :
1. *Les Escalier de Montmartre*, Paris, Robert Laffont ; Grand Livre du mois.
2. *Le Temps des ivresses*, Paris, Robert Laffont ; Grand Livre du mois.

Jeanne d'Arc :
1. *Et Dieu donnera la victoire*, Paris, Robert Laffont.
2. *La Couronne de feu*, Paris, Robert Laffont.

Les Chiens sauvages, Paris, Robert Laffont.
Vu du clocher, Paris, Bartillat.
La Cabane aux fées, Paris, Le Rocher.
Soupes d'orties, nouvelles, Paris, Anne Carrière.
Le Roman des Croisades :
1. *La Croix et le Royaume*, Paris, Robert Laffont.
2. *Les Étendards du Temple*, Paris, Robert Laffont.

Le Roman de Catherine de Médicis, Paris, Presses de la Cité.
La Divine. Le roman de Sarah Bernhardt, Paris, Robert Laffont.
Le Bonheur des charmettes, Paris, La Table Ronde.
Balades des chemins creux, Paris, Anne Carrière.
Fille de la colère. Le roman de Louise Michel, Paris, Robert Laffont.
Un château rose en Corrèze, Presses de la Cité.
Les Grandes Falaises, Paris, Presses de la Cité.
Les Bals de Versailles, Paris, Robert Laffont.
De granit et de schiste, Paris, Anne-Carrière.
Les Amants maudits, Paris, Robert Laffont, prix Jules-Sandeau.
Le Pays du Bel Espoir, Paris, Presses de la Cité.

L'Épopée cathare, album, Rennes, Ouest-France.
Le Château de la chimère, Paris, La Table Ronde.
La Caverne magique, Paris, Robert Laffont.
La Vallée endormie, Paris, France Loisirs ; Robert Laffont.
Batailles en Margeride, Paris, Le Rouergue.
Les Fêtes galantes, Paris, Robert Laffont.
Le bal des célibataires (avec Béatrice Rubinstein et Jean-Louis Lorenzi), Paris, Robert Laffont.
Le Parc-aux-Cerfs, Paris, Robert Laffont.
Les Fleuves de Babylone, Paris, Presses de la Cité.
Les Trois Bandits :
1. *Cartouche*, Paris, Robert Laffont.
2. *Mandrin*, Paris, Robert Laffont.
3. *Vidocq*, Paris, Robert Laffont.

Le Temps des moussons, Paris, Presses de la Cité.
Chat bleu... Chat noir..., Paris, Robert Laffont.
V... comme Verlaine (histoire de chat), illustré par José Corréa, Périgueux, La Lauze.
La Petit Danseuse de Degas, Paris, Bartillat.
Les Roses noires de Saint-Domingue, Paris, Presses de la Cité.
La Reine de Paris. Le roman de Madame Tallien, Paris, Robert Laffont.
L'Ange de la paix, Paris, Robert Laffont.
Les Grandes Libertines, Paris, Robert Laffont.
Les Prisonniers de Cabrera, Paris, Presses de la Cité.
Les Villes du silence, Paris, Calmann-Lévy.

Pour la jeunesse

La Vallée des mammouths, Paris, Robert Laffont, collection « Plein Vent », Grand Prix des Treize ; Folio Junior.
Les Colosses de Carthage, Paris, Robert Laffont, collection « Plein Vent ».
Cordillère interdite, Paris, Robert Laffont, collection « Plein Vent ».
Nous irons décrocher les nuages, Paris, Robert Laffont, collection « Plein Vent ».

Je suis Napoléon Bonaparte, Paris, Belfond Jeunesse.
L'Épopée cathare, Renne, Ouest-France (album illustré).

Éditions de luxe

Amour du Limousin (illustrations de J.-B. Valadié), Paris, Plaisir du Livre. Réédition (1986) aux Éditions Fanlac, à Périgueux.
Èves du monde (illustrations de J.-B. Valadié), Laugnac, Art Média.
Valadié (album) Paris, Terre des Arts.

Tourisme

Le Limousin, Paris, Larousse.
La Corrèze, Paris, Ch. Bonneton.
Le Limousin, Rennes, Ouest-France.
La Vie en Limousin (texte pour des photos de Pierre Batillot), Treignac, Les Monédières.
Balade en Corrèze (photos de Sylvain Marchou), Brive, Les Trois Épis.
Brive, Paris, Casterman.
Les Montagnes du jour, Treignac, Les Monédières. Préface de Daniel Borzeix.
Sentiers du Limousin, Paris, Fayard.
Brive aujourd'hui, Brive, Les Trois Épis.
Aimer les hauts lieux du Limousin (photos de P. Soissons, L. Olivier et C. Darbelet), Rennes, Ouest-France.

Cet ouvrage a été imprimé
en mai 2010 par

CPi
FIRMIN-DIDOT

27650 Mesnil-sur-l'Estrée
N° d'édition : 50644/01
N° d'impression : 100279
Dépôt légal : mai 2010

Imprimé en France

Composition Interligne,
Loncin